ସେମାନଙ୍କ କଥା

ସେମାନଙ୍କ କଥା

ସ୍ନେହ ମିଶ୍ର

BLACK EAGLE BOOKS
Dublin, USA | Bhubaneswar, Odisha

BLACK EAGLE BOOKS

USA address:
7464 Wisdom Lane
Dublin, OH 43016

India address:
E/312, Trident Galaxy, Kalinga Nagar,
Bhubaneswar-751003, Odisha, India

E-mail: info@blackeaglebooks.org
Website: www.blackeaglebooks.org

First International Edition Published by
BLACK EAGLE BOOKS, 2022

SEMANANKA KATHA
by **Sneha Mishra**

Copyright © Sneha Mishra

Cover & Interior Design: Ezy's Publication

ISBN- 978-1-64560-296-5 (Paperback)

Printed in the United States of America

✓ ଝୁନା,

ବାଇଶ ବର୍ଷର ବିକ୍ଷତ ବସନ୍ତରେ ବି
ତମେ ହସି ପାରୁଥିଲ
ଅନ୍ୟକୁ ହସାଇ ପାରୁଥିଲ
ଏ ସାମର୍ଥ୍ୟ କମ୍ ଲୋକଙ୍କ ପାଖରେ ଥାଏ।
ସେଠି ବି ସେମିତି ହସୁଥାଅ
ଅନ୍ୟକୁ ହସାଉଥାଅ।

ସାନ ବନ୍ଧୁ

ଗଳ୍ପ କ୍ରମ

ମେଢ଼

- ଗାଁକୁ ଯିବୁ ନାଇଁ କି ତୋ ନୂଆଁ ମା'କୁ ଦେଖିବାକୁ ? ଧନୁ ବାରିକ ଛିଗୁଲାଇ କହିଲା ।

ଜଗନ ଚୁପ୍ ରହିଲା ।

- ବୁଝିଲୁ ଗାଁଟା ସାରା ଲୋକ ପଛରେ ଛେପ ପକାଉଛନ୍ତି । ସମସ୍ତଙ୍କ ମୁହଁରେ ସେଇ ଗୋଟେ କଥା । ବୋହୂ ଆଣିବାର ବେଳାପୁଅକୁ ହାତରୁ ଦି'ହାତ କରିଦେଇ ତାରି ସଂସାର ଭିତରେ ଦିନ କାଟିଥାନ୍ତା । ଏଇ ବୟସରେ ପୁଣି ଗୋଟେ ମାଇକିନା ଆଣି ତୁଚ୍ଛା ଝାମେଲାରେ ପଶିଲା...

- ତୋର କ'ଣ କାମ ଅଛି କି କକା ? କଥା ବାଆଁରେଇ ଜଗନ କହିଲା ।

- ଆରେ କାମ ଆଉ କଣ । ମୋରି ଆଖି ଆଗରେ ବଢ଼ିଥିଲୁ । ମା ଛେଉଣ୍ଡ ପିଲାଟା ବୋଲି ମନ ମାନେ ନାଇଁ... ଟିକେ ଦେଖିବାକୁ...

- ହଉ ମୁଁ ଯାଏ ଏଥର । ଜଗନ ସାଇକେଲ୍‌ରେ ପାଦ ରଖିଲା ।

- ମୁଁ ବି ଭାରି କାମରେ ଆସିଛି ଯେ । ଗୁଡ଼ାଏ ସଉଦା କରିବାର ଅଛି ।

ଧନୁ ବାରିକ ସାଇକେଲ୍ ଘଣ୍ଟି ବଜାଇ ଭିଡ଼ ଭିତରେ ବାଟ କାଟିଲା ।

ମା' ଯିବାର ଦେଢ଼ବର୍ଷ ଉପରେ ହେଇଗଲାଣି । ଜଗନର ଘର ଛାଡ଼ିବାର ବି ବର୍ଷେ ଉପରକୁ । ଗାଁର ମାଟି ମାଡ଼ିନାଇଁ କେତେଦିନ ହେଲା । ମା' ନାଇଁ ତ ତା'ର ଗାଁ ନାଇଁ । ମନକୁ ସେଇଯା ଧରିନେଲା । କୁହାବୋଲା କରି ପେପର୍ ମିଲ୍‌ରେ ଠିକା ଚାକିରି ଖଣ୍ଡିକରେ ତାକୁ ଭର୍ତ୍ତି କରାଇ ଦେଇଥିଲା ଏଇ ଧନୁ କାକା । କୁହାଳିଆପଣ ପାଇଁ ବେଳେବେଳେ ବିରକ୍ତ ଲାଗେ ସିନା, ହେଲେ ମଣିଷର ସୁଖଦୁଃଖ ବୁଝେ । ମା' ଗଲାପରେ ବାପପୁଅ ଦୁହେଁ ରାନ୍ଧି ଖାଉଥିଲେ । ସେ ଚାଲି ଆସିଲାପରେ ବାପା ସାନକାକା ଘରେ ଖାଉଥିଲା । ଏବେ ତ ଖୋଦ୍ ଘର ବାନ୍ଧିଲାଣି । ତା'ର ଆଉ ଦରକାର କ'ଣ ।

ତିନି ଚାରିମାସ ପରେ ପୁଣି ସେଇ ହାଟ ମଝିରେ ଧନୁ କାକା ସହିତ ଭେଟ ହେଲା । ତାକୁ ଦେଖୁ ଦେଖୁ ଧନୁ କହିଲା- ତୋରି ବସାକୁ ଏଇନେ ଯିବାକୁ ବାହାରୁଥିଲି ।

- କ'ଣ ପାଇଁ ?

- ତୋ ବାପା ଖବର ପଠେଇଛି ।

- ପୁଣି କି ଖବର ?

- ଆଉ କ'ଣ, ତତେ ଟିକେ ଦେଖିବ ବୋଲି । ମାସେ ହେଲା ଗୋଟେ ଅଙ୍ଗ ପଡ଼ିଯାଇଛି । ତୋରି ଅଶାନ୍ତି ପଡ଼ିଲା ବୋଲି ଜାଣ... କେବେ ଯିବୁ ?

- ଦେଖିବି । ଜଗନ ଖୁଣ୍ଟ ପରି ଛିଡ଼ା ହେଇ କହିଲା ।

- ଦେଖିବୁ ଆଉ କ'ଣ । ଏଇ କାମ ଖଣ୍ଡିକରେ ଏଇ ସହରରେ ଦିନ କାଟିଦେବୁ ଭାବିଛୁ କି ? ବାବନା ଭୂତ ପରି ଗାଁରେ ବୁଲୁଥିଲୁ ବୋଲି ତତେ ଏଠି ଜୁଟେଇ ଦେଲି । ନ ହେଲେ ଯାଠୁ ବରଂ ଭିକ ମାଗିବା ଭଲ ।

- ସେମିତି ନାଇଁ ଯେ ।

- ଆଉ ତା'ହେଲେ କ'ଣ ଯେ । ବାପ ଆଜି ଆଖି ବୁଜିଦେଲେ ସବୁ ଉଜୁଡ଼ି ଯିବ ଜାଣିଥା । ତେଣେ ସାବତମା', କଳେ ବଳେ ହାତ କରି ସବୁ ସାରି ଦେବ । ଯାହାହେଲେ ବାପ ତୋର । ଜନମ ଦେଇଛି । କ'ଣ ହେଲା, ବୁଢ଼ା କାଳେ ଗୋଡ଼ ହାତ କରିବ ବୋଲି ଗୋଟେ ନେଇ ଆସିଲା...

ଜଗନ ସେମିତି ନିରୁତ୍ତର ରହିଲା ।

- ମୁଁ ଏଥର ଚାଲିଲି, କଥାଟାକୁ ମନ ଭିତରେ ବିଚାରିବୁ । ଧନୁ କାକା ଚାଲିଗଲା ।

ତା' ପରଦିନ ଗାଁରେ ପହଞ୍ଚିଲାବେଳକୁ ବେଳ ରତ ରତ । ଗାଁ ମୁଣ୍ଡରେ

ଝାଂପୁରି ଓସ୍ତଗଛରେ ଝିମ୍ ସାଗୁଆ କଳାର ଲହଡ଼ି- ତା'ର ମା'ର କୁଞ୍ଚୁକୁଞ୍ଚିଆ ମୁଣ୍ଡ ବାଳ ପରି। ଦମକାଏ ଶୀତଳ ପବନ ଦିହ ଉଲୁସେଇ ଦେଲା- ତା'ର ମା'ର କାନିପଣତ ପରି। ଗାଁ ମୁହଁରେ ଘାସ ବିଡ଼ା ଧରି ନିମେଇଁ ଛିଡ଼ା ହେଇ ନଟିଆ କେଉଟ ସାଙ୍ଗରେ ଗପ ଯୋଡ଼ିଥାଏ।

- ଆରେ ଜଗନ, କେତେଦିନ ପରେ ଆଇଲୁ କି ? ଗାଁ ମୁହଁ ଭୁଲିଗଲୁ ନା କ'ଣ। ନଟିଆ କହିଲା।

- କ'ଣ ବୁଢ଼ା ବାପର ବରବେଶ ଦେଖିବାକୁ ଆଇଥାନ୍ତା କି ? ଭଲ କଲା। ଏଥର ଯା ଟିକେ ମୁହଁ ମାରିଦେଇ ଚାଲି ଯା। ଲୋକ ଲାଜ ବୋଲି ତ ଫେର୍ ଗୋଟେ କଥା ଅଛି। ନିମେଇଁ କଥା କାଟି କହିଲା।

ଘରର ବାଟ ମୁହଁଟା ଶୂନ୍‌ଶାନ୍। ମା ଗଲାଦିନ ପରି। ଭିତର ଅଗଣାକୁ ଲାଗି ଲମ୍ବା କୋଠିରେ ସାନ କାକା, ସର ଖୁଡ଼ୀ ଠିଆ ହେଇଥିଲେ। କଣକୁ ପଡ଼ିଥିବା ଖଟିଆରେ ବାପା ଶୋଇ ରହି ଉପରକୁ ଚାହିଁଥିଲା। ତାକୁ ମୁଣ୍ଡ ପାଖରେ ପଡ଼ିଶାଘର କନକ ଜେଠେଇ ବାପାର ମଥାକୁ ଆଉଁସୁଥିଲା। ତାକୁ ଦେଖି ଆଶ୍ୱସ୍ତ ହେଲାପରି କହିଲା, "ଦେଇ ଦେଖ୍, ତୋ ପୁଅ ଆସିଛି।" ତାକୁ ଦେଖୁ ଦେଖୁ ବାପାର ମୁହଁଟା ଟିକିଏ ଉଜଳି ଉଠୁ ଉଠୁ ପୁଣି ଝୁଲି ପଡ଼ିଲା ପରି ତଳକୁ ଓହଳି ପଡ଼ିଲା। ପାଟି ଖୋଲି ଟିକେ କ'ଣ ଗଁ ଗଁ ହେଲା। ତା'ପରେ ପୁଣି ସେମିତି ରହିଗଲା।

- "ପକ୍ଷାଘାତ ଧରି ଦେଲା। ପାଟି ପଡ଼ିଯାଇଛି। ଯାହା ଅବସ୍ଥା, ଆଉ ଔଷଧ କାଟୁକଲା ପରି ଲାଗୁ ନାଇଁ...." ସାନ କାକା କହିଲା।

ଜଗନ ବାପାର ଖଟ ଦାଢ଼ରେ ଯାଇ ବସିଲା। ଔଷଧପାକ ଘାଣ୍ଟୁ ଘାଣ୍ଟୁ ଘଡ଼ିଏ ବସିଲା। ସାନ କାକା, ସରଖୁଡ଼ୀ କେତେବେଳୁ ସେଠୁ ଚାଲିଗଲେଣି ତା'ର ଖିଆଲ ନାଇଁ।

"ହଉ ଯା ଏଥର, ଗୋଡ଼ ହାତଧୋଇ ଖା ପିଅ କର", କନକ ଜେଠେଇ କହିଲା।

ବେଗ୍ ଖଣ୍ଡିକ ରଖିବାକୁ ଜଗନ ଉଠିଲା।

- "ହେଇ ତୋର ନୂଆଁ ମା'। ଯା, ଭେଟ ପଡ଼ିବୁ ଯା।" ପାଟେଣି ଘର ମୁହଁରେ ଡ଼ରିଲା ଡ଼ରିଲା ହେଇ ଛିଡ଼ା ହେଇଥିବା ସ୍ତ୍ରୀଲୋକଟିକୁ ଦେଖେଇ କନକ ଜେଠେଇ କହିଲା ଆଉ ଟିକିଏ ପରେ ତରତର ହେଇ ଚାଲିଗଲା।

ଅଳ୍ପ ଅନ୍ଧାରୁଆ ଘରଟା ଭିତରେ ଅଲଗୁଣିରେ ଲୁଗା ରଖୁ ରଖୁ ଜଗନ

ଟିକେ ମୁହଁ ଫେରାଇ ତାକୁ ଚାହିଁଲା । ତାରି ପାଖାପାଖି ବୟସର । କାନରେ ଝରାଫୁଲ । ପାଦରେ ପାଉଁଜି । ନାକରେ ନାଲି ପଥର । ପତଳା ଦିହରେ ବାନ୍ଧକରା ହଳଦୀ ରଙ୍ଗ ଶାଢ଼ୀ ଖଣ୍ଡକ ତାକୁ ଜାକି ଜୁକି ଜଡ଼େଇ ଧରିଛି ଯେମିତି । ଦୁନିଆଁଯାକର ଅପରାଧର ବୋଝରେ ମୁଣ୍ଡଟା ନଇଁ ଗଲାପରି ତଳକୁ ଝୁଙ୍କି ପଡ଼ି ଠିଆ ହେଇଥିଲା ।

ଟିକିଏ ପରେ ପିତ୍ତଳ ଗିଲାସରେ ଚା' ଆଣି ଝରକା ଦାଢ଼ରେ ରଖିଦେଲା । ଜଗନ ଚୁପ୍‌ଚାପ୍ ଗିଲାସଟା ଉଠାଇ ନେଲା । ରାତିରେ ସେମିତି ଖାଇବାଟା ବାଢ଼ିଦେଲା । ଜଗନ ଚୁପ୍‌ଚାପ୍ ଖାଇ ବସିଲା । ରୋଷଘର ମୁହଁରେ ସାଙ୍କୁଡ଼ିଯାଇ ସେ ତା'ର ଖାଇ ସାରିବାଯାଏଁ ଠିଆ ହେଇଥିଲା । ବିଛଣା ଶେଯ ପାରି ଦେଲା । ଏତେ ବାଟ ବସ୍‌ରେ ଧକଡ଼ ଚକଡ଼ ହେଇ ଆସିଥିବାରୁ ନା କ'ଣ ସେଦିନ ରାତିରେ ଜଗନ ଖଟିଆରେ ପଡୁ ପଡୁ ଆଖି ଲାଗିଗଲା । ରାତି ଅଧକୁ କାନରେ ସୁସୁରୀ ବାଜିଲା ପରି ଲାଗିଲା । ଝିଙ୍କାରୀ ହେଇଥିବ ଭାବି ପୁଣି ଶୋଇ ପଡ଼ିଲା । ଟିକିଏ ପରେ କାନ୍ଥ ସେପଟୁ ଫିସ୍‌ଫିସ୍ କଥା ଶୁଭିଲା । ଜଗନ ଧଡ଼ପଡ଼ ହେଇ ଉଠିଲା । ତା'ର ଡ଼ାହାଣକୁ ଶୋଇଥିବା ବାପାର ଦରମଲା ଚେହେରାକୁ ଟିକେ ଚାହିଁଲା । ସବା କଣକୁ ପଡ଼ିଥିବା ଖଟିଆଟା ଖାଲି ପଡ଼ିଥିବାର ଦେଖିଲା । କାନ୍ଥ ପାଖକୁ ପୁଣି କାନ ଡ଼େରିଲା । ଟିକିଏ ପରେ ବାରିପଟ ବାଟ ମୁହଁରୁ ପାଉଁଜି ବାଜିବାର ଶବ୍ଦ ଶୁଣିଲା । କବାଟ ବନ୍ଦ ହେଲା । ଜଗନ ସେମିତି ଗାଲେଇ ଶୋଇଗଲା ।

ସକାଳକୁ ସେ ଉଠିବା ଆଗରୁ ଦାନ୍ତକାଠିରୁ ଖାଇବା ଯାଏଁ ସବୁ ସେ ସଜିଲ୍ କରି ରଖୁଥିଲା । ପଦୁଟିଏ ବିନା କଥାରେ ତା'ର ମନଲାଖି ଜିନିଷ ଏମିତି ସଜାଡ଼ି ଦଉଥିଲା ଯେ ଜଗନ ବେଳେବେଳେ ଆଶ୍ଚର୍ଯ୍ୟ ହେଇ ଯାଉଥିଲା । ଯେତେଥର ଜଗନ ତାକୁ ଡ଼ାକିବାକୁ ଭାବେ ବାପାର ପକ୍ଷାଘାତଗ୍ରସ୍ତ ପାଟି ପରି ଅଜାଣତରେ ତା'ର ମୁହଁ ବନ୍ଦ ହେଇଯାଏ ଅଗତ୍ୟା ସେ ଆଉ କିଛି ନ କହି ତା' ପାଖକୁ ଯାଇ ନିଜ ଦରକାର ଜିନିଷଟି କହିଦିଏ । ତା' ପାଟିରୁ କଥା ନ ସରୁଣୁ ଜିନିଷି ପହଞ୍ଚେ । ଜଗନକୁ ନିଜ ଘର ପରି ଲାଗେ ନାଇଁ, ଯେମିତି ସେ ଏଠାର ଜୋଇଁ କୁଣିଆଁ । ଜଗନର ଛୋଟ ବଡ଼ ସବୁ ଇଚ୍ଛାକୁ ପୂରଣ କରିବାପାଇଁ ସେ ଯେମିତି ଡ଼ରିମରି ଚାହିଁ ରହିଥାଏ । ଏମିତି ଚାହେଁ ଯେମିତି ସିଏ ଜଗନ ପାଖରୁ କ'ଣ ଛଡ଼ାଇ ନେବାର ଅପରାଧଟିଏ କରି ପକାଇଛି । ଜଗନକୁ କେମିତି ମାଡ଼ିପଡ଼େ ।

"ହେଇଟି, ସେ ତୋର ଧରମ ପୁଅ ବୁଝିଲୁ, ତାରି ଖାଇବା ପିଇବାରେ ଛନ୍ଦ କପଟ କରିବୁ ନାଇଁ ।" କନକ ଜେଠେଇ ମଝିରେ ମଝିରେ ତାଗିଦ୍ କରେ । ସିଏ

ଚୁପ୍ ହୋଇ ଶୁଣେ । ବଳି ପାଇଁ ଖୁଣ୍ଟରେ ବନ୍ଧା ଛେଳିଟି ଶୁଦ୍ଧ ହେବାର ମନ୍ତ୍ରପାଠ ଶୁଣିଲା ପରି ସେ କଥାଟିକୁ ଶୁଣିଯାଏ ।

ରାତିରେ ସୁସୁରୀକୁ ଯେତିକି ସିଏ ଟାକି ରହେ, ସେତିକି ଜଗନ । ସବୁଦିନ ରାତିରେ ସେଇକଥା । ତିନିଥର ସୁସୁରୀ । ବାରିପଟ କବାଟ ଖୋଲେ । ଫିସ୍‌ଫିସ୍ କଥା । କବାଟ ପଡ଼େ । ପାଉଁଜି ବାଜେ । ଥାକଥାକ ଅନ୍ଧାର ଭିତରେ ଜଗନ ଜଣେଇ ଦିଏ ଯେ ସେ କିଛି ଜାଣେନି । ସେଇ ଅନ୍ଧାରରେ ସିଏ ପୁଣି ନିବୁଜ ମୁହଁରେ ପାଲଟା ବାରତା ଦିଏ । ଏଇ ଯେ ଜଗନ ଜାଣିଥିବାଟା ସିଏ ଜାଣେନି । ସକାଳକୁ ଫେର୍ ତା'ର ମନ ଘେନିବାରେ ଲୋଟଣୀ ପାରା ପରି ଖଟୁଥାଏ । ସବୁ ବୁଝି ପୁଣି ଅବୁଝା ଛୁଆଟାଏ ମା' କୋଳରେ ମୁହଁ ଗୁଞ୍ଜିହେଲା ପରି ସିଏ ଜଗନ ପାଖରେ ନିଜକୁ ସମର୍ପଣ କରିଦିଏ ଯେମିତି । ପାଟି ନ ଫିଟାଇ ବଳେଇ ବଳେଇ ଖୁଆଏ । ଭୟରେ କି ଧରାପଡ଼ିଯିବାର ଆଶଙ୍କାରେ କେଜାଣି ସେ ନୀରବରେ ଅଭୟ ବର ମାଗେ ।

ତା'ର ଆସିବାର ମାସେ ପୁରିଛି କି ନାଇଁ ଦିନ ଦି'ପହରଟାରେ ଦିନେ ବାପା ତା'ର ମା'ର ବାଟ ଧରିଲା । ବାପା ମୁହଁରେ ନିଆଁ ଦେଇ ମଶାଣିରୁ ଫେରିଲା ବାଟରେ ଜାତି ଭାଇରୁ ଜଣେ କହିଲା- "ଝିଅଟାର ବିଧବା ଯୋଗ ଥିଲା ବୋଲି ଜାଣ । ଏବେ କୁଆଡ଼କୁ ହେଲା ନାଇଁ..."

"ୟାରି ଘର ବସିଲେ ସିଏ ପେଜ ତୋରାଣି ପିଇ ଦିନ କାଟିବ । ବାପର କୋଉ ସକ୍ଷ ଅଛି ଯେ ଦେବ । ୟାରି ଆଶ୍ରାରେ..."

- ହଁ ସତକଥା । ବର୍ଷିକିଆ ପରେ ପରେ ୟାର ବାହାଚୁଡ଼ା କରିଦେବା କଥା ।

- ନା କ'ଣ କହୁଛୁରେ ଜଗନ ?

- ଏଇଟା କି ପଚାରିବାର ବେଳ ? ଜଣେ ଆକଟି କହିଲା ।

ଶୁଦ୍ଧିଘର ସରୁ ସରୁ ବନ୍ଧୁବାନ୍ଧବ ଯେଝା ବାଟରେ ଚାଲିଗଲେ । ଘରଟା ନିଶୂନ୍ ହେଇଗଲା । - ଚାକିରିକୁ କେବେ ଯାଉଛୁ କିରେ ? ଦିନେ ସାନ କାକା ପଚାରିଲା ।

- ସେଇ ଚାକିରି କ'ଣ ଆଉ ଥିବ ? ଜଗନ କହିଲା ।

- ପୁଣି କିଛି ଗୋଟେ ଧନ୍ଦା ଦେଖିବାକୁ ପଡ଼ିବ ତ ।

- ହୁଁ ।

- ଏତେଦିନ ତ ରହିଲାଣି । ଧାନଟା ଅମଳ କରିଦେଇ ରଖାଥୁଆ କରି ଯିବ ଭାରି । ସର ଖୁଡ଼ୀ କହିଲା ।

- ହଁ ସେଇୟା । ଜଗନ କହିଲା ।

ଯାହାକୁ ଦେଖିଲେ ସେଇ କଥା । ସେଦିନ ସେମିତି ଧନୁ କାକା ବି ପଚାରିଲା, "ତୋ ନୂଆ ମା'ର ହାତ ରନ୍ଧା ଆଉ ପାଟିରୁ ଛାଡୁନି କିରେ ? ମନୁଆ ପିଲାଟା । ଯୁଆଡ଼େ ମନ ଧରିଛି ତ ଧରିଛି । ଏଥର ତୋର ବୁଦ୍ଧି ବାଟ ଦେଖ୍ । ବୁଝିଲୁ, ଛୋଟ ଜାଗା, ପୋଚରା ପାଣି ପରି । କେତେବେଳେ ଲୋକ ମୁହଁରେ କି କଥା ପଶିବ ତା'ର ଠିକଣା ଅଛି । ଧାନଟା ଭରିଦେଇ ତୁ ଚାଲିଯା ଭାରି । ଜଗନ ଭାରି ଅଶ୍ୱସ୍ତିରେ ଧାନକଟାକୁ ଅପେକ୍ଷା କଲା ।

ଚାହୁଁ ଚାହୁଁ ଦିନ ଗଡ଼େ । ପ୍ରତି ରାତିରେ ବାରିପଟର ସୁସୁରୀକୁ କାନ ଡ଼େରିଥାଏ । କେତେବେଳେ ଝିଙ୍କାରୀର ଝିଁ ଝିଁ ଶବ୍ଦ ତ ବାଉଁଶବୁଦାରୁ ସାଇଁ ସାଇଁ ଡ଼ାକ ଛଡ଼ା ଆଉ କିଛି ଶୁଭେ ନାହିଁ । ଆଖି ଖୋଲି ଚାହେଁ । ବାପାର ଶୋଇବା ଜାଗା ଖାଲି । ପାଟେଣୀ ଘର ଝରକା ଫାଙ୍କକୁ ଦେଖେ । ବେରଙ୍ଗୀ ପାଉଁଶିଆ ଲୁଗାରେ ଅଯତ୍ନରେ ବାଛନ୍ଦ ହେଲାପରି ଯୋଡ଼ିମୋଡି ହେଇ ସିଏ ପଡ଼ିଥାଏ । ଏଥର ତାକୁ ସିଧା ଚାହିଁବାକୁ କେମିତି କେଜାଣି ଜଗନକୁ ଭୟ ଲାଗେ । ଅପରାଧର ବୋଝଟା ଯେମିତି ତାରି ମୁଣ୍ଡରୁ ଖପ୍‌କିନା ଡ଼େଇଁ ଆସି ଜଗନ ମୁଣ୍ଡରେ ଏଥର ବସା ବାନ୍ଧିଛି ।

ବାପା ଗଲାଦିନଠୁ ଆଉ ସାଇ ପିଣ୍ଡାରେ ବସିବାକୁ ଭଲ ଲାଗୁ ନାହିଁ । ବରଂ ବିଲ ଆଡ଼େ ଘେରାଏ ବୁଲି ଆସିଲେ ହେବ । ବାରିପଟ ତଳ ମୁହାଁ ହିଡ଼ ଦେଇ ଜଗନ ବିଲ ଆଡ଼େ ଚାଲିଲା । ଚାରିଆଡ଼େ ଶୁଆପକ୍ଷିଆ କ୍ଷେତ । ଧାନ କେଣ୍ଡା କି ନୂଆଁ ଭାବରେ ମଥି ହେଉଛି କେଜାଣି ତଳକୁ ନଇଁପଡ଼ି ମାଟି ବାସ୍ନାରେ ଆପଣା ଭିତରକୁ ନିରେଖି ଚାହୁଁଛି । ହିଡ଼ ଉପର ଭୂଇଁ ଉପରେ ଭୁରୁ ଭୁରୁ ଘାସ ବାସ୍ନା । ବାହାଲ ଜମି କଡ଼ରେ ବାଉଁଶ ବୁଦାରୁ ଗଣି ଗଣି ବାଉଁଶ କଟା ହେଉଥାଏ । ପାଞ୍ଚ ଗାଁର ଦେବୀ ମେଢ଼ ପାଇଁ ସବୁ ଆଖ ପାଖ ଗାଁରୁ ବାଉଁଶ ଯାଏ । ଚାରିଖଣ୍ଡ ଗାଁ ମଝିରେ ମୁକୁଟ ସର । ସେଇଠି ମେଢ଼ ବିସର୍ଜନ ହୁଏ । ଚାରିଆଡ଼େ ଆଖିବୁଲାଇଲେ ଫରଚ଼ା ଲାଗୁଛି । ହିଡ଼ ଏ ପାଖ ମେଲା ଭୂଇଁରେ ଅନାବନା ଗଛ ଘାସ ଉପରେ ଆଶ୍ୱିନର କାକର ବିନ୍ଦୁ ଖରାତେଜରେ ଚିକ୍‌ମିକ୍ କରୁଥାଏ । ବିଶ୍ୱାସରେ ଲଟକି ରହିଥାଏ ପତ୍ର ଉପରେ । ବିଶ୍ୱାସ ଖସିଗଲେ କାକର ପାଣି ଫାଟିଯିବ । ଘାସପତ୍ର ନିରସିଆ ହତଶ୍ରୀ ଦିଶିବେ । ଜଗନ ପୁଣି ଘେରାଏ ମାରି ବୁଲି ପଡ଼ିଲା । ଯେମିତି ଗାଁଟାକୁ ସେ ନୂଆଁ କରି ଦେଖୁଛି । ଫେରୁ ଫେରୁ ଘଡ଼ିଏ ଉଛୁର ହେଇଗଲା ।

ତା'ର ଫେରିଲା ବାଟକୁ ଚାକି ରହିଥିଲା ପରି କନକ ଜେଠେଇ ଥିର୍‌କିନା ତାକୁ ବାଟ ମୁହଁରୁ ଡ଼ାକି ନେଲା । ଭିତର ଅଗଣାରେ ତାକୁ ବସାଇ ତରତର ହେଇ

ପାଟେଣି ଖଞ୍ଜା ଭିତରକୁ ପଶିଗଲା । ସେଠୁ ବାକ୍ସ ଭିତରୁ ନାଲିକନାର ବୁଜୁଳାଟାଏ ନେଇ ଆସି ତାରି ହାତରେ ଗୁଞ୍ଜି ଦେଇ କନକ ଜେଠେଇ ଚୁପି ଚୁପି କହିଲା- "ଅଭାବୀ ଘର ଝିଅ ତ, କାଲେ ଏପଟ ସେପଟ କରିଦେବ ବୋଲି ତୋ ବାପା ମୋରି ପାଖରେ ଏଇଟା ରଖେଇଥିଲା । ଦୁଇ ଭରି ହେବ ସୁନା, ଟଙ୍କା ସାଢ଼େ ତିନି ହଜାର... ଏଥର ତୋରି ହିପାଜତରେ ରଖ । ଲେଖା ଯୋଖାରେ ସିନା ଦିଅର, ହେଲେ ତୋ ବାପା ତ ମୋରି ସାନ ଭାଇ ପରି ଥିଲାରେ ଜଗୁ..." କନକ ଜେଠେଇ ନାକ ସୁଁ ସୁଁ ହେଇ ଆଖି ପୋଛିଲା ।

ଘରକୁ ପଶୁ ପଶୁ ତା'ର ଅଶରୀରୀ ବାପାର ଶୋଇବା ଜାଗାରେ ଆଖି ପଡ଼ିଲା । କ'ଣ ଭାବି ପୁଣି ମୁହଁ ବୁଲାଇନେଲା ଜଗନ । ବୁଜୁଳାଟିକୁ ବେଗ୍ ଭିତରେ ନେଇ ଜାକି ଦେଲା ।

ସେଦିନ ଆଉ ଘରୁ ବାହାରିଲାନି । ମାଛି ଅନ୍ଧାର ଯାଏଁ ଶୋଇ ରହିଲା । ପାଞ୍ଚ ଗାଁର ଦେବୀ ମେଢ଼ର ଘଣ୍ଟ ବାଜାରେ ଚମକି ପଡ଼ି ଉଠିଲା । ରୋଷଘରକୁ ଅନେଇଲା । କାଠ ଚୂଲିରେ ଚା' ବସାଇ ସିଏ ଗାଲରେ ହାତ ଦେଇ ବସିଥିଲା । ନିଆଁ ଧାସଟା ତା'ର ମୁହଁରୁ ସବୁ ରଙ୍ଗ ରସ ଶୁଖେଇ ଦଉଥିଲା ଯେମିତି । ଛୋଟ ସ୍କୁଲପିଲାଟିଏ ମାଷ୍ଟ୍ରକୁ ପାଠ ପଚାରିବା ପାଇଁ ସାହସ କୁଳାଇଲା ପରି ଜଗନ ସନ୍ତର୍ପଣରେ ରୋଷଘର ଚୂଲି ମୁଣ୍ଡରେ ବସିଲା ।

- କ'ଣ ଭାବୁଛୁ... ଚା' ଉତୁରିଲାଣି । ଜଗନ କହିଲା ।

- କ'ଣ ଆଉ ଭାବିବାକୁ ଅଛି ଯେ, ମୋର ଫଟା କପାଳକୁ । ଚା' ଛାଣୁ ଛାଣୁ ସିଏ କହିଲା ।

- ଗୋଟେ କଥା ପଚାରିବି ? ଜଗନ କହିଲା ।

ମୁଣ୍ଡ ଟୁଙ୍ଗାରି ସେ ଚା' ଗିଲାସଟା ଜଗନ ହାତକୁ ବଢ଼େଇ ଦେଲା ।

- ଏଠି କାଇଁ ହଁ ଭରିଲୁ ?

- ମୋର ହଁ ନାଇଁକୁ କିଏ ଟାକିଥିଲା ଯେ...

- ଫେର୍ ବି ମନା କଲୁ ନାଇଁ ?

- ଆଠଟା ଝିଅ ଘରେ । ନିଦରବି ବାପ । ଗୋଟେ ଉଠିଗଲେ ତାରି ପଛକୁ ବାକିମାନେ ଉଠିଯିବେ ଭାବି ଦେଲା । ଦେଲା ନାଇଁ ଯେ ବିକିଲା । ଘରେ ତ ଦୁନିଆଁ ଧାର କରଜ..

- ଏଠି କୋଉ ଚଉବର୍ଗ ଭୋଗ କରୁଛୁ ଯେ ?

- ଆଉ କିଛି ନ ହେଲେ ମୁଠେ ଖାଇବି, ଖଣ୍ଡେ ପିନ୍ଧିବି । ଆଉ କ'ଣ.. ।

ତା'ର ଆଖି କଣରେ ଜମିଥିବା ଲୁହ ନିଆଁ ଧାସରେ ଚିକ୍‌ମିକ୍ କଲା । ଆଶ୍ୱିନର କାକର ଟୋପା ପରି । ସିଏ ଦୀର୍ଘଶ୍ୱାସ ଛାଡ଼ି ମୁହଁ ତଳକୁ କଲା ।

- ଯିବୁ କି ବାପଘର ଆଡ଼େ ଦୁଇ ଚାରିଦିନ ବୁଲି ଆସିବୁ ।

- ବିକା ଜିନିଷ ଆଉ କି ଫେରସ୍ତ ଯାଏ । ବିଧବା ଝିଅର ଦଶାତୁଠକୁ ଯୋଉ ବାପ ଘରୁ ଲୁଗା ଖଣ୍ଡେ ଆସି ପାରୁ ନାହିଁ, ସେଠିକି ଗଲେ ଖାଇବି କ'ଣ...

ଚୂଲିରେ ଭାତ ହାଣ୍ଡି ବସାଇବାକୁ ସିଏ ଉଠିଗଲା । ହାଣ୍ଡିରେ ପାଣି ଢ଼ାଳିଲା । ଆଖି କଣର ପାଣି କେଇଟୋପା ହାଣ୍ଡିରେ ଖସି ପଡ଼ିଲା ।

ଗିଲାସର ଚା' ଥଣ୍ଡା ହେଇଯାଇଥିଲା । ଏକାଥରକେ ପାଣି ପରି ଢୋକି ଦେଇ ଜଗନ ଚୂଲି ମୁଣ୍ଡରୁ ଉଠିଲା । ସେଦିନ ରାତିରେ ଆଖିକୁ ନିଦ ଆସୁ ଆସୁ ରାତି ଅଧ । ପାଞ୍ଚ ଗାଁର ପୂଜା ମଣ୍ଡପରୁ ଝାଞ୍ଜ ମୃଦଙ୍ଗ ପୁଣି ଅପେରାର ନାଚ଼ ଗୀତ ନିଶୂନ୍ ଗାଁଟା ଉପରକୁ ପବନରେ ମିଶି ମାଡ଼ି ଆସୁଥାଏ । ଆଖିପତା ଲାଗି ଆସିଲା । ଛାଇ ନିଦରେ ସୁସୁରୀ ବାଜିବାର ଶୁଣି ପାରିଲା । କେତେଦିନୁ ଅପେକ୍ଷା କରି ରହିଥିଲା ପରି ଜଗନ ଧଡ଼ପଡ଼ ହେଇ ଉଠି ବସିଲା । କାନ ଡ଼େରିଲା । ପାଉଁଜି ଶବ୍ଦ ଆଉ ଆସିବ ନାଇଁ ପରା । ଜଗନ ମନେ ପକାଇଲା ପରି ଭାବିଲା । ପାଦ ଚିପି ଚିପି ବାହାରିଲା । ବାରିପଟ କବାଟ ଖୋଲା ହେଲା ।

- ଟିକେ ରହିଯା ! ଜଗନ କହିଲା ।

ତା'ର ଭୟାତୁର ଶେତା ମୁହଁଟା ରାତି ଅନ୍ଧାରରେ ବି ବାରି ହେଉଥିଲା । ସେ କିଛି କହିବା ଆଗରୁ ଆଖି ପିଛୁଳାକେ ଘର ଭିତରୁ ନାଲି କନାର ବୁଜୁଳିଟା ନେଇ ଆସି ଜଗନ ତା'ର ହାତରେ ଖୁବ୍ ଧୀରେ ଧରେଇ ଦେଲା ।

- ୟେ କ'ଣ ?

- "ପରେ ଖୋଲିବୁ । ତୋରି କାମରେ ଆସିବ । ଟିକିଏ ରହିଯାଇ ଜଗନ କହିଲା- ତୁ ତା ସାଙ୍ଗରେ ଚାଲିଯା ।"

-ଏଁ ! କୋଉଠିକି ?

- ଯୋଉଠିକି ଇଚ୍ଛା ।

- ଗାଁ ଲୋକ...

- ସେକଥା ମୁଁ ବୁଝିବି ।

ସେ କ'ଣ କହିବ କହିବ ହେଉଥିଲା । ଜଗନ ତାରି ପାଟିରେ ହାତ ଦେଇ କହିଲା- ଆଉ କିଛି କହନା ।

ବିଶ୍ୱରୂପ ଦର୍ଶନ ପରେ ଭାବାପ୍ଳୁତା ଯଶୋଦା ପୁଅକୁ ହାତ ଯୋଡ଼ିଲା ପରି

ନୂଆ ମା' ତଳେ ଲଥ୍‌କିନା ବସି ପଡ଼ି ଜଗନର ପାଦ ଯୋଡ଼ିକୁ ଧରି ପକାଇଲା। ତା'ର ଆଖିରୁ ଖସୁଥିବା ଆଶ୍ୱିନର କାକର ଟୋପାରେ ଜଗନର ପାଦ ଭିଜି ଯାଉଥିଲା। ହଡ଼ବଡ଼େଇ ଗଲା ପରି ତାକୁ ଉଠାଇ ଆଣି ପିଠିରେ ହାତ ଦେଇ ଜଗନ କହିଲା- ଏଥର ଯା।

ସିଏ ପଛକୁ ଥରେ ଘରଟା ଉପରେ ଆଖି ବୁଲାଇଲା। ବାଟ ବଳେଇ ଦେବାପାରି ଜଗନ ପୁଣି କହିଲା- "ଆଉ ପଛକୁ ଚାହାଁ ନାଇଁ। ଯା।"

ଦଶମୀ ତିଥିର ଅନ୍ଧାରରେ ଛାଇ ଦିଓଟି କ୍ରମଶଃ ଅପସରି ଗଲେ। ଝିଅବିଦା କରି ବାଟ ମୁହଁରେ ଛିଡ଼ା ହେଇଥିବା ବାପାର ଆଖିପତା ପରି ଜଗନର ଭିତରଟା କେମିତି ଓଦା ଓଦା ଲାଗିଲା। କେବେ ଦିନେ ଦେଖିଥିବା ହିନ୍ଦୀ ସିନେମାରେ ବାପାଟିଏ ତା' ଝିଅକୁ ନିଜ ପ୍ରେମିକ ସହିତ ପଳେଇଯିବାକୁ ବାଧ୍ୟ କରୁଥିବାର ଦୃଶ୍ୟଟିଏ ତା'ର ଆଖି ସାମ୍ନାକୁ ଆସିଗଲା। ଜଗନ ମନେ ମନେ ହସିଲା। ଯାହା ବି ହେଉ ତା'ର ମନ ଭିତରଟା ହାଲୁକା ଲାଗୁଥିଲା।

ପରଦିନ ସକାଳେ ଡ଼େରିଯାଏଁ ଶୋଇପଡ଼ିଲା। ସର ଖୁଡ଼ୀ ବାରିପଟ ଦୁଆର ଦେଇ ପଶି ଆସୁ ଆସୁ କହିଲା- "ଖରା କେତେବେଳୁ ପଡ଼ିଲାଣି। ବାସି ଘର ଦ୍ୱାର ସେମିତି ପଡ଼ିଛି। ତୋ ନୂଆ ମା' କାହିଁ କିରେ ଜଗନ ?"

- ନାହିଁ। ଆଖି ରଗଡ଼ି ଜଗନ କହିଲା।

- କୁଆଡ଼େ ?

- ତା' ବାପଘରକୁ। ବସ୍‌ରେ ବସେଇ ଦେଲି।

- ଏଁ ! କି କଥା ଏ କାନ ଶୁଣିଲା ! ଗୋଟା ବର୍ଷେ ଯାଏଁ ଘରୁ ଗୋଡ଼ କାଢ଼ିବା କଥା ନୁହଁ। କୁହାବୋଲା କିଛି ନାଇଁ...

ସର ଖୁଡ଼ୀ ଭୂତ ଦେଖି ହାଉଳି ଖାଇଲା ପରି ଦୁମୁଦୁମୁ ହେଇ ଚାଲିଗଲା। ଘଡ଼ିକ ଭିତରେ କଥାଟାକୁ ଏବେ ଗାଁ ସାରା ଗୋଳି ଦେବ। ଦୁଇଦିନ ପରେ ଯାଇ ସହର ଆଡ଼େ ଘେରାଏ ବୁଲି ଆସିଲେ ହେବ। ତା' ଭିତରେ କଥା ଆପଣାଛାଏଁ ଦବି ଯାଇଥିବ। ଜଗନ ଭାବିଲା।

- "ଆଜି ଭସାଣି ମେଢ଼ ଦେଖିବାକୁ ଚାଲ। କେତେ ଘରଟା ଭିତରେ ଏକୁଟିଆ ପଡ଼ିଛୁ ଯେ।" ଦୁଇଦିନ ପରେ ତାଙ୍କ ସାଇ ଟୋକା ବିହାରୀ ଆସି ତାକୁ ଡ଼ାକି ନେଇଗଲା। ପଞ୍ଚାୟତର ପ୍ରତି ଗାଁରେ ପ୍ରତି ବର୍ଷ ପାଳି କରି ବେଶ୍ ଧୂମ୍‌ଧାମରେ ଦେବୀପୂଜା ହୁଏ। ଗାଁରୁ ଖୋଳ କରତାଳ ଝାଞ୍ଜ ମୃଦଙ୍ଗ ଥାଟ ନେଇ କେତେବେଳୁ ବାହାରିଲେଣି। ସାଇ ଟୋକାଙ୍କ ମେଳରେ ଜଗନ ଗାଁ ପାରି ହେଲା।

ଖଣ୍ଡେ ଦୂର ଗଲାପରେ ଦଳ ଦଳ ଫେରନ୍ତି ଲୋକ। ହାଉ ଜାଉ। ତା' ଭିତରେ ପାଟି ଗୋଳ। ମୁକୁଟସରରେ କୋଉ ମାଇକିନାର ମଢ଼ ଭାସୁଛି ! ଆଜି ଭସାଣି ମେଢ଼ ସେଠି ହେଇ ପାରିବ ନାହିଁ। ପୁଣି କୋଉ ଗାଁର ପୋଖରୀରେ ହେବ ତାକୁ ନେଇ କଥା ଟଣାଟଣି ମାଡ଼ ଗୋଳ ଯାଏଁ ଗଲାଣି।

କଥାଟା ଜଗନ କାନରେ ବାଜିଲା କ୍ଷଣି ତା'ର ଅଜାଣତରେ ଛନକା ପଶିଗଲା। ସାଇପିଲାଙ୍କ ଭିଡ଼ କାଟି ସେ ଏକମୁହାଁ ଧାଇଁଲା। ଭିଡ଼ ଭିତରେ କେହି କାହାରିକୁ ନଜର ନାହିଁ।

- ଆଲୋ କିଏ କହୁଥିଲା ତା' ବାପଘର ଯାଇଛି ବୋଲି। ଆମ ପିତେଇ ପରା ଏବେ ଠୋସ୍ ଖବର ନେଇ ଫେରିଛି। ଘରୁଟଙ୍କା ସୁନା ନେଇ ଧୋବା ସାଇର ମହନା ସାଙ୍ଗରେ ପଳେଇଥିଲା। ପାପକର୍ମ ଫଳଟି ଯିବ କୁଆଡ଼େ ? ଦୁଇଦିନ ମଉଜ କରି ମହନା ତାଠୁ ସବୁଟଙ୍କା ସୁନା ନେଇ ଫେରାର୍ ! ଆଉ କୋଉ ମୁହଁରେ ଅଲକ୍ଷଣୀ ଗାଁକୁ ଫେରିଥାନ୍ତା ଭଲା। ସେଇ ମୁକୁଟ ସରରେ ବୁଡ଼ି ମଲା। ଓହୋରେ କଳିକାଳ ! ମଉନମୁହିଁର ଗୁଣ ଦେଖ। ସ୍ୱାମୀ ଯିବାର ଦି'ମାସ ଯାଇଛି କି ନା... ଛି ! ଛି !..." ପିତେଇର ମା' ତା'ର ସବୁଦିନିଆ ବଡ଼ ପାଟିରେ କହି ଚାଲିଥାଏ।

- ମହନାଟା କୋଉ ବାଗର ପିଲା ? ଏକାଥରକେ କେତେ ଘାଟରୁ ସେ ପାଣି ପିଏ ଯେ ତା'ର ଠିକଣା ନାହିଁ। ଭିଡ଼ ଭିତରୁ କେହି ଜଣେ କହିଲା।

- ଏଥର ଭସାଣି ଯାତ୍ରାଟା ଗଲା ବୋଲି ଜାଣ। ଆଉଜଣେ କହିଲା।

ହୋ ହଲ୍ଲା ପାଟିଗୋଳ ଭିତରେ ଚର୍ଚ୍ଚାର ବେଗ ବଢ଼ି ଚାଲିଥିଲା।

ଏକମୁହାଁ ହେଇ ଧାଉଁ ଧାଉଁ ଜଗନର ପାଦ ଦୁଇଟି କେତେବେଳେ ମୁକୁଟ ସରର ହିଡ଼ ଉପରେ ଥମ୍ ହେଇ ରହିଗଲା, ତା'ର ଖିଆଲ ନାହିଁ। ମୁକୁଟ ସରରେ କାଚକେନ୍ଦୁ ପାଣି। ଜଗନ ହିଡ଼ ତଳକୁ ଓହ୍ଲାଇଲା। ଭସାଣି ଘାଟକୁ ଚାହିଁଲା। ପାଣିରେ ନୂଆ ମା'ର ମେଢ଼ ଭାସୁଥିଲା !

ନୂଆ ମା'! ମୁହଁରେ ହାତ ଚାପି ତା'ର ଭିତରର ଯେତେକ ବଳ ଆଉ କୋହକୁ ଟାଣିଟୁଣି ଡ଼ାକ ଛାଡ଼ିଲା ଜଗନ- ପ୍ରଥମ ଆଉ ପୁଣି ଶେଷଥର ପାଇଁ। ମୁକୁଟ ସରର ଆଖେ ପାଖେ ଢ଼େଉ ଭାଙ୍ଗୁଥିବା ପବନରେ ବାରବାର ତା'ର ଉତ୍ତର ଆସିଲା- ନୂଆ ମା'! ନୂଆ ମା'!! ନୂଆ ମା' !!!

■

ଦାଗ

- "ଆସନ୍ତୁ, ଆସନ୍ତୁ ମହାନ୍ତିବାବୁ। ଆପଣ ଏକୁଟିଆ ଆସିଲେ ଯେ, ମିସେସ୍ ମହାନ୍ତି ଆସିଲେନି। ଅଜିତା ଗଲାପରେ ସେ ଥରଟିଏ ବି ଆମ ଘରଆଡ଼େ ଆସିନାହାନ୍ତି।" ପତ୍ନୀଙ୍କ ମୃତ୍ୟୁବାର୍ଷିକୀରେ ଆମନ୍ତ୍ରିତ ଅତିଥିମାନଙ୍କୁ ପାଛୋଟି ନଉ ନଉ କହିଲେ ସମରସେନ୍।

- ଭାଉଜଙ୍କୁ ସେ ଭାରି ମିସ୍ କରୁଛି ସତରେ। ଅଜିତା ଅପାଙ୍କ ଫଟୋରେ ସେ ଫୁଲମାଳ ଦେଖି ପାରିବ ନାହିଁ କହିଲା। ଆସିବାକୁ ମଙ୍ଗିଲାନି...।

- ସେ କ'ଣ ଆଉ କାହା ଇଚ୍ଛାରେ ଅଛି...

- ସତକଥା ବି ଦେଖନ୍ତୁ ତ। ଘରେ ଏତେ ଲୋକ ହାଉଜାଉ, ଅଥଚ୍ କେତେ ଫାଙ୍କା ଲାଗୁଛି। ଜଣକର ଅଭାବଟା ଆପଣାଛାଏଁ ଜଣା ପଡ଼ିଯାଉଛି।

- କ'ଣ ଆଉ କରିବେ, ପ୍ରଭୁଙ୍କ ଯାହା ଇଚ୍ଛା...। ଉପରକୁ ହାତ ଟେକି ଅଳପ ଗମ୍ଭୀର ସ୍ୱରରେ କହିଲେ ସମରସେନ୍।

ବଡ଼ ପୁଅ ବୋହୁ ପିଣ୍ଡ ପୂଜାରେ ବସିଥିଲେ। ସାନ ପୁଅ ବୋହୁ ଝିଅ ଜୋଇଁ ଓ ଅନ୍ୟମାନେ ରନ୍ଧାବଢ଼ା ଓ ଅତିଥି ସତ୍କାରରେ ବ୍ୟସ୍ତ ଥିଲେ।

ସମରସେନ୍ ଅତିଥିମାନଙ୍କୁ ଘର ଭିତରକୁ ଡ଼ାକି

ନଉ ନଉ ଦେଖିଲେ କେତେବେଳୁ ପ୍ରିୟବ୍ରତ ଉପରକୁ ଏକଲୟରେ ଅନେଇ ରହିଛନ୍ତି। କାନ୍ଥ ଉପରେ ଅଜିତାଙ୍କ ତୈଳଚିତ୍ର। ମଲ୍ଲୀ ଆଉ ଗୋଲାପ ଫୁଲର ମାଳାରେ ପୋତି ହେଇଗଲା ପରି ମୁହଁଟାକୁ ସାନଝିଅ ମଝିରେ ମଝିରେ ଆସି ନିଜ ହାତରେ ଫରଚ୍ଛେଇ ଦଉଥାଏ। ଯିବା ଆସିବା ଭିଡ଼ ଭିତରେ ଅତିଥି ଅଭ୍ୟାଗତ, ବନ୍ଧୁବାନ୍ଧବ ସମସ୍ତେ ସେଠି ଦଣ୍ଡେ ଅଟକି ଯାଉଥାନ୍ତି। କିଏ ହାତ ଟେକୁଥାଏ, କିଏ ଭୂଇଁରେ ମୁଣ୍ଡ ନୁଆଁଉଥାଏ ତ ଆଉ କିଏ ନିର୍ନିମେଷ ଦୃଷ୍ଟିରେ ଘଡ଼ିଏ ଚାହିଁ ରହୁଥାଏ। ଅଜିତାଙ୍କ ବୟସ୍କ ମୁହଁରୁ ଲାସ୍ୟର ଅନୁପମ ମାୟା ଯେମିତି ଚାରିଆଡ଼େ ବିଛୁଡ଼ି ପଡୁଥାଏ। ଧୂପ ଚନ୍ଦନ ଓ ଅଗୁରୁର ବାସ୍ନା ଭିତରେ ଲହଡ଼ି ଭାଙ୍ଗୁଥିବା ସେଇ ମାୟା କୁହୁଡ଼ିର ଆସ୍ତରଣ ଭିତରେ ସମସ୍ତେ ଆବୋରି ହେଇଯାଇଥାନ୍ତି ଅବା।

ଦେଖିବାକୁ ସେମିତି ଅସାମାନ୍ୟ ସୁନ୍ଦରୀ ନ ଥିଲେ ଅଜିତା। ଆଖି ନାକ ଓଠ ସବୁକୁ ଅଲଗା କରି ଦେଖିଲେ ସେମିତି କିଛି ବିଶେଷତ୍ୱ ଥିଲା ପରି ମନେ ହେଉ ନଥିଲା। ଛୋଟ କପାଳ ମଝିରେ ବଡ଼ ସିନ୍ଦୁର ଟୋପାଟିଏ। ଆଖିରେ କଜଳ ଗାର। ବାଁ ପଟ ନାକରେ ଧଳାପଥରର ନାକ ପୁଟୁକିଟାଏ। ପାହାନ୍ତିର ଫିକା ଆଲୁଅର ରଙ୍ଗ ମଖା ମୁହଁର ବାଁପଟ ଚିବୁକ ପାଖରେ ସରୁ କଟା ଦାଗଟିଏ- ଲମ୍ବାତିଳ ଚିହ୍ନପରି ମୁହଁରେ ଲାଳିତ୍ୟ ଯୋଖି ଦେଉଥିଲା। ଗୋଟେ ପ୍ରକାର ଆକର୍ଷଣର କେନ୍ଦ୍ରବିନ୍ଦୁ। ସାଧାରଣ ସ୍ୱାସ୍ଥ୍ୟ ଆଉ ସାଧାରଣ ଚେହେରା ଭିତରେ ଉକୁଟି ପଡୁଥିବା ଧାରେ ଦିପ୍ତୀର ସ୍ରୋତକୁ କାଚ଼ଫ୍ରେମ୍‌ଟା ଧରି ରଖି ପାରୁନଥିଲା ପରି ମନେ ହେଉଥିଲା ପ୍ରିୟବ୍ରତଙ୍କୁ। ସେ ସେମିତି ଚାହିଁ ରହିଥିଲେ।

ପ୍ରିୟବ୍ରତଙ୍କୁ ସେମିତି ଦେଖି ଗୋଟେ ପ୍ରକାର ଅପ୍ରସ୍ତୁତ ହେଲାପରି ସମରସେନ୍ କହିଲେ, ଆରେ ତୁ କେତେବେଳୁ ଆସିଲୁଣି ?

ତାଙ୍କ କଥାକୁ ନ ଶୁଣିଲା ପରି ନିଜ ଭିତରେ ଏ ଯାଏଁ ମଗ୍ନ ପ୍ରିୟବ୍ରତ କହିଲେ, "ଆଚ୍ଛା ସମର ଭାଉଜଙ୍କ ଗାଲରେ ଏଇ କଟାଦାଗଟା ତ ଆଗରୁ ନ ଥିଲା। ତମ ଦି' ଜଣଙ୍କର ବାହାଘର ବେଳର ଚେହେରା ମୋର ଏବେ ବି ମନେ ଅଛି। ଭାଉଜଙ୍କୁ କେତେଥର ଏ ବିଷୟରେ ପଚାରିଛି। ହେଲେ ପ୍ରତିଥର ସେ ମୋ କଥାକୁ କେମିତି ଏଡ଼େଇଯାନ୍ତି। ଏମିତି କୌଣସି ସ୍ତ୍ରୀଲୋକ ନାହିଁ ଯିଏ ତା'ର ମୁହଁର ଦାଗର ଉତ୍ପତ୍ତି ବିଷୟରେ ଜାଣି ନ ଥିବ। ମୋର କାଇଁ ବିଶ୍ୱାସ ହେଉ ନାହିଁ। ତୁ ନିଶ୍ଚେ ଜାଣିଥିବୁ। କାରଣ ଏମିତି ପୁରୁଷ ନାହିଁ ଯିଏ ତା'ର ସ୍ତ୍ରୀ ଦେହର ଦାଗ ବିଷୟରେ ଜାଣି ନ ଥିବ, ନୁହେଁ କି ?"

"ଆଉ କ'ଣ ଅଛି ଦାଗରେ, ମଣିଷ ତ ନାଇଁ ।" କଥାଟିକୁ ବାଆଁରେଇ ଦେଲାପରି ସମରସେନ୍ କହିଲେ ।

- "ହେଲେ ସ୍ମୃତି ତ ଅଛି", ପ୍ରିୟବ୍ରତ ଭାବାବେଗରେ କହିଲା ପରି କହିଲେ ।

- "ମା'ଙ୍କୁ ସେଇ ଦାଗଟା ବେଶ୍ ମାନୁଥିଲା ବି । ପୁରା କ୍ଲାସିକ୍ ଗ୍ରୀକ୍ ଗଡ଼େସ୍ । ପନ୍‌ସାରୀ ଆର୍ଟସର ସୁବୋଧ ମହାରଣା ପାଖରୁ ୟେ ପରା ନିଜେ ଯାଇ କରେଇ ଆଣିଛନ୍ତି ।" ଅଜିତାଙ୍କ ପାଖରେ ଜଳୁଥିବା ଦୀପରେ ଘିଅ ଢାଳୁ ଢାଳୁ ସାନବୋହୂ କଥା ମଝିରେ କହିଲା ।

- "ଆରେ ମା' ବୁଝିଲୁ, ମୁଁ ତ ଭାବୁଛି ଏଇଟା ସେଇ ଆର୍ଟିଷ୍ଟର ଶେଷ ଚିତ୍ର ହେବାର କଥା । ୟାପରେ ସେ ଆଉ କୌଣସି ମୁହଁରେ ଏମିତି ଗ୍ରେସ୍ ଆଣି ପାରିବ ପରି ଲାଗୁନି ।" ପ୍ରିୟବ୍ରତ କହିଲେ । – "ହଉ ଆସ ଏଥର, ଖିଆପିଆ ଟିକେ ବୁଝିବା ।" ପ୍ରସଙ୍ଗ ବଦଳେଇ ସମରସେନ ପ୍ରିୟବ୍ରତଙ୍କୁ ହାତ ଧରି ଡାକିନେଲେ ।

ପୁରୁଣା ଲୋକବାକଠୁ ଆରମ୍ଭ କରି ସାଇପଡ଼ିଶା ବନ୍ଧୁବାନ୍ଧବ ସମସ୍ତେ ଆସିଥିଲେ । ଅଜିତାଙ୍କ ସ୍ମୃତି ଚ଼ାରଣରେ ସମସ୍ତେ ଶତମୁଖ । ଅତିଥିପରାୟଣତା, କର୍ମଦକ୍ଷତା ଓ ଅନ୍ୟାନ୍ୟ ସାଂସାରିକ ଗୁଣବତ୍ତାରେ ଅଜିତାଙ୍କୁ ଉପମା ଦେବାରେ କେହି କାର୍ପଣ୍ୟ କରୁ ନ ଥିଲେ ।

-"ଏତେଦିନ ଭିତରେ ଦିନେ ବାଧିଲା ପରି କଥା ଦି'ପଦ ମା' ମତେ କହି ନ ଥିଲେ । କାହାକୁ କୋଉ କଥାରେ ପାତର ଅନ୍ତର ନାଇଁ । ଏମିତି ଅବେଳରେ ମା' ଆମର ଚାଲିଗଲେ ଯେ... ଅବିଚ଼ାର କହିଲେ ଏଇ ଗୋଟିଏ... ବାବୁଙ୍କୁ ଏକୁଟିଆ କରି ଦେଇଗଲେ ।" ଘରର ପୁରୁଣା ଚାକର ପଞ୍ଚୁ ଗାମୁଛାରେ ଲୁହ ପୋଛୁ ପୋଛୁ କହିଲା ।

- ରୋଗ ନା ବଇରାଗ । ଚୁପ୍‌ଚାପ୍ ଅହ୍ୟ ସୁଲକ୍ଷଣୀ ହେଇ ଚାଲିଗଲେ । କି ଭାଗ୍ୟ ଦେଖ ତାଙ୍କରି !

- କୋଉ ପୁଅ ବୋହୁ କି ଝିଅ ଜୋଇଁଙ୍କୁ ସେବାର ସୁଯୋଗ ସୁଦ୍ଧା ଦେଲେ ନାଇଁ । ଅପା ସବୁଦିନ ଏମିତି ଅଭିମାନୀ ।

- ସିଏ ବି ପ୍ରକାରେ ଭଲ । କିଏ କାହିଁ କହିବ ଯେ ମୁଁ କଲି ବୋଲି ।

- ପିଲାଠୁ ବୁଢ଼ା କାହାକୁ କେବେ କଥାରେ କି କାମରେ ଆଘାତ ଦେଇ ନ ଥିଲେ ବିଚ଼ାରୀ ।

- ଆରେ କୁକୁର ବିଲେଇ ପରା ଦିହ ଛାଡ଼ିଦେଲେ ଝୁରି ଝୁରି। ଆଉ ମଣିଷ କଥା କିଏ ପଚ଼ାରେ।

- ବୁଝିଲ ପ୍ରଭା, ମୁଁ ତ ଭାବେ ସେଠି ଅପ୍‌ସରା ଗାନ୍ଧର୍ବୀମାନେ ବି ଭାଉଜଙ୍କର ଶତ୍ରୁଶୂନ୍ୟ ଜୀବନକୁ ଈର୍ଷା କରୁଥିବେ।" ପ୍ରିୟବ୍ରତ ଭାବ ଗଦ୍‌ଗଦ୍ ହେଇ ନିଜ ସ୍ତ୍ରୀଙ୍କୁ କହୁଥିଲେ।

ଅତିଥିମାନେ ବିଦାୟ ଜଣାଇ ଚାଲିଗଲେ। ବାରିପଟୁ ଡ଼େକଚ଼ି ବାଲଟି ଧୁଆଧୋଇର ଶବ୍ଦ କ୍ରମଶଃ କ୍ଷୀଣ ହେଇ ଆସୁଥିଲା। ତିନି ଚାରି ଦିନ ଧରି ଏଇ ଦିନଟାର ଆୟୋଜନରେ ପୁଅ ବୋହୂ ଝିଅ ଜୋଇଁ ସମସ୍ତେ ଥକି ଯାଇ ଯେଝା ରୁମ୍‌ରେ ବିଶ୍ରାମ ନେଉଥିଲେ। ପିଲାମାନେ ବଗିଚ଼ା ଭିତରେ ଏପଟ ସେପଟ ହେଇ ଖେଳୁଥିଲେ। ଘରଟା ନୀରବି ଆସୁଥିଲା। ଘର ଉପରେ ବୟସ୍କ ଛାଇ। ଶୂନ୍‌ଶାନ୍। ବେତ ଚୌକିଟାରେ ବସିପଡ଼ିଲେ ସମରସେନ୍। ସାମ୍ନାରେ ଅଜିତାଙ୍କ ତୈଳଚ଼ିତ୍ର। ଅଜିତାଙ୍କୁ ଦେଖୁ ଦେଖୁ ନିଜ ଅଜାଣତରେ ଆଖିପତା ମୁଦି ହେଇ ଆସିଲା।

- "ନାନୀ, ଆଜି ତଟକା କଞ୍ଚାକଦଳୀ ଆଣିଛି..." ଗେଟ୍ ପାଖରୁ ପରିବା ବାଲା ଡ଼ାକ ପକାଇଲା। ଅଜିତା ଉଚ୍ଛୁଳି ପଡ଼ିଲା ପରି ଯାଇ କବାଟ ଖୋଲିଲେ। ପରିବା ଆଣୁ ଆଣୁ ଦି'ପଦ ଦୁଃଖ ସୁଖ ତା' ସାଙ୍ଗରେ ହେଇଗଲେ। ସେମିତି ଉଚ୍ଛୁଳା ହସରେ ପରିବା ନେଇ ଆସିଲେ। ଘରେ ଯେତେଲୋକ ଥିଲେ ବି ବାହାର ଲୋକଙ୍କ ସହିତ ଏମିତି କଥାବାର୍ତ୍ତା କାରବାର ସ୍ତ୍ରୀ ଲୋକଟାର ଗଲା ନାଇଁ। ସମର କଠୋର ଦୃଷ୍ଟିରେ ତାଙ୍କୁ ଅନଉ ଅନଉ ଭାବିଲେ। ସାଧାରଣ ପରିବାରରୁ ଆସିଛି ତ ଆଉ ଶିଖିବ କ'ଣ। ପୁଣି ଭାବିଲେ। ଅଜିତାଙ୍କୁ ଶୁଣାଇ କହିଲେ, "ଜାଣିଲୁ ମା' ଭାଉଜଙ୍କ ଫୋନ୍ ଆସିଥିଲା। ତାଙ୍କ ବାପା ଭିଜିଟିଂ ପ୍ରଫେସର୍ ହେଇ ଇଷ୍ଟ ଆଙ୍ଗ୍ଲିଆ ୟୁନିଭର୍‌ସିଟି ଗତବର୍ଷ ଯାଇଥିଲେ, ମନେ ଅଛିନା। ଆଜି ଫେରୁଛନ୍ତି। ଫୁଲତୋଡ଼ା ପାଇଁ ଅର୍ଡର ଦେବାକୁ କହିଛନ୍ତି। ଯାହାହେଲେ ବି ଗୋଟେ ଏଷ୍ଟାବ୍ଲିସ୍‌ଡ ଫେମିଲିର ଝିଅ। ତାଙ୍କର ଚାଲିଚ଼ଳନରେ ଗୋଟେ ରୁଚ଼ି ଅଛି ତ...।" ବାକ୍ୟର ବାକି ଅଂଶ ପୁରା ନ କରି ଜଣାଇଦେଲେ ଯେ ସାଧାରଣ କିରାଣୀ ପରିବାରର ରୁଚ଼ିହୀନ ଝିଅ ଅଜିତା। କିରାଣୀ ଶବ୍ଦଟିକୁ ଏମିତି ଘୃଣା ଓ ତାଚ୍ଛଲ୍ୟରେ କହନ୍ତି ଯେମିତି ସେଇଟା ସିଧା ଅଜିତା ମୁହଁରେ ବାଜି ତାକୁ କ୍ଷତ ବିକ୍ଷତ କରିଦେବ।

କିନ୍ତୁ ଅଜିତାର ସେମିତି କିଛି ହେଲାପରି ମନେହୁଏ ନାଇଁ। କିଛି ଦିନ ପରେ ଖବର କାଗଜରେ ପ୍ରଶ୍ନପତ୍ର ବିକ୍ରୀ ମାମଲାରେ ପ୍ରଫେସର ନିଲମ୍ବିତ ହେବାର ସମ୍ବାଦ ପ୍ରକାଶ ପାଏ। ସମରସେନ୍ ନିଜ ପାଖରେ ନିଜେ ଗୋଟେ ପ୍ରକାର ଅପ୍ରତିଭ

ହେଇଯାନ୍ତି। ଭାବନ୍ତି ଅଜିତା ଏଥର ନିଶ୍ଚେ କହିବ, "ଏଇଟା ତ ଏଷ୍ଟାବ୍ଲିସ୍ଡ ଫେମିଲିର ରୀତି !" କିନ୍ତୁ ସେପରି କିଛି ହୁଏ ନାହିଁ। ଅସମ୍ଭବ ଭାବରେ ଚୁପ୍ ଆଉ ନିର୍ବିକାର ରହିଯାଏ ଅଜିତା। ଯେମିତି ଏକଥା ଆଉ କହିବାର ଆବଶ୍ୟକତା ନାହିଁ ଦୃଷ୍ଟିରେ ସମରସେନ୍ଙ୍କୁ ଖାଲି ଜଳେଇ ଦେଇ ଦବେଇ ଦଉଛି। ନିହାତି ଭାବରେ ଅବ୍ଷ୍ଟିନେଟ୍ ଲେଡ଼ି। ସମର ଭାବନ୍ତି।

ମୁହଁ ତ ସହଜେ ସେମିତିରେ ଖୋଲେ ନାହିଁ। ଆଉ ଯଦି ଖୋଲେ, ସିଏ ବି ନିଜକୁ ବେଶ୍ ଜୋର୍‌ରେ ଜାହିର କଲାପରି। ଦୁଇଟି ଘଟଣାରେ ଅଜିତାର ମୁହଁ ଖୋଲିବାଟା ଠିକ୍ ମନେ ଅଛି ତାଙ୍କର। ବାହାଘରର ପ୍ରଥମବର୍ଷ ଅଜିତାଘରୁ ପଠାଣି ଭାରରେ ଝିଅଜୋଇଁ ପାଇଁ ଲୁଗା ଆସିଥିଲା। ଅଜିତା ବେଶ୍ ଖୁସିରେ ଶାଢ଼ୀ ଖଣ୍ଡିକୁ ଏପଟ ସେପଟ କରି ଦେଖୁଥିଲାବେଳେ ଅଭ୍ୟସ୍ତ ଢ଼ଙ୍ଗରେ ସମରସେନ୍ କହିଲେ, "ଶାଢ଼ିଟା ଚପରାଶୀ ଶଙ୍କରର ସ୍ତ୍ରୀକୁ ଦେଇଦେବ, ମୁଁ ତ ଟିକେ ବ୍ରାଣ୍ଡ୍ ଫ୍ରିକ୍..." ତାଙ୍କର ବାକ୍ୟଟି ପୁରା କରିବାକୁ ନ ଦେଇ ଅଜିତା କହିଲେ, "ମୁଁ ଜାଣେ ତମେ ପିନ୍ଧିବନି। ତମେ ଅନ୍ୟ କାହାକୁ ଦେଇପାର। ମୁଁ କିନ୍ତୁ ମୋ ଲୁଗା ପିନ୍ଧିବି।" ବେଶ୍ ସେତିକି। ସମରସେନ୍ ସେଦିନ କାହିଁକି ଆଉ କିଛି କହି ପାରି ନ ଥିଲେ। ଆଉ ସେଦିନ ଅଜିତାଙ୍କ ପାଟି ଖୋଲିବାର ସାମର୍ଥ୍ୟକୁ ସେ ବେଶ୍ ଜାଣିଗଲେ। ଛୋଟ ଛୋଟ କଥାରେ ଅବଶ୍ୟ ସେ କେବେ ପାଟି ଖୋଲୁ ନ ଥିଲେ। ସମରସେନ୍ଙ୍କ ଶୈଳୀରେ ଘରଟା ଚଳୁଥିଲା କହିଲେ ଚଳେ। ତେବେ ତାଙ୍କର ଇଚ୍ଛାକୁ ବିରୋଧ କଲାଭଳି ପଦଟିଏ କଥା ଉଚ୍ଚାରଣ ନ କରି ଅଜିତା ସଭିଙ୍କ ଅଲକ୍ଷ୍ୟରେ ବେଶ୍ ଶକ୍ତିଶାଳୀ ବିରୋଧୀ ଦଳଟିଏ ଠିଆ କରାଇଥିଲେ। ଏକଥା ଜାଣି ପାରିଲେ ଯୋଉଦିନ ଝିଅର ପକ୍ଷ ନେଇ ଅଜିତା ବେଶ୍ ଦମ୍ଭରେ ମୁହଁ ଖୋଲିଲେ। ଶିଘ୍ର ବାହା ହେବ ନାହିଁ ବୋଲି ଝିଅ ଜିଦ୍ ଧରି ବସିଲା। ସମରସେନ୍ କ୍ଷୁବ୍ଧ ହେଲେ। ବହୁତ ଦିନ ଧରି ଘରେ ଗୋଟେ ପ୍ରକାର ଝଡ଼ ଚାଲିଲା।

- "ତା'ର ନିଜ ଜୀବନକୁ ବାଛିବାର ଅଧିକାର ତାର ଅଛି। ଆମେ ଜନ୍ମ ଦେଇଛୁ ବୋଲି କ'ଣ ତାର ଜୀବନଟା ଆମର ହେଇଯିବ ? ସେଇଟା ତା'ର।" ଅଜିତା ଝିଅ ସପକ୍ଷରେ ମୁହଁ ଖୋଲିଲେ। ଅଳ୍ପଶିକ୍ଷିତା ସ୍ତ୍ରୀଲୋକଟିର ଏମିତି ମାର୍ଜିତ ଅଥଚ ଦାମ୍ଭିକ ଯୁକ୍ତିଟା ସେଦିନ ସମରସେନ୍ଙ୍କୁ ଆଶ୍ଚର୍ଯ୍ୟ କରିଦେବା ପରିବର୍ତ୍ତେ ବେଶ୍ ଉତ୍କ୍ଷିପ୍ତ କରି ଦେଇଥିଲା। ଏ ନେଇ ସେ ଅଜିତାଙ୍କୁ ଖୁବ୍ ଗାଳିଗୁଲଜ କରିଥିଲେ। ଆକ୍ଷେପ, ବିଦ୍ରୁପ ଆଉ ସମାଲୋଚନାରେ ତାଙ୍କୁ ଦିନ ଦିନ ଧରି କ୍ଷତ ବିକ୍ଷତ କରି ଚାଲିଥିଲେ। କିନ୍ତୁ କ୍ଷତର ବଥାଟି ତାଙ୍କୁ ଛୁଇଁଲା ପରି ମନେ

ହେଉନଥିଲା । ଝିଅର କଥା ରହିଥିବାର ଖୁସିରେ ନା କ'ଣ ଅଜିତା ସେସବୁକୁ ମନ ଭିତରକୁ ନେଉ ନ ଥିଲେ ।

ଅବଶ୍ୟ ଅଜିତାଙ୍କ ମନ ଭିତର କଥା ବିଷୟରେ କହିବାଟା ମୁସ୍କିଲ୍। ସମରସେନ୍ ଭାବନ୍ତି । କାରଣ ବାହାରେ ତ ଅଜିତା ସବୁଦିନେ ପ୍ରଗଲ୍‌ଭା ନଈଟିଏ ପରି । ବନ୍ଧୁବାନ୍ଧବ, ସାଇପଡ଼ିଶା, ଚାକର ବାକର ସଭିଙ୍କ ପାଖରେ ହସି ଖେଳି ବହି ଯାଉଥିଲେ ଯେମିତି । କେବେ କେମିତି ଏଇ ମନଖୋଲା ହସଟା ତାଙ୍କ କାନରେ ଚାବୁକ ପରି ପିଟିହୁଏ । ଏଇଟା ବି କି ଶିଷ୍ଟାଚାର ଯେ । ବରଂ ମର୍ଯ୍ୟାଦା ହାନି । ଚାକର ବାକର ପରିବାବାଲା କ୍ଷୀରବାଲା ସମସ୍ତଙ୍କ ପାଖରେ ଏମିତି ହସି ହସି କଥା କହି ଜାଣିଶୁଣି ସେ ତାଙ୍କ ଅହଂରେ ଚୋଟ ମାରୁଛନ୍ତି ପରିକା ଲାଗେ । ସମରସେନ୍‌ଙ୍କ ମନ ଭିତରେ ଅସନ୍ତୋଷ ଦାନା ବାନ୍ଧିଚାଲେ ।

ତାଙ୍କ ଉପସ୍ଥିତିରେ ସେ ଯେ ହସୁ ନ ଥିଲେ ତା' ନୁହେଁ । ତେବେ ସମସ୍ତଙ୍କ ପାଖରେ ଏମିତି ପହଁରି ଯାଇ ମିଶିବାରେ ତାଙ୍କ ଏକଚାଟିଆ ପଣଟା କ୍ଷୁର୍ଣ୍ଣ ହେଇଗଲା ପରି ଲାଗେ, ବିଶେଷତଃ ପ୍ରିୟବ୍ରତ ସାମ୍ନାରେ ଅଜିତାଙ୍କ ହସଟା ତାଙ୍କୁ ନିହାତି ଅସହ୍ୟ ବୋଧ ଲାଗୁଥିଲା । କେବେକେବେ ରାତି ଅନ୍ଧାରରେ ଅଜିତାର ଖୋଲା ଦିହରେ ତା'ର ଖୋଲାହସର ଆସ୍ତରଣ ଉଠାଇ ପରଖିବାରେ ଲାଗିଯାନ୍ତି । କାହିଁକି କେଜାଣି ସେତେବେଳେ ତାଙ୍କୁ ଲାଗେ ସେ ଅଜିତାଙ୍କ ମନର ମଣିଷ ନୁହଁନ୍ତି । ବୁଢ଼ିଆଣୀ ଜାଲରେ ଛନ୍ଦି ହେଇ ପ୍ରିୟବ୍ରତଙ୍କ ଆସିବା ସମୟକୁ ନ ଜାଣିଲା ପରି ଜଗି ରହନ୍ତି । ଅଜିତାଙ୍କ ଚାଲିଚଳନ କଥାବାର୍ତ୍ତାରେ ସେମିତି କିଛି ପାର୍ଥକ୍ୟ ସେ ଦେଖି ପାରନ୍ତିନି । ଅନ୍ୟମାନଙ୍କ ପାଖରେ ଯେମିତି, ସେ ପ୍ରିୟବ୍ରତ ପାଖରେ ବି ସେମିତି । ତଥାପି ତାଙ୍କୁ ଭଲ ଲାଗେନି । କେତେଥର ଭାବିଛନ୍ତି ଅଜିତାଙ୍କୁ ସିଧା ମନା କରିଦେବେ ପ୍ରିୟବ୍ରତ ସାମ୍ନାକୁ ନ ଆସିବା ପାଇଁ । ଅଥଚ ଅଜିତା ପାଖରେ ଛୋଟ ହେଇଯିବାର ଭୟରେ କେବେ କହି ପାରି ନାହାନ୍ତି । ଭିତରେ ଭିତରେ ରୁନ୍ଧି ହୋଇ ଅଣନିଶ୍ୱାସୀ ହେଇଯାନ୍ତି । ଅଜିତା ବେଶ୍ ଶୀତଳ ମୁଦ୍ରାରେ ତାଙ୍କ ଉପରକୁ ବେଶ୍ ଦର୍ପରେ ଉଠି ଚାଲିଛନ୍ତି । ଅସହିଷ୍ଣୁ ଉତ୍ତେଜନାରେ ଅତିଷ୍ଠ ସମରସେନ୍ ଦିନେ ଚିତ୍କାର ଛାଡ଼ିଲେ, କ'ଣ ହେଉଛି ଏଇଟା ! ଏଇଟା କ'ଣ ମଣିଷ ଖାଆନ୍ତି !.."

ଷ୍ଟିଲ୍ ଟ୍ରେର ଝଣଝାଣ ଶବ୍ଦରେ ଚମକି ଉଠିଲେ ସମରସେନ୍ ! ଆଖି ଖୋଲି ଦେଖିଲେ- ଅଜିତାଙ୍କ ସାମ୍ନାରେ ଘିଅ ଦୀପ ସେମିତି ଜଳୁଛି । ବରଦ ସଙ୍କେତରେ ତାଙ୍କରି ମାଳାରୁ ଗୋଲାପ ଫୁଲଟିଏ ଦୀପ ଉପରେ ଖସି ପଡ଼ିଛି । ସେ ଅଜିତାଙ୍କୁ ଚାହିଁଲେ । ଦାଗଟା ଦପ୍‌ଦପ୍ ତାଙ୍କୁ ଚାହିଁଲା ଯେମିତି । ଠିକ୍ ସେଇ ଜାଗାରେ, ବାଁ

ପଟ ଗାଲ ତଳକୁ ସେଦିନ ଖାଇବା ଟ୍ରେର ଦାଢ଼ ଯାଇ ବାଜିଥିଲା । ଅଜିତା ଚିତ୍କାର କରି ତଳେ ବସି ପଡ଼ିଲେ । କ୍ଷତଟା ବେଶ୍ ଗଭୀର । ଅପ୍ରସ୍ତୁତ ସମରସେନ୍ ଅଗତ୍ୟା ସ୍ତ୍ରୀକୁ ଡ଼ାକ୍ତରଖାନା ନେଲେ ଡାକ୍ତର କାରଣ ପଚ଼ାରିବା ଆଗରୁ ଅଜିତା କହିଲେ- "ରନ୍ଧାଘରେ ଗୋଡ଼ ଖସିଗଲା । ପାଖରେ ବାସନ ଡାଲାଟା ଥିଲା ତ..." ସମରସେନ୍‌ଙ୍କୁ ଲଜ୍ଜାର ପରଳରେ ଢ଼ାଙ୍କି ଦେଇ ନିଜ ପାଖରେ ନିଜକୁ ଅପରାଧୀ କରିଦେବାପାଇଁ ସେତିକି ଯଥେଷ୍ଟ ଥିଲା । ଦିନ କେତେଟା ଭିତରେ କ୍ଷତ ଶୁଖିଗଲା, କିନ୍ତୁ ଦାଗ ରହିଗଲା । ଅପରାଧବୋଧରେ ବା ଅନୁତାପରେ କେଜାଣି ଅନ୍ଧାରରେ କେତେଥର ଦାଗଟା ଉପରେ ହାତ ରଖିଛନ୍ତି ସମର । ଆଉ ପ୍ରତିଥର ଚୁପ୍‌ଚାପ୍ ହାତଟିକୁ ଅଜିତା ଖସାଇଦିଅନ୍ତି । କ୍ଷତ ଶୁଖି ନାହିଁ । ସମର ଜାଣନ୍ତି । ସମୟ ଆପେ ଶୁଖାଇଦେବ । ସମର ଗୋଟେ ପ୍ରକାର ନିଶ୍ଚିତ ହେଇଯାନ୍ତି ।

ସମୟ ପାରିଲାନି । କେତେଟା କଥାରେ ସମୟର ବି ନିଜସ୍ୱ ଅସହାୟତା ରହିଛି ନିଶ୍ଚୟ । ପିଲାମାନେ କେହିକେବେ ପଚ଼ାରିଲେ, ଅଜିତା ସେମିତି ନିଖୁଣ ଶୈଳୀରେ କହନ୍ତି- "ନା, ସେ କିଛି ନୁହଁ ।" ସେଇ କ୍ରମରେ ଦିନେ ନାତିନାତୁଣୀ ବି ପଚ଼ାରିଲେ । ପୁଣି ସେଇ ଧାଡ଼ିଟାର ପୁନରାବୃତ୍ତି ହୁଏ । ତଳକୁ ଖସିଯିବାର ଭୟରେ ପୁଅଝିଅଙ୍କ ସାମ୍ନାରେ ଅବଶ୍ୟ ସମରସେନ୍ କେବେ କହି ପାରି ନ ଥାନ୍ତେ । ବାପାର ଆଭିଜାତ୍ୟ ହରାଇବାକୁ କୌଣସି ବାପା ଚାହିଁବନି । କିନ୍ତୁ ନାତି ନାତୁଣୀ ପଚ଼ାରିଲାବେଳେ କଥାଟିକୁ ହାଲୁକା ମନ୍ତବ୍ୟରେ କହିଦେଇ ନିଜକୁ ଏ ଅଯଥା ଗ୍ଲାନିବୋଧରୁ ମୁକ୍ତ ଦେବାପାଇଁ କେତେଥର ସମର ଭାବିଥିଲେ । ପୁଣି କ'ଣ ପାଇଁ କେଜାଣି କଥାଟାକୁ ମନରେ ବେଶି ଗୁରୁତ୍ୱ ନ ଦେଇ ଚୁପ୍ ରହିଯାଉଥିଲେ । ଆଉ ଗତବର୍ଷ ଏଇ ଦିନରେ ଏମିତି ଚୁପ୍‌ଚାପ୍ ଚାଲିଯାଇ ଅଜିତା ସମରସେନ୍‌ଙ୍କୁ ସବୁଦିନ ପାଇଁ ଚୁପ୍ କରାଇଦେଲେ । ତାଙ୍କ ପ୍ରତି ହେଇଥିବା ସବୁ ଅପମାନ ଆଉ ଅବିଚ଼ାରର ଯେ ସେମିତି ଗୋଟେ ନୀରବ ପ୍ରତିବାଦ- ତାଙ୍କ ପୁରୁଷାକାର ଉପରେ ଅନ୍ତିମ ଅଥଚ଼ ଅସହ୍ୟ ଚାବୁକଟେ ।

ଅନ୍ୟମନସ୍କତାରୁ ନିଜକୁ ଫେରାଇ ଆଣି ସମରସେନ୍ ପୁଣିଥରେ ଅଜିତାଙ୍କୁ ଚାହିଁଲେ । ଉଦାସ ବିଷାଦ ଆଉ ପୁଣି ଆନନ୍ଦରେ ମାଖାମାଖି ଦୁର୍ବୋଧ୍ୟ ମୁହଁଟାରେ ଦାଗଟା ତଥାପି ତାଙ୍କୁ ଚାହିଁଛି । ତାଙ୍କୁ ବାରବାର ସେଇଠୁ ଚୋଟ ମାରୁଛି । ମୃଦୁ ଆଘାତରେ ତାଙ୍କୁ ଥରକୁ ଥର ଘାଇଲା କରୁଛି । ସମରସେନ୍ ଆଖି ଫେରାଇଲେ । ବାହାରେ ଗଛ ପତ୍ର ସବୁ ନିଶ୍ଚୁପ, ଠିକ୍ ଅଜିତା ପରି । ଘର ଉପର ବୟସ୍କ ଛାଇଟା କ୍ରମଶଃ ଅପସରି ଯାଉଥିଲା । କେତେବେଳେ କେମିତି ବାରିପଟ ଆମ୍ବ ଗଛରେ

ଚଢ଼େଇଙ୍କ ଖଣ୍ଡିଉଡ଼ା ଶବ୍ଦ । କଡ଼କୁ ସାନ ନାତିର ପଢ଼ା ଟେବୁଲ । ତା' ଉପରେ ବହି, ରଙ୍ଗ ତୂଳୀ, କଂପାସ୍‌ର ପସରା । ଘରଚଟିଆଟେ ଫୁକ୍‌ଫାକ୍ ହୋଇ ତାରି ଉପରେ ଏପଟ ସେପଟ ହଉଥିଲା । ସମରସେନ ଚାରିପଟର ଫାଙ୍କାକୁ ସେମିତି ଚାହିଁ ରହିଥିଲେ ।

ସେମିତି ଚାହୁଁ ଚାହୁଁ ନିଜ ଅଜାଣତରେ ସମରସେନ୍ ବସିବା ଜାଗାରୁ ଉଠିପଡ଼ିଲେ । ନାତିର ପଢ଼ାଟେବୁଲ ପାଖକୁ ମୁହାଇଁଲେ । ଥାକରୁ ରଙ୍ଗ ଶିଶି ଆଉ ତୂଳୀ ଧରି ପୁଣି ଫେରିଲେ । ଗୋଟେ ହାତରେ ରଙ୍ଗତୂଳୀ ଧରି ଆର ହାତଟା କାଛ ଉପରକୁ ବଢ଼ାଇଲେ । ଆଣୁ ଆଣୁ ଫଟୋ ହାତରୁ ଖସିଗଲା । ଅନ୍ୟମନସ୍କତାରେ କି ସନ୍ତର୍ପଣ ଅସାବଧାନତାରେ କେଜାଣି । ଦୁଇ ହାତରେ ଧରି ରଖିବାକୁ ଚେଷ୍ଟା କରୁ କରୁ ରଙ୍ଗତକ ଅଜିତାଙ୍କ ମୁହଁରେ ଢ଼ାଳି ହୋଇଗଲା । ତୂଳୀଟା ଖଣ୍ଡେ ଦୂରକୁ ଛିଟିକି ପଡ଼ିଲା । ହଡ଼ବଡ଼େଇ ଗଲାପରି ତଳୁ ଭଙ୍ଗା କାଚ୍‌କୁ ଗୋଟାଇବାକୁ ଯାଉ ଯାଉ ଭଙ୍ଗା କାଚ୍‌ର ଶବ୍ଦରେ ଘରେ ସମସ୍ତେ ସେଠି ଜମା ହୋଇଗଲେ ।

- "ବାପା, କ'ଣ ହେଲା ?" ବଡ଼ପୁଅ ଶୋଇବାଘରୁ ଧଡ଼ପଡ଼ ହୋଇ ଆସି ପଚାରିଲା ।

- "ଇସ୍ !" କାଚ୍‌ର ଟୁକୁରା ଗୋଟାଇବାକୁ ଯାଇ ବୋହୁ କହିଲା ।

- "ବାପା ସତରେ ମା'କୁ ବହୁତ ମିସ୍ କରୁଛନ୍ତି, ବିଚରା..." ଝିଅ ଫିସ୍ ଫିସ୍ ହୋଇ ଜୋଇଁକୁ କହୁଥିବାର ସେ ଶୁଣିପାରିଲେ ।

- "ଫଟୋଟାକୁ ଆଣି ପାଖରୁ ଦେଖୁଥିଲେ ନା କ'ଣ... କଲର ବ୍ରସରେ ପୁଣି କ'ଣ ? ..." ସାନବୋହୁ ଅବାକ୍ ହୋଇ ଖୁବ୍ ଧୀରେ ପଚାରିଲା ।

- "ଫିନିସିଂ ଟଚ୍ ଦଉଥିବେ, ନ ହେଲେ ଆଉ କ'ଣ । କାହାକୁ କହିଥିଲେ ଫଟୋଟାକୁ କାଛରୁ କାଢ଼ି ଦେଇ ଥାନ୍ତେ । ପାରନ୍ତୁ ନ ପାରନ୍ତୁ ଇଏ ତ କାହାକୁ କୋଉ କଥାରେ ଆଶ୍ରା କରିବେନି । ଗଲା ! କେତେ ଥର ଦୌଡ଼ି ଦୌଡ଼ି ପେଣ୍ଟିଂଟା କରେଇଥିଲି..." ସାନପୁଅ କ୍ଷୁବ୍ଧ ହୋଇ ଚାପା ବିରକ୍ତରେ ଭୁଟ୍‌ଭାଟ୍ ହେଉଥିବାର ସେ ଶୁଣିଲେ । ବଡ଼ପୁଅ ମୁରବି ପଣିଆରେ ତାକୁ ଆଙ୍ଗୁଠି ଦେଖାଇ ଆଉ କିଛି ନ କହିବାକୁ ମନାକଲା ।

ଭଙ୍ଗା କାଚ୍‌ର ଶବ୍ଦରେ ବଗିଚାରେ ଖେଳୁଥିବା ପିଲାମାନେ ବି ଘର ଭିତରକୁ ଧାଇଁ ଆସିଲେ । କୈଶୋରରେ ଲୁଚେଇ ଲୁଚେଇ ସିଗାରେଟ୍ ଟାଣୁଟାଣୁ ଘରଲୋକ ସାମ୍ନାରେ ଧରାପଡ଼ିଗଲେ ଯେମିତି ହୁଏ, ସେମିତି ଅବସ୍ଥାରେ ସମରସେନ୍ ଘରଲୋକଙ୍କ ପାଖରେ ଛିଡ଼ା ହୋଇଥିଲେ ।

- "ଆରେ ବାବା ! ଜେଜେମା ମୁହଁରେ ଦାଢ଼ି କରିଦେଲ ନା କ'ଣ !" ଅଜିତାଙ୍କ ରଙ୍ଗ ମଖା ମୁହଁକୁ ଚାହିଁ ହସି ହସି ସାନ ନାତି କହିଲା ।

- ସେଇଟା ଗୋଟେ ପଟରେ । ଖାଲି ବାଁ ପଟ ଗାଲରେ... ଇହି..." ନାତୁଣୀ ଆହୁରି ଜୋର୍ ହସି ହସି କହିଲା ।

ସାନବୋହୂ ପିଲାଙ୍କୁ ଚୁପ୍ କରାଇଲା ।

ସମସ୍ତେ ଚୁପ୍‌ଚାପ୍ ।

ବଡ଼ପୁଅ ବେଶ୍ ଦାୟିତ୍ୱବୋଧର ସହିତ ସମରସେନ୍‌ଙ୍କ ହାତ ଧରି ଚୌକିରେ ବସାଇଲା । ଝିଅ ମୁହଁ ପାଖରେ ପାଣି ଗ୍ଲାସ୍‌ଟା ଧରାଇଲା ।

- "କ'ଣ କରିବା ଆଉ ବାପା ! ଏଇ ବୟସରେ ତମପାଇଁ ବହୁତ ବଡ଼ ଲସ୍... କଂପ୍ରୋମାଇଜ୍ କରିବାକୁ ଟିକେ ସମୟ ଲାଗିବ..." ବାପାଙ୍କ କପାଳରୁ ଝାଳ ପୋଛୁ ପୋଛୁ ବଡ଼ପୁଅ କହିଲା ।

ପୁଣି କିଛି କହି ନ ପାରିବାର, ନିଜକୁ ବୁଝାଇ ନ ପାରିବାର ଅସହାୟତାରେ ସମରସେନ୍ ଛଟପଟ ହେଲେ ।

ମୁକ୍ତି

ଫିଟିଲା ପାଦର ଶାଙ୍କୋଳି । ବାଟ କଢ଼ାଇଲା ବିଜୁଳି
କୋଳରେ ଦେଖି ନାରାୟଣ । କବାଟ ଫିଟିଲା ତକ୍ଷଣ
ନିଦ୍ରାରେ ମୋହିତ ସକଳ । ବୃଷ୍ଟି କରନ୍ତି ମେଘମାଳ
ତିନ୍ତିବା ଦେଖି ଜଗନ୍ନାଥ । ଫଣାରେ ଡାଙ୍କିଲା ଅନନ୍ତ

ଶ୍ରୀମଦ୍ ଭାଗବତ, ଦଶମ ସ୍କନ୍ଦ ଚତୁର୍ଥ ଅଧ୍ୟାୟ।

- ଆବେ ଶଳା, କ'ଣ ତୋ ମାମୁଁଘରକୁ ଯାଉଛୁ ନା କୋଇଁ କୁଣିଆଁ ହେଇଯାଉଛୁ ? ହାରାମଖୋର୍ ଶଳା ବେଡ଼ିଂ ବିସ୍ତର ଧରି ବାହାରୁଛି । ଆଉ ଶୁଣ, ଆଜି ଯଦି ଗାଡ଼ିରେ ବାନ୍ତି ଫାନ୍ତି କରୁ, ଦେଖିଥା, ଶଳାକୁ ନିଆଁ ଖଡ଼ିକାରେ ସେକି ଦେବି ଜାଣିଥା କହୁଛି !

ଚିଫ୍ ହେଡ୍ ୱାର୍ଡର ରୋଲ୍ ବାଡ଼ିରେ କଇଦୀଙ୍କ ମୁଣ୍ଡ ଗଣତି କରୁ କରୁ ଗର୍ଜି ଉଠିଲେ । ଗର୍ଜନର ପ୍ରକୋପରେ ନାକ ତଳର ନିଶ ହଳକ କଂପିଗଲା । ବେଡ଼ି ଶିକୁଳି ଓ ହାତକଡ଼ି ପିନ୍ଧାଇ ଚାରିଜଣଙ୍କୁ ଏକାଥରକେ ଗୋଟେ ଦଉଡ଼ିରେ ବାନ୍ଧି ପୋଲିସ୍ ଭେନ୍ ଉପରକୁ ଚଢ଼ାଗଲା । ୧୩ ନମ୍ବର କଇଦୀ ଭେନ୍ ଉପରକୁ ଚଢୁଚଢୁ ଟଳମଳ ହେଇ ହାବିଲଦାରଟା ଉପରେ ଅସାଡ଼ ହେଇ ପଡ଼ିଲା । ତା' ଉପରେ ସେଇ ଦଉଡ଼ିରେ ବନ୍ଧା ବାକି ତିନିଜଣ । ଆଖିବୁଜା ମାଡ଼ ବର୍ଷିଗଲା । ଦେହ ସାରା ନୋଳା ବସିଗଲା । ଦରମଲା ଗଁ ଗଁ ଚିତ୍କାରରେ କୋଉକାଳର ପୋଲିସ ଭେନ୍‌ର ପୁରୁଣା ଇଞ୍ଜିନର ଘାଉଁ ଘାଉଁ ଶବ୍ଦର ତେଜ ବି ତଳେ ପଡ଼ିଗଲା । ପାହାର ମାଡ଼ରେ ୧୩ ନମ୍ବର କଇଦୀର ଅଣ୍ଟା ଓ

ଗୋଇଠିରେ ହେଇଥିବା କାଛୁ କୁଣ୍ଡିଆରୁ ରକ୍ତ ପିଚ୍‌କାରୀ ମାରିଲା । କୁଛେଇ କୁହୁଳି ଦୁଇଜଣଙ୍କ ଜାଗାରେ ଚାରିଜଣ ବସିଲେ । ଆଜି କୋର୍ଟରେ ହାଜିରା ଦିନ । ବସୁ ବସୁ ୧୩ ନମ୍ବର କଇଦୀ ଚିଫ୍ ହେଡ୍ ଓ୍ୱାର୍ଡର୍‌କୁ ଗୋଡ଼ଠୁ ମୁଣ୍ଡ ଯାଏଁ କଟାସ ପରି ଚାହିଁଲା । ଆଖି ଦୁଇଟା ଲାଲ ଲାଲ ହୋଇଗଲା । ହାତକଡ଼ି ଭିତରେ ମୁଠୁଣି ମାନ ଟଣକେଇ ଉଠିଲା । ତେବେ ଓ୍ୱାର୍ଡର ପାଖରୁ ଦୃଷ୍ଟିଟା ଆସି ତା'ର ହାତର ଲୁହା ଫାନ୍ଦରେ ପଡ଼ିଗଲା କ୍ଷଣି ତାର ଟଣକା ମାଂସପେଶୀ ସବୁ ପୁଣି ଢ଼ିଲା ପଡ଼ିଗଲା । ନାକପୁଡ଼ାର ଖର ନିଶ୍ୱାସ ଥଣ୍ଡା ପଡ଼ିଗଲା । ନାଲି ଆଖି କୋଣରେ ବିକଳିଆ ହତାଶାଟିଏ ପହଁରି ଗଲା ନା କ'ଣ ସେ ଆବାକାବା ହେଇ ଭେନ୍‌ର ଲୁହା ଜାଲିକୁ ଆଉଜି ଗଲା । ଜାଲିବାଟରୁ ଆସୁଥିବା ଆଲୁଅକୁ ମେଲା ଆଖିରେ ଚାହିଁ ପାରିଲାନି । ମାଡ଼ ତୋଡ଼ରେ ଘା' ମାନ ଦିହସାରା ହାକୁ ହାକୁ କରୁଛି । କାନମୂଳ ଭାଁ ଭାଁ ଡ଼ାକୁଛି । ତାରି ଅଣ୍ଟାକୁ ଲଗାଇ ବନ୍ଧା ହେଇଥିବା ୧୭ ନମ୍ବର କଇଦୀର କହୁଣୀ ଖୁନ୍ଦାରେ ଅଣ୍ଟାତଳ ଘା'ରୁ ଚମ ଉଠିଗଲା । ଯନ୍ତ୍ରଣାର ଆଖି ବନ୍ଦ କଲା । ବନ୍ଦ ଆଖିରେ ଦେଖିଲା । ମନ ଭିତରେ ହେଜୁଥିବା କଥାମାନ ଆଖି ଦାଡ଼ରେ ବାସି ନେଞ୍ଜରା ପରି ଜମିଗଲା ।

ସଉରାଚ଼ଟି ଗାଁ ମୁଣ୍ଡରେ ବୁଢ଼ାଟିଏ । ଅଣ୍ଟାରୁ ଆଗକୁ ଭାଙ୍ଗିପଡ଼ିଛି । ଦେହ ନୁହେଁ ଯେ ଖାଲି ମାଳ ମାଳ ହାଡ଼ ପଞ୍ଜରା ପତଳା ଚମର ସୂତାରେ ଗୁନ୍ଥା । କୋରଡ଼ିଆ ଆଖି । ଖାଲୁଆ ଗାଲ ଉପରେ ହାଡ଼ର ହିଡ଼ । ବଙ୍କୁଲି ବାଡ଼ିଟା ଉପରେ ଭରା ଦେଇ ଘୋଷାରି ହେଇ ଯାଉଛି । ହାତରେ ଗିଲଟି ବାସନ ଖଣ୍ଡେ । ସେ ତା ବାପ ! ତା' ପଛରେ ସାତସିଆଁ ଲୁଗା ଆଉ ଅଲରା ବାଳରେ ଅଧାବାୟାଣୀ ପରି ଦିଶୁଥିବା ତା'ର ମାଁ । ତା' ପଛରେ ଦରମଲା ହାଡ଼ ପଞ୍ଜରିଆ ଭାଇଭଉଣୀ କେଇଟା । ମଣିଷମାରୁର ପରିବାର । ଗାଁରୁ ବାହାର ।

ହାବିଲଦାରର ବାଡ଼ି ଚେଙ୍କାରେ ସେ ହାଉଳି ଖାଇଲା ପରି ଚମକି ଉଠିଲା ।

କୋର୍ଟରୁ ଫେରିଲାବେଳକୁ ମାଛିସଞ୍ଜ । କୋଠି ଭିତରକୁ ପଶୁ ପଶୁ ଦେଖିଲା ତା'ର ଗଣ୍ଠିଲିଟା ନାହିଁ । ହପ୍ତାକୁ ମିଳୁଥିବା ରସଦରୁ କେତେକଷ୍ଟରେ ସଞ୍ଚିଥିବା କେଇଟା ପଇସାରେ କିଣା ପାନମସଲା, ତମାଖୁ, ଦିଆସିଲି ଆଉ କଠାଏ ହେବ ବିଡ଼ି ତା' ଭିତରେ ଥିଲା । ଦେହଟା ଥରୁଥିଲା । ବିଡ଼ି ଖଣ୍ଡେ ପିଇବାକୁ ତା'ର ମନ ହେଲା । ଗଣ୍ଠିଲିଟା ମାଗିଲା ମାନେ ନାନା ଜେରା ତେରା ହେବ । କିଏ ଦେଲା-କୋଉଠୁ ପାଇଲୁ-କେବେ ପାଇଲୁ-କେମିତି ପାଇଲୁ ଇତ୍ୟାଦି ଇତ୍ୟାଦି । ତା'ପରେ ପୁଣି ଗାଳି ଫଜିତ ମାଡ଼ ଜୁଟିବ । ସେଥର ଲୁହା ବାଡ଼ିଟା ବାଜି ତା'ର ବାଁପଟ

କାନଟା ବଧିରା ଧରିଲା । ଦିନରାତି କାନଟା ଭଁ ଭଁ ହଉଥାଏ । ମଝିରେ ମଝିରେ ପାଣି ପୂଜ ଭର୍ତ୍ତି ହେଇ ଏମିତି ଗନ୍ଧ ମାରେ ଯେ ନିଜକୁ ବି ଅଇ ଉଠେ । ମାସ ମାସ ଧରି ମୁଣ୍ଡବିନ୍ଧା ଆଉ ଜ୍ୱର । ଡାକ୍ତର ଆସେ । ଔଷଧ ଦିଏ । ରୋଗ ଯେମିତିକି ସେମିତି ବସା ବାନ୍ଧେ । ଥରକୁ ଥର ଆସି ଖାଲି ଏଣୁ ତେଣୁ ଔଷଧ ପୁଞ୍ଜାଏ ତା' ନାଁରେ ଖାତାରେ ଚଢ଼େ । ଅସଲ ଔଷଧର ପଇସା ଭାଗବଣ୍ଟରାରେ ଯାଏ । ସେମିତି ରସଦଠୁ ଲୁଗା କମ୍ବଳ ଯାଏ । ଖାତାରେ ଚଢ଼େ ଜଣକୁ ଗୋଟେ । ମିଳେ ତିନିଚାରିଜଣଙ୍କୁ ଖଣ୍ଡେ । ଶୀତରେ ଚଟାଣ ଉପରେ କମ୍ବଳ ଟଣାଟଣି ହେଇ କଇଦୀଙ୍କ ଭିତରେ ମାଡ଼ପିଟ କାହିଁରେ କ'ଣ ହୁଏ । ଏମିତିକି ଖଣ୍ଡିଆ ଖାବରା ହେଇ ରକ୍ତ ବୋହିବା ଯାଏଁ କଥା ଯାଏ । ମଶା, ମାଛି, ଓଡ଼ଶ, ଡ଼ାଆଁଶ ସାଲୁବାଲୁ କୋଠିଟା ଭିତରେ ଦଶଜଣଙ୍କ ଜାଗାରେ ଚାଳିଶ ଜଣଙ୍କୁ ବାଲିବସ୍ତା ପରି ପୁରେଇ ଦିଆଯାଏ । ଠେସାଠେସି ଖୁନ୍ଦାଖୁନ୍ଦି ମାଡ଼ପିଟରେ ଅଚେତ୍ ହେବାଯାଏଁ କଥା ଯାଏ । ପୋକ ଜୋକଠୁ ହିନିମାନିଆ କଇଦୀ - ଚୋର, ଡ଼କେଇତ, ଦାଗୀ, ଖୁଣୀ । ତାଙ୍କଠୁ ଫେର୍ ପୁଣି ଚୋରୀ । ୟେ ଗୁଡ଼ାଙ୍କର ପେଟ ବିକଳର ସୀମା ନାହିଁ । ଭାବିଦେଲେ ୧୩ ନମ୍ବର ଆଶ୍ଚର୍ଯ୍ୟ ନ ହେଇ ରହିପାରେ ନାହିଁ ।

ମଇଳା ଆଲୁଅରେ ସୁଦ୍ଧା ଜେଲର୍ ସାହେବଙ୍କ ଦାନ୍ତ ଦିଧାଡ଼ି ଚିକ୍ ମାରୁଛି । କାହା ସହିତ ହସି ହସି କଥା ହଉଛନ୍ତି ଜେଲର୍ ସାହେବ ! ମୁଣ୍ଡ ଝାଙ୍କି ଦେଖିଲା ବେଳକୁ ଧୋବ ଧାଉଳିଆ ଲୋକଟେ । ତା'ର ସୁବିଧା ଅସୁବିଧା ବୁଝୁଥିଲେ । ତା' ଦିହରେ ଦାମିକା ଲୁଗା, ଆଖିରେ ଦାମିକା ଚଷମା, ହାତରେ ବିଦେଶୀ ଘଣ୍ଟା । ଜେଲ୍ ଭିତର ବୋଲି ତା'ର କିଛି ଧରାବନ୍ଧା ନିୟମ ନ ଥିଲା । ରାତି ଦଶଟା ଯାଏଁ କୋଠି ଭିତରକୁ ଫେରେ ନାହିଁ । ପ୍ରତିଦିନ ତା'ର ଦରକାରୀ ଜିନିଷର ବଜାର ସଉଦା ପାଇଁ ଜେଲର୍ ସାହେବଠୁ ହାବିଲଦାର୍ ଯାଏଁ ସମସ୍ତେ ତତ୍ପର । ମନପସନ୍ଦ ଖାଇବା, ମନପସନ୍ଦ ପିଇବା- ମଦ, ମାଇକିନାଠୁ ସିନେମା ଯାଏଁ ସବୁ ସୁଖରେ ଭିଡ଼ ଜମେ ତା' କୋଠି ଭିତରେ । ରାଜନୀତିଆ କଇଦୀ । ଭେଳା ଭେଳା ଆସନ୍ତି, ପୁଣି ଭେଳା ଭେଳା ଯାଆନ୍ତି । ଖୋଦ୍ ଜେଲ୍‌ର ସାହେବ ପରି ବାରଣ୍ଡାରେ ମଚ୍ ମଚ୍ ଚାଲି ଯାଆନ୍ତି । ଅଚିହ୍ନା ଆବାକାବା ଆଖିରେ ବାକି କଇଦୀଙ୍କୁ ଦେଖନ୍ତି । ତାକୁ ଲାଗେ ଯେମିତି ଜେଲର୍‌ଠୁ ଜେଲ ପିଅନଯାଏଁ ସମସ୍ତେ ୟାଙ୍କ ପାଖରେ ଗୋଟେ ପ୍ରକାର ଭଡ଼ାଟିଆ କଇଦୀ ।

୧୩ ନମ୍ବର ମୁହଁ ବୁଲାଇଲା ।

ଅଧାଶୁଆ ଦେହଟାକୁ ଜୋର୍ ଜବରଦସ୍ତି ଉଠେଇଲା ପରି ସେ କଡ଼

ମୋଡ଼ିଲା । କୋଲମରା ଚଟାଣରେ ଗଣ୍ଠିଆ ତଳିପାଦ ଆଉ ଅଣ୍ଟାର ଘା' ଘଷି ହେଲା । ସେ ଚିର୍‌ଚିରେଇ ଉଠିଲା । ତା' ଉପରେ ପୁଣି ଲୁହାକଡ଼ାଟା ଏମିତି ରଗଡ଼ି ହେଇଗଲା ଯେ ଆଖି ଅନ୍ଧାର ପଡ଼ିଗଲା । ପେଟ ଭିତରଟା ହାଉ ହାଉ । ଅଧା ପେଟରେ, ଘା' ସାଲୁବାଲୁ ପିଠିରେ, ଫୁରୁକୁଟିଆ ବାଳରେ, ନଳି ଘା' ସନ୍ଧିରେ ଭୂତ ପରି ବାରବାର ସେଇ କଥା ମାଡ଼ିବସେ । ତା'ର ବନ୍ଦ ଆଖି ଦୁଇଟାକୁ ଯେମିତି ସ୍ୱପ୍ନଟା ଟାକି କରିଥାଏ । ଯେମିତି ସେ ଟାକି ବସିଥିଲା ଚାକିରି ଖଣ୍ଡିକୁ । ଦିନ ଗଣୁଥିଲା । ରାତି ଗଣୁଥିଲା । ସାହେବର କଥାର ଭେଳିକିରେ ଭୁଲିଯାଇ ଆହୁରି ଗଧ ପରି ଖଟି ଖଟି ନୟାନ୍ତ ହେଇଗଲା । ମାଲିକାଣୀକୁ ଖୁସି କରିବାର ନୌଟଙ୍କିରେ ସେ ନାଚି ନାଚି ଥୈୟା ହେଇଗଲା । ହିନିମାନିଆ ଜୀବନ । ନଈବାଲି ଗଣି ହେଲା । ଆକାଶର ତାରା ଗଣି ହେଲା । ହେଲେ ତାର ଦିନଗଣା ସରିଲା ନାଇଁ । ସମୟଟା ତା'ପାଇଁ ଶତ୍ରୁ ପାଲଟିଲା । ସାହେବର ଧନଜନ ଗୋପଲକ୍ଷ୍ମୀ ଯେତିକି ବଢ଼ିଲା, ତା'ର ପେଟ ପିଠି ସେତିକି କମିଲା । ଏମିତି ତକେଇ ରହିବାର ଯମ ଯନ୍ତ୍ରଣାରେ ସେ ଉବୁଟୁବେଇ ଗଲା । ତା' ଆଖିକୁ ସବୁ ଭେଳିକି ଲାଗିଲା । ସେ ଖାଲି ନିସ୍ତାର ଚାହିଁଲା । ଆଉ ଦିନେ ତାକୁ ଏମିତି ତକେଇବାର ଦାୟିତ୍ୱରୁ ସାହେବକୁ ଖଲାସ କରିଦେଲା । ସାହେବାଣୀର ବେକ କାଟି ଦେଲା । ଏଥର ସେ ମଣିଷମାରୁ ।

ଖାଇବା ଘଣ୍ଟିରେ ତା'ର ଆଖି ଖୋଲିଗଲା । ପହିଲେ ପହିଲେ ଘଣ୍ଟି ଶୁଣି ଧଡ଼ପଡ଼ ହେଇ ଉଠୁଥିଲା । ଏଥର ଅରୁଚି ଧରିଲାଣି । ବଡୁରା ବଗଡ଼ା ଚାଉଳର ଭାତ । ଘୋଡ଼ାଦାନାର ପାଣିଚିଆ ଡ଼ାଲି । ଜେଲ୍ ପଛପଟ ବଗିଚାରେ ଜାତି ଜାତିକା ପନିପରିବା । ପାଣି ବୋହି ବୋହି ଗୋଡ଼ରେ କାନ୍ଧରେ ବିଣ୍ଡି ବସିଯାଏ । ଲାଉ, ସାରୁ, କଖାରୁ ଡ଼ଙ୍କ ଛାଡ଼ିଦେଲେ କଇଦୀ ଥାଳିକୁ ଆଉ କିଛି ଜୁଟେ ନାହିଁ । ହେଡ୍ ଓ୍ୱାର୍ଡର୍ ଆଉ ଜେଲର୍ ପରି ଆହୁରି ପନ୍‌ଝାଏଙ୍କ ଗଣ୍ଡି ଫୁଲେ । ନିଶ ଚିକ୍କଣ ହୁଏ । ଶଳା ପାଜି ସଇତାନ୍ ଗୁଡ଼ା । ପିଲା କବିଲା ସହିତେ ସେଗୁଡ଼ାଙ୍କୁ ସିଧା ସଫା କରି ଦିଅନ୍ତା କି ! ଦିହଟା କସକସ ଲାଗୁଛି । କାନମୂଳ ଟଣ ଟଣ ହଉଛି । ରୁଲ୍ ବାଡ଼ିର ଦାଗ ତ ପିଠି ପେଟ ସବୁ ପୁରେଇ ଦେଇଛି । ଆଜି ଆଉ ଖାଇବ କ'ଣ । ୬ ନମ୍ବର କଇଦୀର ଚିରା କନ୍ଥା ଆଉ କମ୍ବଳକୁ ଟାଣି ଆଣି ଫଟା କମ୍ବଳ ଖଣ୍ଡେ ପାରି ଲୋଚାକୋଚା ହେଇ ୧୩ ନମ୍ବର ପଡ଼ି ରହିଲା ।

ରାତି ଦି ଘଡ଼ି ସରିକି । ଦୁଲ୍‌ଦାଲ୍ ଶବ୍ଦରେ ତା'ର ନିଦ ଭାଙ୍ଗିଗଲା । ନିଦ ବାଉଳାରେ ଭାବିଲା କୋଉ କଇଦୀ ପିଠିରେ ପାହାର ବସୁଛି ବୋଧହୁଏ । ଲୁହା

ରେଲିଂ ସନ୍ଧିରେ ବାହାରକୁ ଅନାଇଲା । ଚାରିଆଡ଼େ କିଲିବିଲି ଅନ୍ଧାର । ଅନ୍ଧାରୁଆ ଜେଲ୍ କୋଠିର କାଛ ତା' ଦିହରେ ମିଶି ଯାଉଛି । ସାଇଁ ସାଇଁ ପବନ ପିଟୁଛି । ଚାହୁଁ ଚାହୁଁ ବିଜୁଳି ଘଡ଼ଘଡ଼ି ମାଡ଼ି ଆସିଲା । ଶୁଣି ଭୁସ୍‌ଭାସ୍ ! ଦୁଲ୍‌ଦାଲ୍ । ବିଜୁଳି ଆଲୁଅରେ ରୋଷଘର ପଛରେ ଥିବା ଝଙ୍କା ଆମ୍ବଗଛଟା ତଳେ ଦୁଲ୍‌କିନା ପଡ଼ିଯିବାର ଦେଖିଲା । ୧୨ ନମ୍ବର କଇଦୀକୁ ଡ଼ାହାଣ ଗୋଡ଼ରେ ଲାତେ ମାରି ଡ଼ାକିଲା ।

"ଶଳା, ନିଜେ ତ ସଞ୍ଜ ମୁହଁରୁ ପହଡ଼ ମାରିଲୁଣି । ଏବେ କାହାକୁ ଶୋଇବାକୁ ଦଉନି । ଶେ୍ୟଃ... ମନେ ମନେ ସପନଦେଖୁଥା ଫେରାର୍ ହେବାକୁ...." ପାଖ କଇଦୀର କମ୍ବଳକୁ ଟାଣି ଆଣୁ ଆଣୁ ୧୨ ନମ୍ବର ବିଡ଼୍‌ବିଡ଼୍ ହେଲା ଆଉ ପୁଣି ସେଇ କଇଦୀ ଉପରେଗୋଡ଼ ଲଦି ଫଁ ଗାଳି ଶୋଇ ପଡ଼ିଲା ।

୧୩ ନମ୍ବରର ଆଖି ଦୁଇଟା ଖାଲି ତରଂ ତରଂ ହେଲା । ଦେହର କସକସଟା କୁଆଡ଼େ ଚାଲିଗଲା । ବରଂ ତା' ବଦଳରେ ଦେହଟା ଭିତରେ କ'ଣ ଗୋଟାଏ ହୁଲ୍‌ସ୍ଥୂଲ କାଣ୍ଡ ଚାଲୁଛି ପରି ଲାଗୁଥାଏ । ମନଟା ଚଞ୍ଚଳ ଲାଗୁଛି । ଆଗ ପରିକା ମାନ୍ଧାପଣରେ ମୁଣ୍ଡା ଧରୁନି । କିଛି ଗୋଟେ କରି ପକାଇବାର ଉତ୍ତେଜନାରେ ସେ କେମିତି ଅସମ୍ଭାଳ ହେଇ ପଡୁଛି । କନକନ ହେଇ ବାହାରକୁ ଚାହିଁଲା । ଡ଼ାହାଣପଟ କାନଟାକୁ ଲୁହା ରେଲିଂରେ ଆହୁରି ଜୋର୍‌ରେ ମାଡ଼ିରଖି ପବନର ଡ଼ାକ ଶୁଣିଲା । ପବନ ପ୍ରାଣମୂର୍ଚ୍ଛା ଧାଇଁଲା । ଦୁଲ୍‌ଦାଲ୍ ! ଭୁସ୍‌ଭାସ୍ ! ଦୁମ୍ ଦାମ୍ । ଗାଁରେ ପଧାନ ଘର ପିଣ୍ଡାରେ ଗୋସାଇଁ ପଢୁଥିବା ମାଳିକା କଥା ତା'ର ମନେ ପଡ଼ିଲା । ବତାଶ ବିଜୁଳିରେ ବସୁଧା କଂପିବ । ବାସୁକୀ ଫୁତ୍କାରରେ ଅଣଚାସ ପବନ ବହିବ । ମଣିଷ ପୋକ ମାଛି ପରି ମରି ଶୋଇବେ । କ୍ଷେତ ଉଜୁଡ଼ିବ ପୃଥିବୀର ଭାତ ହାଣ୍ଡି ଭାଙ୍ଗିବ । (ରୋଷଘର ଢ଼େକ୍‌ଚି ଉପରେ ଆହୁରି ଗୋଟେ ଗଛ ଭାଙ୍ଗି ପଡ଼ିବାର ଶୁଭିଲା । ଢ଼େକ୍‌ଚିମାନ ଅଗଣା ତଳେ ଚେପା ହେଇ ଗଡ଼ିଲେ) ବାରହାତ ଲମ୍ବ ଖଣ୍ଡା ଧରି କଲ୍‌କୀ ଛତିଆ ବଟରେ ଉଭା ହେବ । (ଛତିଆବଟ ଏଠୁ କେତେଦୂର ?) ଘୋଡ଼ାରେ ଚଢ଼ି ପାପୀଙ୍କ ନାଶିବ । ଢ଼ୋ ଢ଼ା ଶବ୍ଦରେ ବଧିରା କାନ ବି ଅତଡ଼ା ପଡ଼ିଲା (ନଳୀ ବନ୍ଧୁକ ଧରି ହେଡ୍ ୱାର୍ଡର ଆସିଲା ନା କ'ଣ, ଏଠି ପୋକଜୋକ ପରି ଗଦା କଇଦୀଙ୍କ ନାଶିବ ।) ପାରୁ ପର୍ଯ୍ୟନ୍ତ ଆଖିମେଲା କରି ସେ ଅନ୍ଧାରକୁ ଦେଖିଲା । ଆହୁରି କାନେଇଲା । ଯେମିତି ଖୋଦ୍ ତୋଫାନ ତା'ର ତୁମ୍ବି ତୋଫାନ୍ କାଢୁଛି ମଣିଷ ଉପରେ ଅଦଉତି ସାଧିବା ପାଇଁ । ସେ ଅଚାନକ ଚମକି ପଡ଼ିଲା । କୋଠି ଭିତରର ପଛ କାଛ ଭାଗରେ ଥିବା ପୋକଖିଆ ବରଗା

ଖଣ୍ଡିକ ବ୍ରହ୍ମ ରଡ଼ିଦେଇ ତଳେ ପଡ଼ିଗଲା । କାନ୍ଥରୁ ଖଣ୍ଡେ ମେଲା । ସେଇ ଫାଙ୍କରେ ଦେଖିଲା- ବାହାରଟା ଅଧଲଙ୍ଗଳା ଉନ୍ମାଦ ରୋଗୀ ପରି ଠିଆ ମେଲା । ଅସଂଖ୍ୟ ସୀମାନ୍ତ ପ୍ରହରୀ ଆତଙ୍କବାଦର ଗୁଳିରେ ଟଳି ପଡ଼ିଲା ପରି ଚାରି ନମ୍ବର ଓ୍ୱାର୍ଡର ପଛପଟ ବଗିଚ଼ାରେ ଗଛ ବୁଦା ମାନ ଆପଣାଛାଏଁ ଟଳି ପଡୁଥିଲେ। ବାରଫୁଟ ଲମ୍ବର ଥୁଣ୍ଟା ଲିମ୍ବ ଗଛଟା ନିର୍ବଂଶିଆ ଠେଙ୍ଗା ଭୂତଟିଏ ପରି ବାଟ ଓଗାଳି ଥିଲା । ପିଜୁଳି, ଆମ୍ବ, ଲେମ୍ବୁ, ଚାମେଲୀ ସବୁ ମାଟିରେ ମିଶି ଯାଇଥିଲେ। ଜେଲ୍‌ର ଆଉ ଓ୍ୱାର୍ଡର ଘରକୁ ବୁହା ହେବାର ନିକୁଛିଆପଣରୁ ତ୍ରାହି ପାଇଗଲେ ଯେମିତି। ବଳାତ୍କାରର ଶୀକାର ହେଇଥିବା ନାବାଳିକାର କ୍ଷତାକ୍ତ ମୂର୍ଚ୍ଛିତ ଅବୟବ ପରି ମହମହକିଆ ଗୁଳୁଚ଼ିଲଟା ଅର୍ଥ ଶୂନ୍ୟ ବଳ ଓ ବେଗର ଦୌରାତ୍ମ୍ୟରେ ଅଣ୍ଟାଭାଙ୍ଗି ମୋଡ଼ି ହେଇ ପଡ଼ିଥିଲା । ଧ୍ୱଂସର ତାଣ୍ଡବ ବର ବେଶରେ ବାହାରିଥିଲା ଯେମିତି, ବିଜୁଳିର ରୋଷଣୀ ଛୁଟୁଥିଲା । ତାରି ଧାସରେ ୧୩ ନମ୍ବର କଣକୁ ଚାହିଁଲା । ସେଠି ୨୩ ନମ୍ବର କଇଦୀର ମୁଣ୍ଡରୁ ଦହି ବାହାରି ପଡ଼ିଥିଲା । ତା' ମୁଣ୍ଡ ଉପରେ ବରଗା ଖଣ୍ଡିକ ଦିଫାଳ। ତା' ଝିଅର ଖୁନ୍ କରି ଏଠିକି ଆସିଥିଲା। ଗୋଟେ ଝିଅ। ଗାଁ ସରପଞ୍ଚର ପୁଅ ସାଙ୍ଗରେ ପଳେଇଲା। ଗାଁ ଲୋକେ ଅପମାନରେ ଘରେ ନିଆଁ ଲଗାଇ ଦେଲେ। ମାନ ମହତ ସବୁ ଗଲା। ଦୁଇମାସ ପରେ ପେଟରେ ପିଲା ଧରି ଝିଅ ଘରକୁ ଫେରିଲା। ସେଇ ରାତିରେ ୧୩ ନମ୍ବର ତା'ର ତଣ୍ଟି ଚିପି ଦେଲା। ଏଠି ରାତି ଅଧରେ ତା' ଗେହ୍ଲା ଝିଅର ନାଁ ଧରି ଡ଼ାକେ। କିଲିବିଲି ରଡ଼ି ଛାଡ଼େ। ଏଥର ୨୩ ନମ୍ବର ତା' ଜାତିରୁ, ମାନରୁ, ମହତରୁ, ବାପା ହେବାର ବୋଝରୁ ଆଉ ତା'ର ଝିଅର ଅଦେଖା ଛାଇରୁ ନିସ୍ତାର ପାଇଗଲା ।

କାନ୍ଥରୁ ଆଉ କେତେ ଖଣ୍ଡ ଇଟା ଖସିଲା। ତା' ପଛେ ପଛେ ଝଲକାଏ ବିଜୁଳୀ କୋଠି ଭିତରକୁ ପଶିଆସିଲା। ୧୩ ନମ୍ବର ଦେଖିଲା ୨୩ ନମ୍ବର ପାଖକୁ ଲାଗି ୯ ନମ୍ବର କଇଦୀ ମୁହଁ ମାଡ଼ି ପଡ଼ିଛି। ପିଠିରେ ଯେମିତି ଭଙ୍ଗାଇଟା, କଡ଼ି ବରଗାର କମ୍ବଳ ଘୋଡ଼ି ହେଇଥିଲା। ଆସନ୍ନ କୁଷ୍ଠରୋଗରେ ତା'ର ସାରା ଦେହଟା ତମ୍ବା ରଙ୍ଗର ହେଇଯାଇଥିଲା। ଜମି ଜମା ଗଣ୍ଡଗୋଳରେ କାହାକୁ ଖୁନ୍ କରି ଆସିଥିଲା। ଜମି କଥା ପଡ଼ିଲେ ତା'ର ତମ୍ବା ରଙ୍ଗର ତେଡ଼ା ବଙ୍କା ନାକ ଗୁଡ଼ାକୁ ଫୁଲାଇ ରଇତପଣିଆର ବାହାଦୁରୀ ବଖାଣୁଥିଲା। ମାଡ଼ପିଟରେ କାହା ଠେଙ୍ଗାରେ କାହାର ମୁଣ୍ଡ ଫାଟିଲା ସେ ଜାଣି ନ ଥିଲା। ଏମିତିକି କାହାକୁ ସେ ମାରିଛି ଯେ ତା ବି ଜାଣି ନ ଥିଲା। ହେଲେ ଫଇସଲାକୁ ଟାକି ଟାକି ତାର ଏଠି ଏଗାର ବର୍ଷ କଟିଗଲା। ସାକ୍ଷୀ, ଗୁହା ଦିନ ବାର ସବୁ ଗଣିଲା। ଗଣି ଗଣି ଯ୍ୟା

ଭିତରେ ତା'ର ଦେହଟା ବଙ୍କା ତେଢ଼ା ହେଇଗଲା ପଛକେ ତାର ଟାକିବା ସରିଲା ନାହିଁ। ସେ ନିଜେ ଯେମିତି ମହରଗରୁ ଯାଇ କାନ୍ତାରରେ ପଡ଼ିଛି। କୁଷ୍ଠରୋଗର ଗଳା ପଚ଼ା ଘା'ଟିଏ ପରି ଏଠି ପୁଣି ସେ ହାଜିରା ତାରିଖକୁ ଟାକିବାର ଯନ୍ତ୍ରଣାରେ ସଢ଼ି ପଚ଼ି ମରୁଛି। ହେଲେ ଏଥରକ ୯ ନମ୍ବର ସବୁଥିରୁ ତ୍ରାହି ପାଇଗଲା- ମାଟିର ମୋହରୁ, ରୋଗରୁ, ବିଚ଼ାର ଫଇସଲାରୁ, କୋର୍ଟ ତାରିଖକୁ ଦିନ ଗଣିବାର ହିନିମାନିଆ ପଣରୁ ସେ ଖସି ଚାଲିଗଲା।

୯ ନମ୍ବରର ଜଂଘ ସନ୍ଧିରେ ୬ ନମ୍ବର କଏଦୀର ମାଦଳପରି ଦେହଟା ପଡ଼ିଥିଲା। ଗୋଜିଣା ଲୁହା ପାତ ଆଉ ଇଟା ତଳେ ତା'ର ଅନ୍ତଃବୁଜୁଳା ବାହାରି ପଡ଼ିଥିଲା। ଅଣ୍ଡକୋଷଟା ଫାଟି ଚେପା ହେଇ ଯାଇଥିଲା। ମା' ଛେଉଣ୍ଡ ଝିଆରୀକୁ ଧର୍ଷଣ କରିବା ମାମଲାରେ ଆସିଥିଲା। କିଏ କେବେ ସେ କଥା ଉଠାଇଲେ ହାତରେ କାନ ବନ୍ଦ କରି ଚିତ୍କାର ଛାଡୁଥିଲା। କାନ୍ଥରେ ମୁଣ୍ଡ କୋଡୁଥିଲା। ଏବେ ସେଇ ଅପରାଧ ବୋଧରୁ, ଅର୍ଥହୀନ ବେଗର ଦୌରାତ୍ମ୍ୟରୁ, ବଳର ପ୍ରାବଲ୍ୟରୁ, ଶକ୍ତିର ପ୍ରତିପତ୍ତିରୁ, କ୍ଷମତାର ଦାଉରୁ ତାକୁ ନିଷ୍କୃତି ମିଳିଗଲା।

ତା' ଜଂଘ ସନ୍ଧିରେ କ'ଣ ଉଷୁମ ଲାଗିଲା। କିଏ ପରିସ୍ରା କରିଦେଲା ନା କ'ଣ। ନା, ଆଉ ଟିକେ ବହଳ ଲାଗୁଛି। ବିଜୁଳି ମାରିଲା। ୨୩ ନମ୍ବରରୁ, ୯ ନମ୍ବରରୁ, ୬ ନମ୍ବରରୁ ଉଷୁମ ସୁଅ ଛୁଟୁଥିଲା। ୧୩ ନମ୍ବର ଭାରିଜୋର୍ ଚମକି ପଡ଼ିଲା। ନିଜ ମୁଣ୍ଡ ଉପରର ଛାତକୁ ଅନ୍ଧାରରେ ଚାହିଁଲା। କାନ୍ଥରୁ ଆହୁରି ଅତଡ଼ା ଖସିଲା। ଲୁହାରେଲିଂକୁ ଗୋଡ଼ରେ ଝଣ୍‌ଝାଣ୍ କରି ହଲାଇଦେଲା। ଚାରିଆଡ଼େ ହୋହଲ୍ଲା। ଫିମେଲ ଓ୍ୱାର୍ଡରୁ ତାଲା ଖୋଲି ନ ପାରିବାର ତଣ୍ଟିଫଟା ରଢ଼ି, କାନ୍ଥ ପଡ଼ିବାର, ଗଛ ଭାଙ୍ଗିବାର, ଲୁହା ଗ୍ରୀଲ୍ ତାଡ଼ିବାର, ଦଳାଚ଼କଟା, ଠେଲାପେଲାର ଶବ୍ଦରେ ବାତ୍ୟାର ପ୍ରକୋପ ବି ଦବିଗଲା। ରେଲିଂ ତାଡ଼ି ବାହାରି ପାରିଥିବା କେତେଜଣ କଇଦୀ ଖୁସିରେ ହାଉଳି ଖାଉ ଖାଉ ବାରଣ୍ଡା କାନ୍ଥ ତଳେ ଚାପି ହେଇଗଲେ।

ଆଉ ଟାକିବାର ନୁହେଁ। ୧୩ ନମ୍ବର ନିଜର ବାଁ ହାତରେ କଡ଼ାକୁ ଲୁହା ରେଲିଂରେ ଲାଗିଥିବା ଲମ୍ବା ଶିକୁଳିର ମୁନିଆଁ ଅଗକୁ ଛନ୍ଦି ରଗଡ଼ିଲା। କଚ଼ଟିରେ ରକ୍ତ ବୋହିଲା। ଜୋର୍‌ରେ ଝାଙ୍କି ଟାଣି ଦଉ ଦଉ କାଣି ଆଙ୍ଗୁଠିରୁ ଖଣ୍ଡେ ଛିଣ୍ଡିଯାଇ ଅନ୍ଧାରରେ କୋଉଠି ପଡ଼ିଗଲା। କୋଠିରେ ଦଳାଚ଼କଟା ହେବା ଆଗରୁ କାନ୍ଥ ଅତଡ଼ାରେ ଥୋକେ ମରି ଶୋଇଲେ। ମଲି ବୋଲି କେହି ଜାଣି ପାରିଲେ ନାହିଁ। ଆଉ ଥୋକେ ତାଙ୍କ କାନ୍ଥ ଫାଙ୍କରେ ଠେଲା ପେଲା ହେଇ ବାହାରୁ ବାହାରୁ ତଳେ

ଖସିଲେ। କିଏ ମଲା, କିଏ ଅଚେତ ହେଲା ଆଉ କିଏ ବାହାରିଗଲା କିଛି ଜଣା ପଡୁ ନାହିଁ। ୨୩ ନମ୍ବର ଆଉ ୬ ନମ୍ବର ଦିହରେ ପାଦ ରଖି ସେ ଘୋଷାରି ହେଇ ବାରଣ୍ଡା ଉପରକୁ ଉଠିଲା।

କୋଠି ଭିତରର ଅସ୍ପଷ୍ଟ ଶବ୍ଦ ମାନ ଏଥର ପରିଷ୍କାର ଶୁଣାଗଲା। ଚୌକି ବୁରୁଜଟା ପୁରାପୁରି ଅନ୍ଧାର। କଳାମୁଗୁନି ପଥରରେ ତିଆରି କାନ୍ଥଟା ମଲା ଅଜଗର ପରି ତଳେ ପଡ଼ିଗଲା ପରେ ବି ଡ଼ରାଉଥିଲା। ଚୋର, ଡ଼କେଇତ, ଦାଗୀ, ଖୁନୀ, ବଳାତ୍କାରୀଙ୍କୁ ମାଡ଼ି ମକଚ଼ି ରଖିଥିବା କୋଠିର ଛାତ ସବୁ ଆକାଶରେ ଉଡୁଥିଲା- ଉଡ଼ନ୍ ଖଟୋଲା ପରି- ଭୟ, ବିକଳ ଓ ଛାନିଆର ଭେଳିକି ଦେଖାଇ। ଜେଲ୍ ହତା ମଝିରେ ଥିବା ସତର୍କ ଘଣ୍ଟିଟା ପିଟି ହେଇ ଚେପା ହେଇଥିଲା, ୬ ନମ୍ବର କଇଦୀର ବିଦାରି ହେଇଥିବା ଅଣ୍ଡକୋଷ ପରି। କାନ୍ଥ ତଳେ, ଗଛ ସନ୍ଧିରେ ମଲା କଇଦୀର ଶେଷ ଆର୍ତ୍ତନାଦ ପରି ଘଣ୍ଟିଟା ଥରେ ଦୁଇଥର ବିକଳ ହେଇ ବାଜିଲା ଆଉ ତାପରେ ଫିମେଲ ଓ୍ୱାର୍ଡର ଉଠା ପାହାଚ଼ ଉପରେ କଚ଼ି ହେଇ ଛିଞ୍ଚାଡ଼ି ପଡ଼ିଲା- ବଳ, ବେଗ, ଶବ୍ଦ, ନାଦ ଶ୍ରୀହୀନ ହେଇ ଛିଟିକି ଗଲା। ଯନ୍ତ୍ରଟିଏ ହେବାର ଯାନ୍ତ୍ରିକତାରୁ ଘଣ୍ଟିଟା ନିସ୍ତାର ପାଇଗଲା।

ସନ୍ତର୍ପଣରେ ସେ ମୁଣ୍ଡ ନଇଁ ନଇଁ ବାରଣ୍ଡା ତଳକୁ ଓହ୍ଲାଇଲା। ଜେଲ୍ କ୍ୱାର୍ଟସ୍ ସବୁ ଅଭେକା ଲଙ୍ଗଳା। ଚାରିଆଡ଼େ କିଲିବିଲିଆ ଛିନ୍‌ଛତ୍ର ଚିତ୍କାର। ପଛପଟେ ସବୁ ଗଛପତ୍ର ମଣିଷ ମରି ଶୋଇଲେଣି ନା କ'ଣ ନିଶୂନ୍ ଲାଗୁଥିଲା। ମଣିଷ ଉପରେ ପଡ଼ିଥିବା ଗଛର ଖଣ୍ଡିରେ ପାଦ ପକାଇ ଗଲା। ବିଜୁଳି ଚମକିଲା। ରୋଷଘର ଦଛଡ଼ା ଲୁହା ପାତରେ କଟା ହାତଟିଏ ଝୁଲୁଥିବାର ଦେଖିପାରିଲା। କଚଟିରେ ଦାମୀ ଘଣ୍ଟା (ଝାଂପି ଆଣିବ କି ?) ତଳକୁ ଅନେଇଲା। ଆଉ ଗୋଟେ ହାତ ଛିଟିକି ଯାଇ ହାଣ୍ଡିଶାଳରେ ଭିକ୍ଷାଂ ଦେହି ପରି ପାପୁଲି ମେଲାଇଛି। ଆଗକୁ ଆଗେଇଲା। ଜେଲର୍ ସାହେବଙ୍କ ହାତ ନ ଥିବା କବନ୍ଧ ଦିହଟା ଫିମେଲ୍ ଓ୍ୱାର୍ଡରେ ରାତି ଅଧିଆ ରାଉଣ୍ଡ ଦେଲା ପରି ପୁରା ଦମ୍‌ରେ ଆଗକୁ ମାଡ଼ି ଆସୁଛି ! ରକ୍ତ ଜୁଡୁବୁଡୁ, ବେକଟା ନଡ଼ବଡ଼। ପ୍ରବଳ ପ୍ରତାପୀ ଜେଲର୍ ସାହେବଙ୍କର ଏଇ ମୂର୍ତ୍ତି ଦେଖି ଖୋଦ୍ ବାତ୍ୟା ବି ଭୟରେ ଧଇଁ ସଇଁ ହେଇ ଗଲା। ସାଇଁ ସାଇଁ ପବନ ପିଟିଲା। ଦେଖୁ ଦେଖୁ କବନ୍ଧ ଦିହଟା ସେଠି ମୁହଁମାଡ଼ି ଦୁଲ୍‌କିନା ପଡ଼ିଗଲା। କର୍ତ୍ତୃତ୍ୱପଣିଆର ଚାବୁକ ଆଗରେ ମୋଡ଼ି ମାଡ଼ି ରହିଥିବା ଘୁଣପୋକର ଦଂଶନରୁ ରକ୍ଷା ପାଇଗଲେ ଜେଲର୍ ସାହେବ।

୧୩ ନମ୍ବର ବୁଲି ପଡ଼ିଲା। ବିଜୁଳି ଚମକିଲା। ଫିମେଲ ଓ୍ୱାର୍ଡର ସାମ୍ନାର

ଲାଲମାଟି ଚୋରଣୀ, ଡ଼ାଆଣୀ, ଚିରୁଗୁଣୀ, ହତ୍ୟାକାରିଣୀ ଆଉ ବ୍ୟଭିଚାରିଣୀଙ୍କ ଅବୋଧ ରକ୍ତରେ ରଙ୍ଗେଇ ଯାଇ ଆହୁରି ଲାଲ ଦେଖାଯାଉଥିଲା । ୧୩ ନମ୍ବର ସେଇପଟକୁ ବୁଲି ପଡ଼ି ଛୋଟେଇ ଛୋଟେଇ ଆଗକୁ ଧାଇଁଲା । କାନ୍ଥ ପାଖରେ ଖୋଲା ଜାଗା ଖଣ୍ଡେ । ସେଇ କଡ଼କୁ ଜାକି ରହିଲେ ପବନ ଉଡ଼େଇ ନେବନି । ସେଠି ଦଣ୍ଡେ ଛିଡ଼ା ହେଲା । ପାଖରୁ କାହାର କୁଛେଇବାର ଆବାଜ ଶୁଣି ପାରିଲା । ପୁଣି ଗଁ ଗଁ ଶୁଭିଲା । କେତେଦିନର ଚିହ୍ନା ସ୍ୱର ପରି ଲାଗିଲା । ସେ କଡ଼କୁ ଅନେଇଲା । ମଲା, ଦରମଲା କଇଦୀ କେଇଟାଙ୍କ ସାଙ୍ଗରେ ଚିଫ୍ ହେଡ୍ ଓ୍ୱାର୍ଡର୍ ମାଦଳ ପରି ଦେହଟା ହାମୁଡ଼ି ପଡ଼ିଛି । ପାଣି, କାଦୁଅ ରକ୍ତ ବଲବଲ ମୋଟା ନିଶ ହଳକ ତଳେ ଶୋଇ ପଡ଼ିଛି । ଦେହ ଉପରେ କଳା ମୁଗୁନି ପଥରର ବିଭସ୍ତ କୋଣାର୍କ । ପାଖରେ ହେଡ୍ ଓ୍ୱାର୍ଡରର ପାଞ୍ଚ ଛଅ ବର୍ଷର ପିଲାଟା ଟିଣ ଛାତ ସନ୍ଧିରେ ରହିଯାଇ କୁଁ କୁଁ ହଉଥାଏ । ମାଙ୍କଡ଼ା ପଥରଟାଏ ଟାଣି ପିଲା ମୁଣ୍ଡରେ ଏକାଥରକେ ଛେଚି଼ ଦିଅନ୍ତାକି ! ମୂଳୁ ମାଇଲେ ଯିବ ସରି- ରୁଲ୍‌ବାଡ଼ିର ଚେରଟା ଏକାଥରକେ ଖତମ୍ ହେଇଯାନ୍ତା । ଓ୍ୱାର୍ଡର ଆହୁରି ଜୋର୍‌ରେ ଗଁ ଗଁ ହେଲା । ପୁଣି ଘିମେଇ ଗଲା । ସୁକୁ ସୁକୁ ଆଖିରେ ତାକୁ ଅନାଇଲା । ତା' ପୁଅକୁ ପୁଣି ଅନେଇଲା । ହାତ ଖାଲି ନଥିଲା । ନହେଲେ ହାତ ଯୋଡ଼ିଥାନ୍ତା ବୋଧହୁଏ । କ'ଣ କହିଲା ପରି ତାକୁ ପୁଣି ଚାହିଁଲା । ୧୩ ନମ୍ବର ଆଗକୁ ବଢ଼ିଲା । ନିର୍ଦ୍ଦୟ ତିରସ୍କାରର ଗାରଦ ଭିତରେ ମାନବିକତାର ପୁଷ୍ଟିହୀନତାରେ ବଢ଼ିଥିବା କର୍ତ୍ତୃତ୍ୱବୋଧର ଅପରାଧକୁ ମୁଣ୍ଡରେ ବୋହି ନିଷ୍କୁପ ନିଷ୍କୃତିରେ ମିଳେଇ ଯିବା ଆଗରୁ ଚିଫ୍ ହେଡ୍ ଓ୍ୱାର୍ଡର ଶେଷ ଥର ପାଇଁ ବିକଳ ରଢ଼ି ଛାଡ଼ିଲେ । ୧୩ ନମ୍ବର ପଛକୁ ଫେରିଆସିଲା । ଅଧାମେଲା ଆଖିରେ ହେଡ୍ ଓ୍ୱାର୍ଡରର ଜୀବନ ଛାଡ଼ିଲା । ୧୩ ନମ୍ବର ପୁଣିଥରେ ତାକୁ ଚାହିଁଲା । କ'ଣ ଭାବିଲା କେଜାଣି ଟିଣ ଛାତଟାକୁ ଏକା ଝାଂପରେ ତା'ର ଖଣ୍ଡିଆ ହାତରେ ଓଟାରି ଆଣିଲା । ଇଟା ସନ୍ଧିରୁ ଛୁଆଟାକୁ ଟେକି ଧରିଲା । ସାମ୍ନାରେ ଜିଅନ୍ତା ମଣିଷଟିଏ ଦେଖି ଅବା ଝଡ଼ ବର୍ଷାର ପ୍ରକୋପ ଦେଖି ଛୁଆଟା ଭେଁ ଭେଁ କାନ୍ଦି ଉଠିଲା । ଓଡ଼ଶ, ମଶା, ଡ଼ାଆଁଶ ଆଉ ମଣିଷ ରକ୍ତରେ ମରକଟିଆ ଗନ୍ଧୁଥିବା ଗାମୁଛା ଖଣ୍ଡିକରେ ତାକୁ ଝାଡ଼ିଦେଲା । ଛୁଆଟା ରାହା ଧରି କହୁଥିଲା । ଭିଜିଟର କୋଠି ପାଖର ଖୋଲା ଜାଗାରେ ତାକୁ ଠିଆ କରାଇ ଦେଲା ।

ଜେଲ୍ ସାମ୍ନାରେ କମିଶନର ବଙ୍ଗଳା । ଭାଙ୍ଗି ରୁଜି ଇଟା ପଥରର ଗଦାଟିଏ ପରି ଦିଶୁଥାଏ । ସକାଳ ହେଲାଣି ନା କ'ଣ ଟିକେ ସଫା ଦେଖାଯାଉଛି । ବଙ୍ଗଳାର ବାରିପଟେ ଥିବା ନଡ଼ିଆ ଗଛ ନଇଁ ପଡ଼ିଛି । ଗୋରା ତକ ତକ କମିଶନର

ସାହେବ କ'ଣ ଗୋଟାକୁ ଧରି ଖଣ୍ଡିଆ କାଛ ଦିହରେ ଲଟକି ବସିଛନ୍ତି। କମିଶନରଙ୍କ ନାଇଟ୍ ଗାଉନ୍‌ରୁ ଓହଳି ଝୁଲିଥିବା କଳା କନା ଖଣ୍ଡେ ଖଣ୍ଡିଉଡ଼ା ଡ଼ାମରା କାଉ ପରିକା ଦିଶୁଥାଏ। ନଡ଼ିଆ ଗଛରେ ଗୋଟେ ଦରଭଙ୍ଗା ନଡ଼ିଆ ବାହୁଙ୍ଗାକୁ ଭିଡ଼ିଧରି ବଙ୍ଗଳାର ଚପରାଶି କୌଣସି ମତେ ଲଟକି ବସିଛି। ତାରି ପାଦ ଦୁଇଟାକୁ ଭିଡ଼ି ଧରିଛନ୍ତି କମିଶନର ସାହେବ। ନଡ଼ିଆ ଗଛରେ ମାଳିକା ଫଳିଛି (ସର୍ବେ ହୋଇବେ ଏକାକାର, ନ ଥିବ ଭେଦର ବିଚାର) !

ଭେଁ ଭେଁ ରଡ଼ି ଛାଡୁଥିବା ଛୁଆଟାର ହଠାତ୍ ଆଉ କାନ୍ଦ ଶୁଭିଲା ନାହିଁ। ସେ ବକଟକ ବି ଗଲା ନା କ'ଣ, ୧୩ ନମ୍ବର ଗଛକୁ ଅନାଇଲା। ଛୁଆଟା ତାକୁ ବଲ୍ ବଲ୍ ହେଇ ଚାହିଁଲା। ଥଙ୍ଗେଇ ଥଙ୍ଗେଇ ପଚ଼ାରିଲା-

- ତୁ ଚୋର ନା ?

୧୩ ନମ୍ବର ଛୁଆକୁ ଗାରଡ଼େଇ ଚାହିଁଲା।

- ତୁ ପଳେଇ ଯାଉଛୁ ନା ?

୧୩ ନମ୍ବର ନାଲି ଆଖିରେ ଆହୁରି ଗାରଡ଼େଇ ଚାହିଁଲା।

- ବାପାକୁ କହିଦେବି...

- ହେଃ ଚୁପ୍ ! ୧୩ ନମ୍ବର ଗର୍ଜିଲା (ବୋପା ଯାଇ ଉପର ହାଜତରେ ଘଣା ପେଲୁଥିବ)

ଛୁଆଟା ଭେଁ ଭେଁ ରଡ଼ିଲା

ପୁଣି ତୁହାକୁ ତୁହା ଅନ୍ଧାର ସାଇଁ ସାଇଁ ବିଜୁଳି, ଘଡ଼ ଘଡ଼ି ବତାସ, କିଲିବିଲି ବର୍ଷା। - ସବୁ ଗୋଳମାଳିଆ, ସବୁ ଏକାକାର। ଡ଼େଇଁ ଫେରାର୍ ହେବାକୁ କାଛ ନାଇଁ। କାଛ ଭାଙ୍ଗି କଏଦୀ ଫେରାର୍ ଖବରର ମଉଜ ମନେଇବାକୁ କୋଉ ଖବର କାଗଜବାଲା ବି ନ ଥିବେ। ସବୁ ବେଖବର। ଖୋଲା ମେଲା। ଖୋଲା ଗାରଦ। ମେଲା ହାଜତ। ଚାରିଆଡ଼େ ପାଣିର ନେଳି ଛାଇ। ଭିଜିଟର କୋଠିର ଭଙ୍ଗା ସିମେଣ୍ଟ ବେଞ୍ଚ୍ ଉପରେ ଗୋଟେ ପାଦ ରଖି ଆରଟାକୁ କୋଉଠି ରଖିବ ଭାବିଲା।

- ଚୋର ଏଁ ଏଁ ଚୋର... ଇ ଇ... ଚୋର... ଏଁ ଏଁ।

ଆର ପାଦଟାକୁ ସେ ଗୋଟେ କଳା ମୁଗୁନି ପଥର ଉପରେ ରଖିଲା। ଡ଼ିଆଁ ମାରିବା ଦରକାର ନାଇଁ। ଦାନ୍ତ କଡ଼ମଡ଼ କଲା ପରି ରଟ୍‌ରାଟ୍ ଶବ୍ଦରେ କଏଦୀଙ୍କୁ ପାଛୋଟି ଆଣୁଥିବା ବିରାଟ ଲୁହା ଫାଟକ ତଳେ ମୁହଁ ମାଡ଼ି ପଡ଼ିଛି। ପାଦ ଗଣିଲା ପରି ସେ ଡ଼ିପ ଜାଗାରେ ଗୋଡ଼ ଥାପି ଥାପି ଗଲା।

- ଏଁ ଏଁ... ଚୋର ... ଇ ଇ ଇ... ଏ ଚୋର... ଇ ଇ ଇ।

୧୩ ନମ୍ବର ଆଗକୁ ବଢ଼ିଲା ।

- ଏଁ ଏଁ ଏ ଚୋର... ଇ ଇ ଇ... ତୁ ଯାଆ ନାଇଁରେ ... ଇ ଇ ଏଁ ଏଁ ।

୧୩ ନମ୍ବର ମୁହଁ ବୁଲାଇଲା । ବର୍ଷାପାଣି, ଲୁହ ଆଉ ସିଂଘାଣି ଲୁତୁପୁତୁ ମୁହଁରେ ଛୁଆଟା ତାକୁ ହାତ ଠାରି ଡ଼ାକୁଛି । ପବନ ଉଡ଼େଇ ନେବା ଡ଼ରରେ ମୁଗୁନି ପଥରଟାକୁ ପେଟେଇ ଧରିଛି । ବର୍ଷା ପାଣି ତା'ର ଲୁହରେ ବତୁରା ମୁହଁଟାକୁ ଥରକୁ ଥର ପଖାଳି ଦଉଛି ।

୧୩ ନମ୍ବର ଫେରି ଆସିଲା ।

ଫିକା ଅନ୍ଧାରରେ ପାଦ ଥାପି ଥାପି ପଛକୁ ଫେରିଲା । କାନ୍ଦୁରା ଛୁଆଟାକୁ ପବନ ହାତରୁ ଛଡ଼େଇ ଆଣି ଅଜଣା ଗଛ ବୁରୁଛର ଗଣ୍ଡିରେ ଭରାଦେଇ ନାମହୀନ ମଣିଷପଣିଆରେ ଆଉଜିଗଲା ।

ପୁଣି ବିଜୁଳି ଚମକିଲା । ବାଟ କଢ଼ାଇଲା । ନୀଳରଙ୍ଗର ଗାର ପକା ଆଉ ୧୩ ନମ୍ବର ଛାପା ଥିବା ଜାମା ଖଣ୍ଡିକୁ ଛୁଆର ମୁଣ୍ଡ ଉପରେ ଛତା ପରି ଫଣେଇ ଟେକି ଧରିଲା । ତା' ଆଣ୍ଠୁ ଦୁଇଟାକୁ ଛୁଆଟା ଭିଡ଼ି ଧରିଲା ।

- ତୋ ଗୋଡ଼ ସମ୍ଭାଳି ରଖିଥା । ସେ ଛୁଆକୁ କହିଲା ।

ଝଡ଼ ଥମିଗଲା ।

ଶବ ଚୋରି

ସହରଟା ଦଙ୍ଗା ପ୍ରବଣ ହେଲେ ହେଁ ଜନସଂଖ୍ୟା କମିବାର ଦେଖା ଯାଏନି, ବରଂ ବଢ଼େ। ସେଇ ଅନୁସାରେ ବସ୍ତି ସଂଖ୍ୟା ବି। ସହର ଭିତରେ ଆଉ ବାହାରେ ନିତି ପ୍ରତିଦିନ ଘଟୁଥିବା ଚୋରି, ଡକାୟତି, ହତ୍ୟା, ଧର୍ଷଣ ଓ ଦୁର୍ଘଟଣା ପରି ଦଙ୍ଗା ଫସାଦଟା ବି ସହରବାସୀଙ୍କ ଅଲକ୍ଷ୍ୟରେ ଗୋଟେ ପ୍ରକାର ସାଧାରଣ ଦୁର୍ଘଟଣା ପରିସରଭୁକ୍ତ ହୋଇ ସାରିଥାଏ। ହେଲେ ମନ୍ଦାର ବଗିଚ଼ା ବସ୍ତି କଥା ଟିକେ ନିଆରା। ବସ୍ତି କହିଲେ ହିନ୍ଦୁ ମୁସଲମାନ ମିଶାମିଶି ବାଂଲାଦେଶୀ ଶରଣାର୍ଥୀ, ସହରରେ କୁଲିଗିରି କରିବାପାଇଁ ଗାଁର ଭିଟା ମାଟି ଛାଡ଼ି ଥିବା ଅନୁସୂଚ଼ିତ ଜାତିର ହିନ୍ଦୁ, ନେପାଳୀ ଗୁର୍ଖା, ବିହାରୀ ମୁସଲମାନ, ଆଦିବାସୀ ଖ୍ରୀଷ୍ଟିଆନ୍ ଆଉ ସେମିତି ଅନେକ ବିସ୍ଥାପିତ ଓ ବାସଚ୍ୟୁତଙ୍କ ଗହଳି। ବସ୍ତିର ସଂଜ୍ଞାବାଚକ ଅନେକ ଗୁଣ ଯେମିତିକି - ଗୁଣ୍ଡାଗିରୀ, ବେଶ୍ୟାଗିରୀ, ପରକୀୟା ପ୍ରୀତି, ଅଶିକ୍ଷା, କୁସଂସ୍କାର, ଉଦୁଲିଆ ଯିବା, ଜେଲ ଯିବା, ଘର ଖାନତଲାସ ହେବା, ରାସ୍ତା ଉପରେ ସ୍ୱାମୀ-ସ୍ତ୍ରୀଠୁ ପାଖ-ପଡ଼ୋଶୀଙ୍କ ଘମାଘୋଟ କଳି ଆଉ ମାଡ଼ପିଟ ଆଦି ସବୁର କୌଣସି ଅଭାବ ଏଠି କେବେ ଦେଖାଯାଏ ନାଇଁ। ଅଭାବ କହିଲେ ଗୋଟିଏ କଥା- ଦଙ୍ଗା। ଅବଶ୍ୟ କୌଣସି ସମାଜ ବିଜ୍ଞାନୀଙ୍କୁ ଖୋରାକ ଯୋଗାଇଲା ଭଳି ସର୍ବଧର୍ମର ଅପୂର୍ବ ସମନ୍ୱୟ ଅଥବା ସାର୍ବଜନୀନ ଭ୍ରାତୃଭାବ ମିଳେ ନାହିଁ। ଜାତି, ଧର୍ମ ଓ ସଂପ୍ରଦାୟକୁ ନେଇ ପରସ୍ପର କଥା ଭିତରେ କଥା ଉଘାଉଘି, ସଂପାକଟା, ଗାଳି ଫଜିତ୍ ଓ ମାଡ଼୍‌ପିଟ୍‌ର ପର୍ବ ପ୍ରାୟ ବରାବର ଲାଗି ରହିଥାଏ। ତେବେ ଠିକ୍ ଅର୍ଥରେ ଦଙ୍ଗା ଫସାଦ୍ ଯାହାକୁ କୁହାଯାଏ, ତା'ର ଝଲକ ସୁଦ୍ଧା ଏଠି ଦେଖାଯାଏ ନାଇଁ।

ବରଂ ଦଙ୍ଗାରେ ବସ୍ତିର ଘର କରଣାରେ ଗୋଟେ ପ୍ରକାର ଚମକ ଆସିଯାଏ।

ଆକାଶ ଉପରକୁ ଧୂଆଁ ଉଠିବାର ଦେଖିଲାମାତ୍ରେ ବସ୍ତିବାସିନ୍ଦାମାନେ ତତ୍ପର ହେଇଉଠନ୍ତି। ସହରର ଭୌଗୋଳିକ ଅବସ୍ଥିତିରେ ଧୂମ୍ର କୁଣ୍ଡଳୀର ସାନ୍ଦ୍ରତା ଦେଖି ଠିକଣାଟା ସଙ୍ଗେ ସଙ୍ଗେ ପରଖି ନିଅନ୍ତି ଆଉ ଜାଣି ଯାଆନ୍ତି ଯେ ସମ୍ଭାବ୍ୟ ଅଥବା ସଂଘଟିତ ଦଙ୍ଗାଟା ହିନ୍ଦୁ-ମୁସ୍‌ଲିମ୍ ଭିତରେ ସାଂପ୍ରଦାୟିକ ଦଙ୍ଗା ନା ବ୍ୟବସାୟ-ବିରୋଧୀ ଦଙ୍ଗା ନା ସହର ଆର ମୁଣ୍ଡରେ ଥିବା ସର୍‌ଲା କାନିର ଆଦିବାସୀ ବସତିରେ ଧର୍ମାନ୍ତରୀକରଣ ପ୍ରସଙ୍ଗର ଦଙ୍ଗା। ପିଲାଠୁ ବୁଢ଼ାଯାଏ ସବୁ ସେଇ ଦିଗକୁ ମାଡ଼ି ଯାନ୍ତି। ଫେରିଲା ବେଳେ ସଭିଙ୍କ ପିଠିରେ, କାନ୍ଧରେ, ହାତରେ, ମୁଣ୍ଡରେ କିସମ କିସମ ଜିନିଷ ଝଟକୁ ଥାଏ। ହାତଘଣ୍ଟାଠୁ ଆରମ୍ଭ କରି ଟେଲିଭିଜନ, ରେଡ଼ିଓ, ଫ୍ରିଜ୍ ଯାଏଁ କେତେ ରକମର ଚିଜ ରାତିଅଧିଆ ବୁହା ହେଇ ବସ୍ତି ଭିତରକୁ ଆସେ। କିଏ କେତେ ଲୁଟ୍‌ମାଲ୍ ଘରକୁ ଆଣି ପାରିଲା ତାକୁ ନେଇ ସାବାସୀ ଆଉ ବାହାଦୁରୀର ଚର୍ଚ୍ଚା ସହିତ ଈର୍ଷା ଆଉ ଅସହିଷ୍ଣୁତାର ଖେଳ ବି କେତେଦିନ ଯାଏଁ ଚାଲେ।

ପଡ଼ିଶାଘର ଚମକିବାର ଦେଖି ପ୍ରତିଥର ଦଙ୍ଗାପରେ ରସିକ ମଣ୍ଡଳ ତା'ର ବାଲୁଙ୍ଗା ପୁଅପାଇଁ ସେଇ ସମାନ ଅଭିଯୋଗ ବାଡ଼ି ଗାଳି ଝାଡ଼େ- "ସବାଇ ଘରେ ଦେଖୁନ୍ ରକମ୍ ରକମ୍ ଲୁଟି ଜିନିଷ। ଆଉ ଇଏ ଯେ ନିମକହାରାମ୍ ଖାଲି ମତେଇ ଲୁଟୁଛି। ଦିନଭର୍ ଚାରି ବଖତ୍ ଖାନା ଖାଇ ଫିର୍ ଫିର୍ ବୁଲଛି। କିଛୁ କାମର୍ ନାଇଁ..."

ତା' ଦେଖା ଦେଖି ଚେନାଚୂର ବାଲା କଲ୍ଲୁମିଆଁ ମୁରବିଗିରିରେ ପୁଅକୁ ଶୋଧା ଆରମ୍ଭ କରିଦିଏ- "ତେରା ଓ ମନହୁସ୍ ନାନୀକୋ ତେରା ନାମ କଲାମ ନେହିଁ, କଙ୍ଗାଲ୍ ରଖ୍‌ନା ଚାହିୟେ ଥା। ତୁମାରା ଦିମାକ୍ ମେ କୁଛ ହେଁ ଭି ନ ? ଲୋଗ୍ କ୍ୟା କୁଛ୍ ନେହିଁ ଲେ ଆତେ ହେଁ। ଔର୍ ଇସ୍‌କୋ ଦେଖୋ, କଭି ଦୋ ଲକ୍‌ଡି ତୋ ଔର କଭି ପାଇଖାନେ କା ଲୋହା... ଶାଲା..."

ବେଳେବେଳେ ଏମିତି ବି ହୁଏ। ସହରର କୋଉଠି ଚାଲିଥିବା ରାସ୍ତାରୋକେ ଆନ୍ଦୋଳନରେ ଜଳୁଥିବା ଫଟା ଟାୟାରର ଧୂଆଁ ଦେଖି ବସ୍ତିବାଲା ଧାଇଁଯାନ୍ତି ଆଉ ନିରାଶ ହେଇ ଫେରନ୍ତି। କିଏ କାହାକୁ ଭୁଲ ଖବର ଦେଲା ଅଥବା କିଏ କାହା କଥାରେ ପଡ଼ି ସେଠିକି ଗଲା ତା'ର ଆଲୋଚ଼ନା ବଢ଼ି ବଢ଼ି ଶେଷରେ ଗାଳି ଝଗଡ଼ାରେ ପହଞ୍ଚିଯାଏ।

ସେମିତି ପ୍ରତି ଦଙ୍ଗାର ମାସେ ଦେଢ଼ମାସ ଯାଏଁ ପୁଲିସ, ଧରପଗଡ଼, ଘର ଖାନତଲାସ, ମାଲ ଜବତ ଆଉ ଜେଲ- ଜାମିନ୍‌ର ନିତି ସୁଆଙ୍ଗ ଚାଲେ।

ହେଲେ ବସ୍ତିର ଯାବତୀୟ ଝିଞ୍ଜଟର ବାହାରେ ଥାଏ ଗୁଲ୍ଲୁ ମିଆଁ। ତା'ର ଭିନ୍ନେ ଦୁନିଆଁ। ଗେଡ଼ା ଗେଟମା ଚେହେରା। ରଙ୍ଗ ସାବନା। ବସାବସା ଧଳା ଦାନ୍ତ। ହସିଦେଲେ ସବୁ ଦାନ୍ତ ଥରକେ ଦିଶେ। କଡ଼େଇ ଦେଖିଲେ ତା' ମୁହଁରେ ହିନ୍ଦୀ ସିନେମା ହିରୋ ଗୋବିନ୍ଦାର ଝାପ୍‌ସା ଛାଇଟିଏ ଦିଶେ। ଗୋଟିଏ ବି ଗୋବିନ୍ଦା-ସିନେମା ହାତଛଡ଼ା କରେ ନାହିଁ। ଗୋଟିକୁ ଚାରି ପାଞ୍ଚଥର ଦେଖେ। ସବୁ ଗୋବିନ୍ଦା-ଗୀତର ମୁଖଡ଼ାଟି ମାନ ତାରି ମୁହେଁ ମୁହେଁ। ତା'ର ବେଶଭୂଷା, ଠାଣି ମାଣିରେ ଗୁଲ୍ଲୁ ଗୋଟେ ଡୁପ୍ଲିକେଟ୍ ଗୋବିନ୍ଦାର ମାନ୍ୟତା ସେଇ ଆଖ ପାଖ ଗଳିରେ ପାଇ ଯାଇଥିଲା କହିଲେ ଚଳେ। ତା' ସାଙ୍ଗରେ ତା'ର ଗୁପ୍‌ଚୁପ୍ ଠେଲା ବି। ଠେଲାର ଉପର ଘେରାର ଚାରିପଟେ ହସହସ ଗୋବିନ୍ଦାର ଫଟୋ। ସାମ୍ନା ପଟକୁ ବଡ଼ ବଡ଼ ରଙ୍ଗବେରଙ୍ଗୀ ଅକ୍ଷରରେ ଲେଖା ହେଇଛି- ଗୁଲ୍ଲୁ ଗୋବିନ୍ଦା ଡିସ୍କେ। ଗୁପ୍‌ଚୁପ୍-ଆଇଟମ ନମ୍ବର ୧। ଟେଲିଭିଜନ ବିଜ୍ଞାପନରେ ଦହି ହାଣ୍ଡି ଭାଙ୍ଗୁଥିବା ଗୋବିନ୍ଦା ମୁଣ୍ଡର ନାଲି ପଟି ଖଣ୍ଡେ ତା'ର ନିତିଦିନିଆ ଅଲରା ଅଗାଧୁଆ ବେଶରୁ ଖଣ୍ଡେ। ନିତି ଲସର ପସର ହେଇ ସୁକମନୀ ଦାଈମା ଠେଲାରେ ହାଣ୍ଡିଏ ଆଳୁ ଦମ୍ ଆଉ ମଟ୍‌କାଟାରେ ତେନ୍ତୁଳି ପାଣି ସଜ କରି ରଖିଦିଏ। ଅଗରବତୀ ଜଳାଇ "ମେଟାକାନୀ" ଠାକୁରାଣୀ କି ଡ଼ାକି ଡ଼ାକି ଠେଲା ଚାରିପଟେ ଘେରାଏ ବୁଲି ଆସେ। "ଜୟ ଯେଶୁ" କରି ବଡ଼ଦିନ ପରବ୍‌ର ହରେକମାଲରୁ କିଣା ଚିକିମିକି କ୍ରଶ୍ ମାଳିଟାକୁ ଗୁଲ୍ଲୁ ବେକରେ ଗଳେଇ ତା' ନିଜର ଛାତିକୁ ଛୁଏଁ। ଗୁଲ୍ଲୁ ଉପରକୁ ହାତ ଟେକି କହେ "ଏ ମେରୀ ଖୁଦା ରେହମ କର୍..." ଆଉ ବିଡ଼୍ ବିଡ଼୍ ହେଇ ମନେମନେ ଆଲ୍ଲାକୁ ଡ଼ାକି ସାରିଲା ପରେ ଠେଲାର ଦଣ୍ଡାରେ ହାତ ମାରି ମୁଣ୍ଡକୁ ଛାତିକୁ ଛୁଏଁ ଆଉ ଗଳା ଫଟାଇ ଡ଼ାକ ମାରେ- "ଆଲାରେ ଗୋବିନ୍ଦା... ମଟ୍‌କା... ଆଇଟମ୍ ନମ୍ବର ୧..." ଗଳିରୁ ଗଳି, ସାଇରୁ ସାଇ, ଛକ, ସ୍କୁଲ କଲେଜ ସବୁ ଘୁରିବୁଲେ। ଟହଲିଆ ଟୋକା ଟୋକି ମାନଙ୍କୁ ଗୁପ୍‌ଚୁପ୍‌ର ଭଲ ମନ୍ଦ ପଚାରିଲେ ଗୋବିନ୍ଦାର "ଓ ଖୁଦା ଜାନେ" କହିବା ଭଙ୍ଗୀରେ ଦାନ୍ତ ଦେଖାଇ ଉପରକୁ ହାତ ଟେକି ଗୁଲ୍ଲୁ କହେ "ଓ ଦାଈମା' ଜାନେ। ପିଲାମାନେ ହୋ ହୋ ହେଇ ହସନ୍ତି। ଗୁଲ୍ଲୁ ଦଣ୍ଡା ଠେଲି ଆଗକୁ ବଢ଼େ। ନିତି ଦିନିଆ ବେଉସା ହେଲେବି ତା'ର ହିସାବ ନିକାଶ ନ ଥାଏ। ଯେମିତି ହେଉ, ତା'ର ଗାଡ଼ିଟା ଗଡ଼ି ଚାଲେ, ତା' ଅଜାଣତରେ ଏଇ ବିଶ୍ୱାସଟା ବସାବାନ୍ଧି ଥାଏ। ରାତିରେ ପେଟେ ପିଇ ବସ୍ତିକୁ ଫେରେ। ଠେଲାର ପସରା ଦାଈମା'ର ଘର କଣରେ ଗଦେଇ ଦେଇ ଠେଲାଟା ଉପରେ ପଡ଼ିଯାଏ।

କେବେ କେମିତି ମନ ପାଇଥିଲେ ସୁକମନୀ ଦାଈମା ହାଣ୍ଡିଆ ରାନ୍ଧେ। ହାଣ୍ଡିଆ ନିଶାରେ ଚୁର୍ ହେଇ ଦାଈମା ପୁଷ୍ପପୁରବ୍‌ର ଗୀତ ବୋଲେ। ଡ଼ାଳ କଲମୀରେ ଲେନ୍ତି ଲେନ୍ତି ଫଳ ଝୁଲିଥିଲେ ହେଁ ମୂଳକୁ ଜାବୁଡ଼ି ଉଧେଇ ଥିବା ଫଳନ୍ତି ଗଛ ପରି ସୁକମନୀ ଦାଈମା ଚଇତି-ଇଷ୍ଟର ପରବ୍‌ର ବଣୁଆ ସୁର ଛୁଟାଏ। ଆଉ କେବେ କେବେ ହାଣ୍ଡିଆର ଅଧାନିଶାରେ ବସ୍ତିର ଜନ୍ମ ବୃତ୍ତାନ୍ତ ଗୁଲ୍ଲୁକୁ ଶୁଣାଏ। ସହର ଶେଷର ଏଇ ଜାଗାଟା କେମିତି ମନ୍ଦାର ବଣ ଥିଲା। ଫୁଲଝରନ୍‌ର ପାଖ କୋଉ ଗାଁରୁ ମୁଣ୍ଡା ଧାଂଡ଼ା ଓ ଧାଂଡ଼ୀ ଦି'ଜଣ ଦିନେ ଉଦୁଲିଆ ପଳେଇ ଆସି ଏଇ ଅପନ୍ତରା ଜାଗାରେ ଆଶ୍ରା ନେଲେ। ରାତିରେ ମନ୍ଦାର ବଗିଆଣୀ ସେଠି ତାକୁ ପୂଜା ଦେଇ ଘର ବସେଇବାକୁ ସପନ ଦେଲା। ଫୁଲ ବଣ ଭିତରେ ଜାଗା କରି ଦୁହେଁ ଘର ବସେଇଲେ। ସେଇ ଦିନଠୁ ବସ୍ତିର ନାଁ ହେଲା 'ମନ୍ଦାର ବଗିଚା'। ଯିଏ ଯୋଉଠୁ ଯେମିତି ଆସିଲା ସମସ୍ତେ ମୁଣ୍ଡାମୁଣ୍ଡି ହେଇ ସେଠି ରହିଲେ। ବସ୍ତି ବଢ଼ିଲା।

ଦିନେ ଦିନେ ନିଶା ଫାଙ୍କି ଆସିଲାବେଳକୁ ସୁକମନୀ ଦାଈମା' ଗୁମ୍ ହେଇ ବସିଯାଏ କାହିଁ କେତେବେଳ ଯାଏଁ। ପୁଣି ତା' ନିଜ କଥା ଯୋଡ଼େ। ଢ଼େର୍ କମାଣି କରି ସୁଖରେ ରହିବା ସପନ ଦେଖି ଦେଖି ତା' ସ୍ୱାମୀ କରମୁ ସାଙ୍ଗରେ ସେ ଦିନେ କେମିତି ସହରକୁ ଆସିଲା। ବସ୍ତିକୁ ଆସିବାର କେଇଟା ଭିତରେ ପାଣି ଓଲଟା ବହିବାର ଜାଣି ପାରିଲା ସୁକମନୀ। ଇଟା ସିମେଣ୍ଟ ବୋହି ଯାହା ଦି'ପଇସା ଆସିଲା ସବୁ ଜୁଆରେ ଗଲା। ସୁକମନୀ ଗାଁକୁ ଫେରିଯିବାକୁ ଅଡ଼ି ବସିଲା। ହେଲେ କ'ଣ ହେବ। ପାରିବାରପଣିଆଁ ନେଇ କରମୁ ପୁଣି ବଡ଼ ସହର ଖୋଜି ଖୋଜି ଶେଷରେ ଟାଟା ଚାଲିଗଲା। ବର୍ଷେ ପାଖାପାଖି ତାରି ବାଟକୁ ତକେଇ ରହିଲା ସୁକମନୀ। ଦିନେ ଟାଟା ଫେରନ୍ତା ବସ୍ତିବାଲାଙ୍କୁ ଶୁଣିଲା ଯେ କରମୁ ସେଠି କୋଉ ଚାଇଁବସା- ମାଇକିନା ସାଙ୍ଗେରେ ଫେର୍ ଘର ବାନ୍ଧିଲାଣି। "ପଟ୍‌କାର !" ସୁକମନୀ କହେ "ସମଝା ବେଟା ଗୁଲ୍ଲୁ। ପଟ୍‌କାର କାହିଁର୍। ଗାଁର ମାଟି ତାକେ ଓଜନ କଲା ଯେ ସହରକୁ ଭାଗି ଆଇଲା ଇଟା ବୋହିବାକେ, ଫେର୍ ଏଠୁ ଭାଗି ଗଲା ଲୁହା ବୋହିବାକେ। ହୁଁ ! ପଟ୍‌କାର କାହିଁର୍ !" କାହିଁ କେତେଦିନର କଥାକୁ ଏଇ କାଲିକା ଘଟଣାଟେ ପରି କହେ ଦାଈମା। ଆଉ ଭୟଙ୍କର ସ୍ୱପ୍ନ ଦେଖି ଅଧା ନିଦରୁ ଉଠି ପଡ଼ିଲା ପରି ମେଲା ଆଖିରେ ଚାହିଁରହେ। ଗୁଲ୍ଲୁ ତାକୁ ହସେଇଦେଇ କହେ, "ଆରେ ଦାଈମା ଛୋଡ୍ ଭି, କାହେଁ କା ସୋଚ୍ ବିଚ଼ାର, ମୁଝେ ଦେଖ୍ ତୋ, ମା ମରଗଇ, ଶାଲା ବାପ୍‌ନେ ଦୁସ୍‌ରୀ ଔରତ ଲେକର୍ ଭାଗା, ମେରେ ଲିୟେ ସୋଚ଼ନେ କେ ଲିୟେ କୁଛ୍ ବଚ଼ା ଔର୍ ?"

ସୋର୍ ବିଚାରର ଧାର ଧରେ ନାଇଁ ଗୁଲ୍ଲୁ। ତା'ର ଠେଲା- ଦୁନିଆଁରେ ସେ ଯେମିତି ବେତାଜ୍ ବାଦଶା'। ବସ୍ତି ଭିତର ହାଙ୍ଗାମାରେ ମୁଣ୍ଡ ପୁରାଇବା ଅବସ୍ଥାରେ ସେ ନଥାଏ କହିଲେ ଚଳେ। ପଚାରିଲେ କହେ, "କାହେଁକା ଫସାଦ ଭାଇ ? କାହେଁକା ଲୁଟ୍ ?" ଥରେ ଖାଲି ବ୍ୟତିକ୍ରମ ଘଟିଥିଲା ଏଥିରେ। ଏମିତି ଗୋଟେ ଦଙ୍ଗାରେ ଗୁଲ୍ଲୁ ତା' ସାଙ୍ଗରେ ଝିଅଟାକୁ ନେଇ ଆସିଥିଲା। ଗୋରା ତକ ତକ ରୋଷଣୀ ମୁହଁ। "ଗୁଲ୍ଲୁ ମିଆଁ ଐସା ମାଲ୍ ଲୁଟକର ଲାୟା ଜୋ ସାରା ବସ୍ତି ଉଜାଲା..." ବସ୍ତିବାଲା କୁହାକୁହି ହେଲେ। ଦିନ କେଇଟା ପରେ ପୁଣି ଝିଅଟା କୁଆଡ଼େ ପଳେଇଲା ଯେ ତା'ର ସୋର୍ ଶବ୍ଦ କେହି ପାଇଲେନି। ଲୁଟି ମାଲ୍ ଯେମିତି ଆସିଲା, ସେମିତି ଗଲା- ଶଙ୍କର କଲେଡ୍ ଛିଗୁଲାଇ କହିଲା। ଆଉ କିଏ କହିଲା- "ଦଙ୍ଗାରେ ହିନ୍ଦୁ ଇଲାକାର ବେସାହାରା ଝିଅଟା। ଆଗପଛ ନ ଭାବି ଗୁଲ୍ଲୁ ମିଆଁ ସାଙ୍ଗରେ ଚାଲି ଆସିଲା। ପରେ ମୁସଲମାନ ଜାଣି ପାରି ପୁଣି ପଳେଇଲା।" "କଥାଟା ସେଇୟା ନୁହଁ। ଅସଲରେ ସିଏ ମୁସଲମାନ ଝିଅଟା। ମୁଲ୍ଲା ବଜାରରେ ରହେ। ବାପଛେଉଣ୍ଡ। ସୌତେଲା ବାପର ବୁରି ନଜରରୁ ରକ୍ଷା ପାଇବା ପାଇଁ ଗୁଲ୍ଲୁ ସାଙ୍ଗେରେ ପଳେଇ ଆସିଲା। ହେଲେ ୟାର ଚାଲିଚଳନ ଦେଖି ତାକୁ ସନ୍ଦେହ ଲାଗିଲା। ସଚ୍ଚା ପଠାନ୍ ଲଡ଼କୀ। ସେଇଠୁ ସେ ପଳେଇଲା"- ଆଉ ଜଣେ ବାଜି ମାରି କହିଲା। ଆରେ ଇସ୍‌କା କ୍ୟା ଠିକାନା। ଆପନେ ମାଁ ବାପ୍‌କା ନା ଜାତ୍ ପାତ୍ କା ? ମୈନେ ତୋ ଶୁନା ହୈ କି ୟେ ଶାଲା ଚୋରି ଛିପେ କବ୍‌ସେ ଅହମଦିଆ ହୋ ଗୟା ହୈ... ଦିଖ୍‌ତା ହୈ ଏକ ଔର ଅନ୍ଦର ମେ ଏକ୍...- କହିଲା ନୁର୍ ମିଆଁ।

ସୁକମନୀ ଦାଈମା' କଥା ଅଲଗା। ତା'ର ପିଲାର ଦିଲ୍ ଦୁଖାଇଲା ବୋଲି ମନ ହେଲେ ଝିଅଟାକୁ ସଂପାକଟା କରି ପକାଏ। ଆଉ କାହା ପାଖକୁ ଗଲେ ବି ସେ ଏମିତି ବେଧଡ଼କ ରହିପାରିବ ନାଇଁ- ଦାଈମା' ଛାତିରେ ହାତ ମାରି କହେ।

ଆଉ ଏବେ ବି ଗୁଲ୍ଲୁ ମିଆଁ ରାତି ଅଧରେ ମଦ ନିଶାରେ ଠେଲାଟି ଉପରେ ବେତାଳିଆ ସୁର ଛାଡ଼େ- "ବିଜ୍‌ଲୀ କି ତର୍‌ହ ତୁ ଗୀରୀ, ଫିର୍ ଇସି ତର୍‌ହ ଚଲିଗୟି, ବେଦାଗ୍ ଦିଲ୍‌କୋ ମେରା ତୁନେ ଦାଗୀ ବନା ଦି..."

ହୋଲିକୁ ଆଉ ଦୁଇଦିନ ବାକି। ଏଥର ହୋଲିରେ ଠେଲା ବାହାର କରିବ ନାଇଁ। ଦାଈମା' ସାଙ୍ଗେରେ ହାଣ୍ଡିଆ ପିଇ ଚଇତ୍ ପରବ୍ ମନେଇବ। ବସ୍ତି ଗଳିରେ ଘୁଡୁଘୁଡୁ ପଟି ଖେଳିବ। ଘରୁ ନ ବାହାରିଲେ ହେଲା। ଗଲାଥର ଭାରି ଝାମେଲା ହୋଇଥିଲା। ପୁରୁଣା ଦୁଷ୍‌ମନିର ରାଗ ଶୁଝା ଶୁଝିରେ ଆର ଗଳିର ମାଖନଲାଲର

ଜୁଆନ୍ ପୁଅର ଉପରେ ଗରମ ପିଚୁ ଢ଼ାଳିଦେଲେ। ବାପ୍‌ରେ, କି କଲବଲିଆ ମୌତ୍ !

ବେରିହା ଗଳି ଆଡ଼କୁ ଠେଲା ମୁହାଇଁଲା ଗୁଲ୍ଲୁ। ଏଇ ଗଳିରୁ କେବେ ସେ ନିରାଶ ହେଇ ଫେରି ନାହିଁ। ବର୍ଷସାରା ଯେତେବେଳେ ଆସିଲେ ବି ଦୁଇ ପଇସା ନେଇ କି ଯାଏ। ଗଳିର ବୋହୁମାନେ ଝରକା ସନ୍ଧିରୁ ହାତ ଗଳାଇ କିଣି ନିଅନ୍ତି। ସହରସାରା ମହାମାରୀ ବ୍ୟାପିଥିଲା ବେଳେ ବାହାର ଜିନିଷ ନ ଖାଇବାକୁ ଢ଼ାକବାଜି ବୁଲେ। ହେଲେ ବେରିହା ଗଳିରେ ଏସବୁ ଫରକ ପଡ଼େ ନାଇଁ। ଦେଖୁ ଦେଖୁ ତା' ଠେଲାର ମାଲ୍ ସରିଯାଏ। ମୁଣ୍ଡର ନାଲି ପଟିଟାକୁ ଭଲ କରି ଭିଡି ଦେଇ ଗୁଲ୍ଲୁ ଡ଼ାକ ଛାଡ଼ିଲା- "ଏୟ୍...ଆଇଟମ୍ ନ ! ୧- ଆଲାରେ ...ତେରା ମଟକା..."

ବେରିହା ଗଳି ମୁଣ୍ଡକୁ ଆଉ ଅଳପ ଟିକେ ବାଟ ଅଛି, କ'ଣ ବାଣ ଫୁଟା ଆଓ୍ୱାଜ ଆସିଲା। କୋଉଠି କ୍ରିକେଟ ଖେଳ ଚାଲିଥିବ ନ ହେଲେ ଗଳିରେ ବରଯାତ୍ରୀ ଦଳ ଯାଉଥିବ। ଗୁଲ୍ଲୁ ଭାବିଲା। ଆଓ୍ୱାଜ୍‌ର ସଂଖ୍ୟା ବଢ଼ିଲା। ଉପରକୁ କଳାଧୂଆଁ ଉଠିଲା। ବେରିହା ଫଟକା ଗୋଦାମରେ ନିଆଁ ଲାଗିଗଲା କି ଆଉ। ସିଆଡ଼କୁ ଆଉ ନ ବଢ଼ିଲେ ଭଲ। ଠେଲାର ଦଣ୍ଡାକୁ ବାଁ ପଟକୁ ବୁଲାଉ ବୁଲାଉ ଦେଖିଲା ଦୋକାନ ମାନର ସଟର୍ ଯାକ ଭୁସ୍ ଭାସ୍ ପଡ଼ିଗଲା। ଗଳି ଭିତରୁ ବାହାରୁ ଲୋକେ ଅତର୍ଛା ଧାଇଁଲେ। ଘର ଦୁଆର ତାଟି କବାଟ ଆଖି ପିଛୁଳାକେ ବନ୍ଦ। କଳାଧୂଆଁ, ଢ଼ୋ ଢ଼ା, ହୋ ହଲ୍ଲା, ପୋଲିସ୍ ଜିପ୍‌ର ବିଜୁଳୀ ବେଗ- ସବୁ ଏକାକାର। ଗୁଲ୍ଲୁ ବୁଝିଗଲା। ପଛପଟ ପାନଦୋକାନୀ ଗଳିରୁ ରିଂ ରୋଡ଼ ଦେଇ ମୁଲ୍ଲାବଜାର ଆଡ଼େ ମୁହାଇଁଲା। ରିଂ ରୋଡ଼ଟା ନିଛାଟିଆ। କାଁ ଭାଁ ସାଇକେଲ ଯିବା ଆସିବା ଛାଡ଼ି ଦେଲେ ଆଉ କେହି ନ ଥିଲେ। ରିଂ ରୋଡ଼ ମଝିରେ ଝଙ୍କାଳିଆ ବରଗଛ ତଳକୁ ଗଲେ ମୁଲ୍ଲାବଜାରର ଶେଖ୍ ଗଳି। ପଶିଗଲେ ରକ୍ଷା। ଝାମେଲା ଥମିଗଲେ ଦାଇମା ପାଖକୁ ଖବର ପଠାଇ ଦେଲେ ହେଲା। ନ ହେଲେ ବୁଢ଼ୀ ତାକୁ ଅନେଇ ଅନେଇ ଭିତର ବାହାର ହେଉଥିବ।

ଝାଳନାଳ ହେଇ ତରବରରେ ଦଣ୍ଡା ମାରିଲା ଗୁଲ୍ଲୁ। ଶେଖ ଗଳି ମୁହଁରେ ତ ମୁନିର୍ ମିଆଁର ପାନ ଦୋକାନ। ନିଛାଟିଆ ଶୁଖିଲା ପତ୍ରମାନ ଡ଼େଣାକଟା ଚଢ଼େଇ ପରି ତଳେ ପଡ଼ି ଗଡୁଛନ୍ତି। ବେରହମିରେ ପବନ ପୁଣି ତାକୁ ଘୋଷାରି ନେଇ ଅପନ୍ତରା ଅପରଛନିଆ ମଇଳା ଗଦାରେ କଚ଼ି ଦେଉଛି। ଶୋଷରେ ତଣ୍ଟି ଅଠା ଅଠା ଲାଗୁଛି ଠେଲାର ପାଣିତକ ରିଂ ରୋଡ୍‌ରେ ଅଜାଡ଼ି ଦେଇଛି। ତୁଚ୍ଛା ପାଣିକୁ

କେତେ ବୋହିବ ଭଲା । ଆଗ ଠେଲାଟା ହେପାଜତରେ ରହିଯାଉ । ଗଳିଟା କେମିତି ଅନ୍ଧାରିଆ ଦିଶୁଛି । ଗଳି ଭିତରକୁ ପଶୁ ପଶୁ ଘଡ଼ିକ ପାଇଁ ଗୁଲ୍ଲୁର ଆଖିକାନ ଜାବ୍‌ଦା ପଡ଼ିଗଲା । ଗଳି ସନ୍ଧିରୁ କୁହାଟ ମାରି ଦଳେ ଖପ୍ ଖାପ୍ ଡ଼େଇଁ ପଡ଼ିଲେ । ମୁଣ୍ଡରେ କନାପଟି , ହାତରେ ଲାଠି, ତରୁଆଲ୍, ବର୍ଛା । ପକ୍‌ଡୋ । ଶାଲାକୋ... ଗର୍ଜନରେ ମାଟି ଫାଟିଲା । ଶୀକାର କିଏ ବୁଝିବା ଆଗରୁ ଗୁଲ୍ଲୁ ଉପରେ ଝାଂପ ମାରି ଦଳଟାଯାକ କୁଦି ପଡ଼ିଲେ ।

- "ଶୁନୋ ମେ ମୁସ.."

ଗୁଲ୍ଲୁର ମୁହଁରେ କନାବିଣ୍ଡା ।

ଆଖି ପିଛୁଳାକେ ଗୁଲ୍ଲୁ ମିଆଁର ରକ୍ତାକ୍ତ ନିଷ୍ପ୍ରାଣ ଦିହଟା ଦରଭଙ୍ଗା ଠେଲାଟା ଉପରେ ଦୁଲ୍‌କିନା କଡ଼ାଡ଼ି ହେଲା । ଏତେଦିନ ଧରି ଗୁଲ୍ଲୁର ଠେଲା-ଜୀବନକୁ ବାହୁଥିବା ଠେଲାଟା ତା'ର ନିର୍ଜୀବ ଦିହର ଭାରାରେ ଚମକି ଗଲାନା କ'ଣ । ଠେଲା ଉପରୁ ଅଧାଝୁଲା ଭଙ୍ଗା କାଠ ପଟା ଖଣ୍ଡେ ଗୁଲ୍ଲୁର ଦରମେଲା ରକ୍ତ ଜୁଡୁବୁଡୁ ପେଟ ଉପରେ ପଡ଼ିଲା । କାଠପଟାରେ ଲେଖାଥିଲା- ଆଇଟମ ନମ୍ବର ୧ ।

ସୁକମନୀ ଦାଈମା' ସାରା ରାତି ଟାକିଲା । ଗୁଲ୍ଲୁ ହାଣ୍ଡିଆ ବରାଦ କରି ଯାଇଥିଲା । ଠେକିଟାରେ ସେମିତି ସେଇଟା ପଡ଼ିଛି । ସାରା ରାତି ବସ୍ତି ବାଲାଙ୍କର ଗହ୍ମା ପୁନେଇଁ ଚାଲିଛି । କାହାରି ଆଖି କି ନିଦ ନାଇଁ । ଗଲା ସାତ ଆଠ ବର୍ଷରେ ଏମିତି ଦଙ୍ଗା ହେଇ ନାଇଁ, ବସ୍ତି ଭିତରକୁ ବୁହା ଜିନିଷରୁ ଦାଈମା' ଅନୁମାନ କରିନେଲା ।

ତା'ପର ଦୁଇଦିନ ଯାଏଁ ବସ୍ତି ଭିତରେ ପୁଣି ଲୁଟି ମାଲ୍‌ର ହିସାବ ନିକାଶ, କଳି ଝଗଡ଼ା, ପୁଲିସ୍ ଧରପଗଡ଼ର ପାଲା ଚାଲିଲା । ଯେମିତି ସବୁଥର ଦଙ୍ଗା ପରେ ହୁଏ । ସୁକମନୀ ଦାଈମା' ସେମିତି ଘରଟା ଭିତରେ ବସି ରହିଲା । ଗୁଲ୍ଲୁ ମିଆଁକୁ କୁଆଡ଼େ ପୁଲିସ୍ ଧରି ନେଇଛି ଜଣେ ଆସି କହିଲା । ଆଉଜଣେ କେହି କୋଉଠି ଗୁଲ୍ଲୁର ମୁର୍ଦ୍ଦାର ପଡ଼ିଥିବା କଥା କାହାଠୁ ଶୁଣିଥିବାର କହିଲା । ସକାଳ ଯାଇ ରାତି ହେଲା । ଗୁଲ୍ଲୁ ଫେରିଲାନି ।

ତା'ପରଦିନ ସଞ୍ଜ ଗାଢ଼େଇ ଗଲା ପରେ ଦାଈମା' ପଡ଼ିଆକୁ ବାହାରିଲା ।

- "କ'ଣ ନ ଦେଖିଲା ଏ ଆଖି । କୁଡ଼, କୁଡ଼ ଶବ ପୋଷ୍ଟମର୍ଟମ ହେଇ ଶବଘରେ ଗଦା ହେଇଛି । ଚିହ୍ନଟ ହେଇପାରୁନି । କେମିତି ଭଲା ହେବ ? ମୁର୍ଦ୍ଦାରଟା ଗୋଟା ହେଇଥିଲେ ସିନା । କାହାର ମୁଣ୍ଡରୁ ଫାଳେ ନାଇଁତ, ଆଉ କାହାର ଅଣ୍ଟାରୁ ତଳକୁ ନାଇଁ..."

- "ଗୋଟେ କେସ୍‌ରେ ତ ପୁଲିସ୍‌ର କୁଆଡ଼େ ଅକଲ ଗୁଡୁମ୍ ହେଇଯାଇଛି। ଛକରେ ଭଣ୍ଡାରୀ ପିଲାଟି କହୁଥିଲା। ମୁର୍ଦ୍ଧାରର ମୁଣ୍ଡରେ ନାଲି ପଟି ଦେଖି ପୁଲିସ୍ ହିନ୍ଦୁ ସଂଗଠନ ହାତରେ ଦେବାପାଇଁ ବାହାରିଲାବେଳକୁ ବେକରେ କ୍ରଶ ମାଳି ଦେଖି ରହିଗଲା। ମୁର୍ଦ୍ଧାରର ଦେହରେ ଲୁଗା ନ ଥିଲା। ମୁହଁ ଓଲଟାଇ ସିଧା କରି ଦେଲାରୁ ତା'ର ଛେଦ। ଗୁପ୍ତାଙ୍ଗଟା ପୁଲିସ୍ ଆଖିରେ ପଡ଼ିଲା। ତା'ହେଲେ ଏତ ମୁସଲମାନ ମୁର୍ଦ୍ଧାର, ପୁଲିସ୍ ଭାବିଲା। ଏଣେ ମୁର୍ଦ୍ଧାରର କେହି ଦାବୀଦାର ଏଯାଏଁ ଦେଖା ନାହିଁ। ଶବଟାକୁ ବରଂ ମେଡ଼ିକାଲ କଲେଜକୁ ହସ୍ତାନ୍ତର କରିବାର ଗୋଟେ ପ୍ରକାର...."

ସୁକମନୀ ହାତରୁ ତା' ଅଜାଣତରେ ପାଣି ଡ଼ାଲଟା ଖସିପଡ଼ିଲା।

- "ବୁଝିଲ, ଫିସାଦ ଭିଆଇବା ପାଇଁ ଲୋକ ଜାଣିଶୁଣି ମୁର୍ଦ୍ଧାରଟାକୁ ଏମିତି ନବରଙ୍ଗୀ ବେଶ କରି ଦେଇଥିବେ ଯେ, ଏଟା କୋଉ ବଡ଼ କଥା।"

- "ଆରେ ଏତ ମଣିଷ ମୁର୍ଦ୍ଧାର। ଦଙ୍ଗା ଫସାଦ ପାଇଁ ମଲା ଘୁଷୁରୀ କି ମଲା ଗାଈଟେ ଯଥେଷ୍ଟ। ଟେଲିଭିଜନରେ 'ତମସ୍' ସିରିଏଲ୍‌ରେ ଦେଖିଥିବ ତ। ଏମିତି ହେଇ ହେଇ ଶେଷରେ ଲୋକ ଦି ଫାଳ ହେଇଗଲେ, ତଥାପି ଚେତା ପଶିଲା ନାହିଁ।"

- "ହଁ, ସେଇୟା।"

ସାନ୍ଧ୍ୟ ଭ୍ରମଣରୁ ଫେରୁଥିବା ଦି'ଜଣ ବୟସ୍କଲୋକ କଥାବାର୍ତ୍ତା। ହେଇ ଫେରୁଥିଲେ।

ସୁକମନୀ ସବୁ ଶୁଣିଲା। ଫେରିଆସି ସେମିତି ଗୁମ୍‌ସୁମ୍ ହେଇ ଅନ୍ଧାରଟାରେ ବସି ରହିଲା। ରାତି ବଢ଼ିଲା। 'ଲୁଟି' ଖଟଣିର ଥକାରେ ବସ୍ତିବାଲା ଶୋଇ ପଡ଼ିଥିଲେ। ଦାଈମା' ପାଦ ଚିପି ଚିପି ପଦାକୁ ବାହାରିଲା।

ହସପିଟାଲ ପଛର କେନାଲ କଡ଼େ କଡ଼େ ଏକମୁହାଁ ହେଇ ଦାଈମା' ଆଗକୁ ବଢ଼ିଲା। ପୁଲିସ୍ ପହରା, ବୁଲା କୁକୁରର ରଡ଼ି ତା' ଅଜାଣତରେ ରାତି ଅନ୍ଧାରରେ ପଛରେ ରହିଯାଉଥିଲେ। ହସ୍‌ପିଟାଲର ବାଁ ପଟକୁ ଶବଘର। ହତା ମଝିରେ ଥିବା ଓସ୍ତଗଛରୁ ପେଚା ରାବୁଥିବାର ଶୁଣାଗଲା। କେନାଲ ପାରି ପୋଲ ସେପଟକୁ ମେଲା ପଡ଼ିଆ। ଚାରିଆଡ଼େ ଭଙ୍ଗା ଗାଡ଼ି ପୋଡ଼ା ଠେଲା, ମୋଡ଼ା ସାଇକେଲ ଆଉ ଯେତେସବୁ ଲୁଟ ଜିନିଷ ଛିନଛତ୍ର ହେବା ପଡ଼ିଥିଲା। ଦାଈମା' ପାଦ ଉଠାଇ ସବୁକୁ ଡ଼େଇଁ ଡ଼େଇଁ ଆଗକୁ ବଢ଼ିଲା।

ଶବଘରକଡ଼କୁ ଧୀମା ଆଲୁଅ। ଗଞ୍ଜେଇ ନିଶାରେ ଚପରାଶିଟା ବସିଲା

ଜାଗାରେ ଢୁଳେଇ ପଡ଼ିଥିଲା । ଭିତରୁ ବାଟ ମୁହଁ ଯାଏ ସରକାରୀ ଥାନ ଲୁଗାର ଗଣ୍ଡିଲି ଭିତରେ ଥାକ ଥାକ ଶବ । ବାଉଁଶ ବାଡ଼ିଟାରେ ଥାନ ଲୁଗା ଟେକୁ ଟେକୁ ଗୋଟେ ଜାଗାରେ ଅଟକି ଗଲା ଦାଇମା' । ପଚ଼ାଶ ପାରି ପିଠିରେ ମୁର୍ଦ୍ଧାରଟାକୁ ଲାଉ କଲା । ବଣ ମୂଳକରୁ ସଞ୍ଜା ସାଇତା ମାଟି ପାଣିର ଦମ୍‌ରେ ସୁକମନୀ ଦାଇମା' ହତା ବାହାରକୁ ତାକୁ ଘୋଷାରି ଆଣିଲା । ପୁଣି ପଡିଆକୁ । ଡ଼ାହାଣ ପାଖରେ ପଡ଼ିଥିବା ଏକଚ଼କିଆ ଭଙ୍ଗା ଠେଲାଟାରେ ଦାଇମା' ତା' ପିଠିରେ ବୋଝ ଉତାରି ଦେଲା । ଗାଡ଼ିର ଖଣ୍ଡିଆ ଦଣ୍ଡାକୁ ଟାଣି ଟାଣି କେନାଲ ମୁହଁରେ ପହଞ୍ଚିଲା ଆଉ ଏକାଦମ୍‌ରେ ଆଖି କାନ ବୁଜି ଗାଡ଼ିଟାକୁ କେନାଲ ଭିତରକୁ ଠେଲି ଦେଲା । ତାରି ମାଡ଼ରେ କେନାଲ ପାଣି ଚିହିଁକି ଉଠିଲା ପରି ଛିଟିକି ପଡ଼ିଲା । ତା'ପରେ ସବୁ ଶୂନ୍‌ଶାନ୍‌ ।

ପଥର ଘାଟକୁ ଓହ୍ଲାଇ ମୁହଁ ଧୋଇ ଉପରକୁ ଆଞ୍ଜୁଳା ଟେକିଲା ଦାଇମା' । ଆଞ୍ଜୁଳା ଭର୍ତ୍ତି ଥିଲା- ପାଣିରେ କି ଲୁହରେ କେଜାଣି, ଅନ୍ଧାରରେ ଜଣା ପଡୁ ନ ଥିଲା ।

ତା'ପରଦିନ ଦୈନିକ ଖବରକାଗଜର ମୁଖ୍ୟପୃଷ୍ଠାରେ ମୁଖ୍ୟ ସମ୍ବାଦ ଥିଲା- "ସହରରେ ରହସ୍ୟମୟ ଶବ ଚ଼ୋରି ।"

ଦର୍ପଣର ଭୟ

- ତୋ ନାଁ କ'ଣ କହିଲୁ ? ଗାଁ ସ୍କୁଲର ହେଡ୍‌ମାଷ୍ଟ୍ରେ ପଚ଼ାରିଲେ ।

- ବିଲୁ...

- ବାପା ନାଁ ?

- ବାପା ନାଁ... ଉଁ ଉଁ... ଟିକିଏ ଉପର ତଳ ହେଇ, ବିଲୁ ଚାରିଆଡ଼କୁ ଅନେଇ ଭାବିଲା । ତା'ର ସମସ୍ୟାରେ ଆଶୁ ସମାଧାନ କରିଦେଇ ତା'ର ନାଁ ଲେଖାଇବାକୁ ଆସିଥିବା ଲେଖା ଯୋଖାରେ ମହନି କାକା କହିଲା- ଇଏ ପରା ଆମ ତଳ ସାଇର ଭୁବନ ବେହେରାର ପୁଅ । ବାପର ମୁହଁ ବି ମନେ ନ ଥିବ । ଆଉ ନାଁ ଭଲା କ'ଣ କହିବ ବିଚ଼ରା । ତା' ବାପା ଯାଇ ମିଲିଟେରି..

- ଗାଁର ତ ଅଧେ ଯାଇ ମିଲିଟେରିରେ । ହେଡ୍‌ମାଷ୍ଟ୍ରେ କହିଲେ ।

- ଏକଫସଲି ଗାଁ । ବେଉସାକୁ ପଇସା ନାଇଁ କି ଚାଷକୁ ପାଣି ନାଇଁ । ପାଠୁଆ, ଦରପାଠୁଆ ଥୋକେ ମିଲିଟେରୀରେ ଭର୍ତ୍ତି ହେଇଗଲେ ବୋଲି ଦେଖୁ ନାହାଁନ୍ତି ଆଜ୍ଞା ଗାଁରେ କେତେ କୋଠା ଟେକିଲେଣି । ପାଖରେ ବସିଥିବା ସହକାରୀ ଶିକ୍ଷକ ଜଣେ କହିଲେ ।

- ହଁ ସେଇଥି ଆଜ୍ଞା । ମହନି ଜୁହାର ପକାଇ ଚାଲିଗଲା ।

ବିଲୁ ଶ୍ରେଣୀ ଭିତରକୁ ଗଲା । ଆଜି ପହିଲା ଦିନଠୁ ତା'ର ମନଟା ବିଗିଡ଼ିଗଲା । ଏତେ ଲୋକ ଭିତରେ ମହନି କାକାର କଥାଟା ତାକୁ କେମିତି ଭଲ ଲାଗିଲା ନାହିଁ । ସ୍କୁଲରୁ ଫେରିଲା ବାଟରେ ଜଗନ ପଚ଼ାରିଲା, "ଧର, ଏମିତି ଗଲାବାଟରେ ତୋ ବାପା ସାଙ୍ଗରେ ଭେଟ ପଡ଼ିଲେ ତୁ ଚିହ୍ନିବୁ କେମିତି ?" ହଠାତ୍ ଗଲା ଆଇଲା ଭିଡ଼ ଭିତରେ ବାପାକୁ ଖୋଜିଲା ପରି ବିଲୁ ନିଜ ଅଜାଣତରେ ଚାରିଆଡ଼କୁ କନକନ ହେଇ ଚାହିଁଲା । ଜଗନ ସେଇ କଥାକୁ ଦୋହରାଇ

ପଚ଼ାରିଲା । ବିଲୁ କ'ଣ କହିବ ଭାବି ପାରିଲାନି । ବାଆଁରେଇ ଦେଲା ପରି ଗୋଡ଼ି ଗୋଟାଇବାରେ ଲାଗିଗଲା ।

ଘରକୁ ପଶୁ ପଶୁ ଦେଖିଲା ମାଆ ଝୁଲି ଝୁଲି ଶିଳରେ ମସଲା ବାଟୁଛି । ଅଗଣା ମୁଣ୍ଡରେ ବୁଢ଼ୀମା କୁଲାଟାରେ ଚାଉଳ ବାଛୁଛି । ମା' ପିଠିରେ ଲାଉ ହେଇ ପଚ଼ାରିଲା- ମା', ବାପା କେବେ ଆସିବେ ?

- କାଇଁ ବାପା ପାଖରେ ଏତେ ତୋର ଗରଜ ପଡ଼ିଲା ? ମାଆ ଆଦୌ ଖୁସି ନ ହେଇ ଓଲଟି ପଚ଼ାରିଲା ।

- 'ବାପାକୁ ଦେଖିଲେ ଚିହ୍ନିବି କେମିତି ଯେ...' କ'ଣ ପାଇଁ କେଜାଣି ମା' ଟିକେ ବିଗିଡ଼ି ଯାଇ କହିଲା- "ଯିବୁ ଧରମା ସାଜି, ବାଡ଼ି ବରକୋଳି ନେଇ ତୋ ବୋପାକୁ ଖୋଜିବାକୁ ଯିବୁ ।"

ବିଲୁ ମୁହଁ ଶୁଖାଇ ମା' ପିଠିରୁ ଖସି ଆସିଲା । ବୁଢ଼ୀମା ଚାଉଳ କୁଲାଟାକୁ କଡ଼ି ଦେଲା ପରି ରଖି ଦେଇ ପାଟିକଲା- "ଆଲୋ କ'ଣ ପାଇଁ ତୁଚ୍ଛାଟାରେ ପିଲାଟା ଉପରେ ଏମିତି ଗରଗର ହଉଛୁ ? ପିଲାଟା ଇସ୍କୁଲୁରୁ ଫେରିଛି ?"

- "କ'ଣ ହେଲା କିରେ ବିଲୁ" କହି ବୁଢ଼ୀମା ତାକୁ କାଖ କଲା ।

- ଜଗନ ବାପା କଥା ପଚ଼ାରୁଥିଲା... ମହନି କାକା କହୁଥିଲା ମୁଁ ବାପାକୁ ଚିହ୍ନି ପାରିବି ନାଇଁ...

- ଲାଜ ନାଇଁ କି ସେଇ ମହନିଟାର ମୁହଁରେ... କି କଥା କହୁଛି ସିଏ ପୁଅ ପୁଣି ଚିହ୍ନିବ ନାଇଁ ତା' ବାପାକୁ...

- ହେଲେ ମୋର ତ ବାପାକୁ ମନେ ପଡୁ ନାଇଁ । ବିଲୁ ବୁଢ଼ୀମାର ବେକରେ ହାତ ଗୁଡ଼ାଇ କହିଲା ।

ବୁଢ଼ୀମା ତା'ର ଝାଳୁଆ ମୁହଁରେ ବୋକ ଦେଇ କହିଲା- "ଠିକ୍ ତୋରି ପରି ତୋର ବାପା ବୁଝିଲୁ । ଏମିତି ଗୋଲ ନାକ, ଚଉଡ଼ା କପାଳ, ତୋଫା ରଙ୍ଗ, ଗହଳ ବାଳ । ଓସାର ଛାତି ଆଉ ବଳିଲା ବାହାରେ ତୋ ବାପାର ଗୋଟାପଣେ ପହିଲିମାନ ଚେହେରା । ଏମିତି ପାଞ୍ଚହାତ ମର୍ଦ୍ଦ ଏଇ ଆଖ ପାଖ ପାଞ୍ଚଖଣ୍ଡ ଗାଁରେ ନାଇଁ, ବୁଝିଲୁ । ଯୋଉଦିନ ପୁଅ ମୋର ଚାକିରି ପାଇଲା ଏ ଗାଁରେ କରମସାନୀ ପୂଜା କରେଇଥିଲି । ଘରକୁ ଘର ବୁନ୍ଦି ନଡ଼ିଆ ବାଣ୍ଟିଥିଲି । ଗୋଟେ ବୋଲି ପୁଅ ମୋର ପେଟପାଟଣା ପାଇଁ ଲଢ଼େଇ କରୁଛି ଯାଇ କୋଉ ଅପନ୍ତରାରେ..." କହି ବୁଢ଼ୀମା' ସୁଁ ସୁଁ ହେଲା ।

ରାତିରେ ଦୁଇ ତିନି ଥର ଦର୍ପଣଟା ସାମ୍ନାରେ ବିଲୁ ଛିଡ଼ା ହେଲା । ଗୋଲ

ନାକ, ଚଉଡ଼ା କପାଳ, ଗହଳ ବାଳ, ଓସାର ଛାତି... ଟେଲିଭିଜନ ରାମାୟଣ ସିରିଏଲ୍‌ରେ ଗନ୍ଧମାର୍ଦ୍ଦନ ଧରି ହନୁମାନଙ୍କର କ୍ରମଶଃ ବଢ଼ନ୍ତି ଦିହ ପରି ସେ ବି ଦି' ଚାରି ଗୁଣ ଯେମିତି ବଢ଼ିଗଲା। ଆଉ ସେଇ ବଢ଼ନ୍ତି ମାପଟିକୁ ମନେ ମନେ ଦୁଇ ଚାରିଥର ଭାବି ନେଲା।

ତା' ପରଦିନ ସ୍କୁଲ ଗଲାବେଳେ ତାକୁ ଟିକେ ହାଲୁକା ଲାଗିଲା। ଛୁଟି ହେଲାପରେ ସଙ୍ଗେ ସଙ୍ଗେ ଘରକୁ ନ ଫେରି ଜଗନ ସାଙ୍ଗରେ ପଧାନ ଘର ଖଳାକୁ ପିଜୁଳି ପାରିବା ପାଇଁ ଚାଲିଗଲା। ଗଛରେ କାଁ ଭାଁ ପିଜୁଳି କେଇଟା ଥିଲା। ଜଗନ ପିଜୁଳି ଗଛରେ ମାଙ୍କଡ଼ ପରି ଝୁଲି ଡ଼ାଳ ସନ୍ଧିକୁ ଖୋଜି ଖୋଜି ଦେଖୁଥାଏ। ବିଲୁର ନିଘା ପିଜୁଳି ଗଛ ଉପରକୁ ନ ଥିଲା। ଦି' ଚାରିଟା କଷି ପିଜୁଳି ପତ୍ର ଛିଣ୍ଡାଇ ବିଲୁ ତା' ହାତରେ ମଛିଲା। ହାତଟା ନାକ ପାଖରେ ରଖିଲା। ବାସ୍ନାଟା ତାକୁ ଆହୁରି ହାଲୁକା କରିଦେଲା ପରା। କଣଟିଏ କହିବ ବୋଲି ତା'ର ପାଟିଟା ଖଲଖଲ ହେଉଥିଲା। ହଠାତ୍ ଗଛ ଉପରକୁ ଚାହିଁ ପଚ଼ାରିଲ- ତୁ ପହିଲିମାନ ଦେଖିଛୁ, ଜଗନ ?

- ହଁ। ଜଗନ କହିଲା।

ବିଲୁର ବିଶ୍ୱାସ ହେଲା ନାହିଁ। ପଚ଼ାରିଲା- କୋଉଠି ?

- ସର୍କସରେ।

- ଓହୋ ସର୍କସ ପହିଲିମାନ ! ମୋ ବାପା ସତସତିକା ପହିଲମାନ ଜାଣିଛୁ ତ। ଗୋଲ ମୁହଁ, ଓସାର ଛାତି, ଢ଼େଙ୍ଗା...

ପିଜୁଳି ଗଛ ଡ଼ାଳରେ ଅଧାଝୁଲା ମାଙ୍କଡ଼ ପରି ଲଟକି ରହି ଜଗନ ଆବାକାବା ହେଇ ବିଲୁକୁ ଆଖି ତରାଟି ଚାହିଁଲା।

କାମଟା ସରିଗଲା ପରି ବିଲୁ ସେଠୁ ତରତର ହେଇ ଚାଲି ଆସିଲା। ସଞ୍ଜବେଳେ ଖଡ଼ି ସିଲଟ ନେଇ ତା' ନାନୀ ପାଖରେ ବସିଲା। ନାନୀ ପଞ୍ଚମ ଶ୍ରେଣୀରେ ପଢ଼େ। ପଢ଼ା ମଝିରେ ପଚ଼ାରିଲା- ନାନୀ, ବାପା କାହା ସାଙ୍ଗରେ ଲଢ଼େଇ କରନ୍ତି କି ?

- ଆତଙ୍କବାଦୀ ...।

- ତୁ ଆତଙ୍କବାଦୀ ଦେଖିଛୁ ? ବିଲୁ ଆଉଟିକେ ଉତ୍ସୁକ ହେଇ ପଚ଼ାରିଲା।

- ନା। ମୁଁ କେମିତି ଦେଖିବି ଯେ ! ନାନୀ ଆଶ୍ଚର୍ଯ୍ୟରେ ହସି କହିଲା।

ନାନୀ ବଡ଼ ପାଟିରେ ଇତିହାସ ବହି ପଢୁଥିଲା। ବହିରେ ସୋମନାଥ ମନ୍ଦିର ଲୁଣ୍ଠନ ଆଉ ଏମିତି କେତେ ଲଢ଼େଇ କଥା ଥିଲା। ଗଜନୀର ରାଜା ମେହେମୁଦ,

ପୁଣି ଛୋଟାରାଜା ତୈମୁରଲଙ୍ଗ, ପୁଣି ନାଦିର ଶାହା ସମସ୍ତେ ଲଢ଼େଇରେ ଜିତି ସୁନାରୂପା ହାତୀ ଘୋଡ଼ା ବୋହିକି କେମିତି ଯାଉଥିଲେ ତା'ର ଛବିଟା ସେ ମନେମନେ ଠିକ୍ ଦେଖିପାରିଲା । 'ଆ'କାର ଉପରେ ଖଡ଼ିଟା ମଡ଼ାଉ ମଡ଼ାଉ ଅଧାରୁ ଅଟକି ଯାଇ ପଚ଼ାରିଲା- "ବାପା ବି ଏମିତି କେତେ ଜିନିଷ ଆଣିବେ ନା ? ବାପାକୁ ତ ଲଢ଼େଇରେ କେହି ପାରିବେ ନାଇଁ..." ନାନୀ କିଛି କହିବା ଆଗରୁ ମା' ରନ୍ଧାଘରୁ ପାଟିକଲା- "କେତେ ବକରବକର ହଉଛୁରେ ବିଲୁ । ଦୁନିଆଁଯାକର ଭାଣ୍ଡୁକୁରି ଗପ ତତେ ଏକା ଜଣା । ଆକଟିବାକୁ ଘରେ କେହି ମରଦ ନାଇଁ ତ..."

ବିଲୁର ମନ ଆଉ ପଢ଼ାରେ ଲାଗିଲା ନାହିଁ । ଖଡ଼ି ସିଲଟ ସେମିତି ସେଠି ପକେଇ ଦେଇ ବୁଢ଼ୀମା' ପାଖକୁ ଚାଲିଗଲା । ଅଗଣା କଡ଼କୁ ଲାଗି ପଡ଼ିଥିବା ଖଟିଆରେ ବସି ବୁଢ଼ୀମା' ଢୁଳାଉଥିଲା । ବୁଢ଼ୀମା' କୋଳରେ ଜାକି ହେଇ ବିଲୁ ପଚ଼ାରିଲା- "ବୁଢ଼ୀମା', ଆତଙ୍କବାଦୀ ଦେଖିବାକୁ କେମିତି ?" ନିଦରେ ଝାଙ୍କି ପଡୁ ପଡୁ ବୁଢ଼ୀମା' ବିଳିବିଳେଇ ହେଲା ପରି କହିଲା- "ଘର ବୁଢ଼ା ବଉଁଶଖିଆ ଯାକ ଆଉ କେମିତି ଥିବେ କି... ରାକ୍ଷସ ସବୁ..."

- ବଡ଼ ବଡ଼ ଲମ୍ବା ଦାଢ଼ି ?

- ହୁଁ... ବୁଢ଼ୀମା' ହାଇ ମାରିଲା ।

- ନାଲି ନାଲି ଢ଼େଗା ଆଖି ?

- ହୁଁ...

- ଆଉ ହାତରେ...?

- "ଅଳପେଇସାଙ୍କ କି ହାତ ଗୋଡ଼ରେ... ସେଗୁଡ଼ା କି ମଣିଷରେ ଗଣା... ଯା ଏଥର ଖାଇବୁ ଯା । ଖାଇକି ଶୋଇ ପଡ଼ିବୁ ଯା ।" ବୁଢ଼ୀମା' ଲମ୍ବା ହାଇ ମାରୁ ମାରୁ ବିଲୁର ପିଠି ଥାପୁଡ଼େଇ କହିଲା ।

ରାତିରେ ମା'ର ପେଟ ତଳେ ଜାକି ହେଇ ଶୋଇଲାବେଳେ ବିଲୁ କନ କନ ହେଇ କବାଟ ଫାଙ୍କ ଆଡ଼କୁ ଦୁଇ ତିନି ଥର ଅନେଇଲା । କ'ଣ ଛାଇଟିଏ ପରି ଲାଗିଲା ତାକୁ । ମା' ଛାତିତଳକୁ ମୁହଁଟା ନେଇ ଗୁଞ୍ଜି ଦେଲା । ଆଖି ଲାଗୁଲାଗୁ ବିଲୁ ସ୍ୱପ୍ନ ଦେଖିଲା, ଯେମିତି ସ୍ୱପ୍ନଟା ତା'ର ନିଦକୁ କେତେବେଳୁ ଟାକି ରହିଥିଲା । ... ପାରିଧିରୁ ବାଘ ଶୀକାର କରି ରାଜା ଜଣେ ଫେରୁଥିଲେ । ହାତରେ ମହାବଳ ମୁଣ୍ଡ... ନାଇଁ ନାଇଁ ମଣିଷ ମୁଣ୍ଡ ! ବଡ଼ ବଡ଼ ଲମ୍ବା ଦାଢ଼ି... ନାଲି ନାଲି ଢ଼େଗା ଆଖି ! ଠିକ୍ ତାରି ପରି ଗୋଲ ନାକ, ଚଉଡ଼ା କପାଳ, ଓସାର ଛାତି ଥିବା

ଲୋକଟା ହାତ ଗୋଡ଼ ନଥିବା ଭୟଙ୍କର ମୁଣ୍ଡ ଦୁଇଟା ହାତରେ ଧରି ଦପ୍ ଦପ୍ ହେଇ ଆଗକୁ ବଢୁଛି । ପଛରେ ଘୋଡ଼ା ହାତୀର ପଟୁଆର । ହାତୀ ଉପରେ ସୁନା ଛାଉଣୀ... ହାତୀ ଉପରକୁ ସେ ନିଜେ ଚଢୁ ଚଢୁ ପଡ଼ିଯାଉଛି...

ପଡ଼ିଗଲି... ପଡ଼ିଗଲି କହି ନିଦରୁ ବିଲିବିଲେଇ ଉଠିଲା ବିଲୁ । ଖଟବାଡ଼କୁ ହାତରେ ଜୋର୍ କରି ଚାପି ଧରିଥାଏ । ତାରି ଡ଼ାକରେ ମା' ବି ଉଠିପଡ଼ିଲା । - "ଦିନସାରା ଯାହିରି ବାଡ଼ି, ତାରି ଖଳା ବୁଲୁଥା... ଏମିତିରେ ନିଦରେ ଚମକିବୁ ନାଇଁ ତ ଆଉ କ'ଣ ..." ମା' ନିଦ ବାଉଳାରେ ତାକୁ ଆଉଜାଇ ଆଣୁ ଆଣୁ ବିଡ୍ ବିଡ୍ ହେଇ କହିଲା । ଅନ୍ଧାର ଭିତରେ ବିଲୁ ପୁଣି ଥରେ କବାଟ ଫାଙ୍କକୁ ଚାହିଁଲା ଆଉ ମା'ର ଦିହରେ ତା' ହାତଟା ଗୁଡ଼ାଇ ଧରିଲା ।

ତା'ପରଦିନ ତରତର ହେଇ ବିଲୁ ସ୍କୁଲକୁ ବାହାରିଲା । ଟିକେ ଆଗରୁ ଗଲେ ସିନା ଜଗନକୁ ରାତିର ସ୍ୱପ୍ନ କଥା କହିପାରିବ । ଘରୁ ବାହାରିଲା ବେଳକୁ ଦେଖିଲା ଡ଼ାକବାଲା ଧରମୁ ଟିଣ୍ ଟିଣ୍ ଘଣ୍ଟି ବଜାଇ ଆସୁଛି । ବାଟ ମୁହଁରେ ଛିଡ଼ା ହେଇଥିବା ତା'ର ବୁଢ଼ୀମା' ଆଉ ମା' ଦୁହେଁଯାକ ତାକୁ ଡ଼ରିଲା ପରି ଆଖିରେ ଚାହିଁଲେ । ଖଣ୍ଡେ ଦୂରରୁ ଧର୍ମୁ ହାତ ହଲାଇ ଚିଠି ଆସି ନ ଥିବାର ଜଣାଇଲା । ତାକୁ ଚାହିଁ ଟିକେ ହସି ଦେଲା ଆଉ ତାଙ୍କରି ବାଟ ଦେଇ ଘଣ୍ଟି ବଜାଇ ଚାଲିଗଲା । ବୁଢ଼ୀମା' ଆଉ ତା'ର ମା'ର ମୁହଁଟା ଏଥର ଫରଚ଼ା ଦେଖାଗଲା । ଜଗନ ଧରମୁକୁ ପଛରେ ପେଚ଼ା ଡ଼ାକେ । କାରଣ ଧର୍ମୁ ତାରରେ ଅଶୁଭ ଖବର ଆଣେ । ସତକୁସତ ଧରମୁର ମାଟିଆ ରଙ୍ଗର ମୁଣାଟା ଯେମିତି - ସାପ-ପେଟି । ତା' ଭିତରୁ ତାର କାଢ଼ିଲାବେଳେ ଲୋକେ ନାଗ ସାପ ଦେଖିଲା ପରି ଡ଼ରିଲା ଆଖିରେ ଅନେଇ ରହନ୍ତି । ଗଲାଥର ଯେମିତି ଟିକିରା ପଡ଼ାର ଘନ କାକା ଘରକୁ ଧରମୁ ତାର ନେଇ ଯାଇଥିଲା । ତା'ର ଦୁଇଦିନ ପରେ ଘନ କାକା ବୁହା ହେଇ ଗାଁକୁ ଫେରିଲା । ତା' ସାଙ୍ଗରେ ଗାଁକୁ ବହୁତ ଲୋକ ଆସିଥିଲେ । ଆଗରୁ ସେଇ ଲୋକ ମାନଙ୍କୁ ଗାଁରେ ଥରେ ଅଧେ ଦେଖିଥିଲା ପରି ତାକୁ ଲାଗିଲା । ହଁ, ଠିକ୍ ମନେ ପଡ଼ିଲା । ଭୋଟ ବେଳକୁ ସେମାନେ ସବୁ ଗାଁକୁ ଆସିଥିଲେ । ଘନ କାକାକୁ କେତେ ରଙ୍ଗ ବେରଙ୍ଗର ଫୁଲରେ ଏକାଥରକେ ଘୋଡ଼ି ପକାଇ ଗାଡ଼ି ଉପରେ ଗାଁ ସାରା ବୁଲାଇଲେ । ଘନ କାକାର କେତେ ଫଟୋ ଉଠିଲା । ଘନ କାକା ତାଙ୍କର ବାଟ ମୁହଁ ପାରି ହେଇ ଗଲାବେଳକୁ ସେ ଫିସ୍ ଫିସ୍ ହେଇ ମା'କୁ ପଚ଼ାରିଲା- "ମା', ବାପାକୁ ବି ଏମିତି କରିବେ ତ ?"

- "ଅଲକ୍ଷଣା, ଅଶୁଭ କଥା ମୁହଁରେ ଧରନା।" କାନ୍ଦୁରା ଆଖିରେ ଚମକି ପଡ଼ି ତା' ମୁହଁରେ ମା' ହାତ ଚାପିଲା।

ଗାଁ ମୁଣ୍ଡ ପାରି ହେଲେ ବାଁ ପଟକୁ ବଡ଼ ପଡ଼ିଆଟେ ପଡ଼େ। ସେଠି ବରଗଛ ମୂଳରେ ଘନକାକା ନାଁରେ ପଲସ୍ତରା ହେଇ ଖୁମ୍ବ ତିଆରି ହେଲା। ତାରି ନାଁ 'ଶହୀଦ ସ୍ତମ୍ଭ'। କେବେ କେବେ ସ୍କୁଲ ଅଧାରୁ ଲୁଚି ପଳେଇ ସେ ଆଉ ଜଗନ ସେଇ ପଲସ୍ତରା ଉପରେ ବସି ବାଗୁଡ଼ି ଖେଳନ୍ତି।

ଧରମୁ ଭଲ ଖବର ବି ଆଣେ ଯେ। ଚିଠିରେ ଭଲମନ୍ଦ ଖବର ଆଣେ। ପୁଣି ଟଙ୍କା ଆଣେ। ଅବଶ୍ୟ ତାରରେ ଥରେ ଥରେ ଭୁଲ ଖବର ବି ଆସିଯାଏ। ଧରମୁ କହେ। ଥରେ ଏମିତି ଘୋଟେ ଭୁଲ ଖବର କଥା ସେ ଖବର କାଗଜରୁ ପଢ଼ି ତା'ର ବୁଢ଼ୀମା'କୁ ଶୁଣାଉଥିଲା। ଲଢ଼େଇରେ ଜଣେ ମରିଯିବାର ଖବର ତାରରେ ଗାଁକୁ ଆସିଲା। ତା'ର ସ୍ତ୍ରୀ ବିଧବା ହେଲା। ଝିଅଟା ଅଳ୍ପ ବୟସର ଥିଲା। ଗାଁରେ ସମସ୍ତେ ତାକୁ ଆହା କଲେ। ଶେଷରେ ଗାଁ ପଞ୍ଚାୟତରେ ବିଚାର କରି ଝିଅଟାକୁ ଆଉ ଜଣକ ସହିତ ବିବାହ କରା ହେଲା। ଝିଅଟାର କ'ଣ ପିଲାପିଲି ହେବାର ହେଲା। ଠିକ୍ ଏତିକିବେଳକୁ ତା'ର ପୂର୍ବ ସ୍ୱାମୀ ଆସି ହାଜର ! ସେ କୁଆଡ଼େ ଲଢ଼େଇରେ ମରି ନ ଥିଲା। ଅସଲରେ ପାକିସ୍ଥାନୀ ସୈନ୍ୟ ହାବୁଡ଼ରେ ପଡ଼ି ସେ ସେଠି ପରା ଜେଲ୍ କାଟୁଥିଲା। ଦୁଇ ସରକାର ଭିତରେ କଥାବାର୍ତ୍ତା ହେଲା ପରେ ତାରି ପରି ଗୁଡ଼ାଏ ଲୋକ ଛାଡ଼ ପାଇଲେ। ଏବେ ସେଇ ଝିଅଟାର ଅବସ୍ଥା ଦେଖ ! ସେ ପ୍ରଥମ ସ୍ୱାମୀ ପାଖକୁ ଯିବ ନା ଦ୍ୱିତୀୟ ପାଖକୁ ? ବିଚାରୀ ! ଏ କଥା ଶୁଣି ବୁଢ଼ୀମା' ରାମ ରାମ କହି ମୁଣ୍ଡରେ ହାତ ମାରିଲା। ଆଉ ରନ୍ଧାଘର କବାଟ ମୁହଁରେ ମା' କଥାଟିକୁ ଅବିଶ୍ୱାସ କଲାପରି ହାଁଟି କରି ଅନେଇ ରହିଥିଲା। ବିଲୁକୁ ବି କଥାଟା ଭାରି ଅବାଗିଆ ଲାଗିଲା। ଏତେଦିନ ଯାଏଁ ସେ ଜାଣିଥିଲା ଯେ ଲଢ଼େଇରେ ଦୁଇଟି କଥା ହୁଏ- ଜଣେ ଜିତେ, ଜଣେ ହାରେ। ହେଲେ ଏତ କୁଆଡ଼କୁ ନାଇଁ। ସେ ଯାହା ବି ହେଉ ଧରମୁ ସାଙ୍ଗରେ ସାରା ଗାଁର ଭିନେ ସଂପର୍କ। ଗାଁ ଦାଣ୍ଡରେ ପୁଚ୍ ପୁଚ୍ ପାନପିକ ପକାଇ ପକାଇ, ପାନଖିଆ ଦାନ୍ତ ଦେଖାଇ ଆଉ ଟିଣ୍ ଟିଣ୍ ଘଣ୍ଟି ବଜାଇ ଧରମୁ ଚାଲିଗଲେ ବିଲୁକୁ ଲାଗେ ଯେମିତି ସାରା ଗାଁଟା ଖୁସି ଅଛି। ଧରମୁ ଗୁମ୍‌ସୁମ୍ ହେଇ ମାଟିଆ ମୁଣାରେ ହାତ ପୁରାଇଲେ ତାକୁ ଲାଗେ ଯେମିତି ସାରା ଗାଁଟା ଉପରେ ପେଚା ଉଡୁଛି। ଜଗନ ଠିକ୍ କହେ।

ଦିନେ ଶନିବାରିଆ ଅଧାଛୁଟିରୁ ସ୍କୁଲରୁ ବିଲୁ ଫେରୁ ଫେରୁ ଦେଖିଲା ଡ଼ାକବାଲା ତାଙ୍କ ଘର ବାଟ ମୁହଁରେ ବୁଢ଼ୀମା' ସାଙ୍ଗରେ କ'ଣ ଗପ ଯୋଡୁଛି।

ନିଶ୍ଚେ କିଛି ଆଶ୍ଚର୍ଯ୍ୟ ଖବର ଶୁଣାଉଥିବ । ଘର ଭିତରକୁ ନ ଯାଇ ସେଠି ବିଲୁ ଟିକେ ଅଟକିଗଲା । ବୁଢ଼ୀମା' ତା'ର ମୁଣ୍ଡ ବାଳକୁ ଆଉଁସି ଦଉ ଦଉ ଧରମୁକୁ କହିଲା, "ଦେଖୁନୁ ଛୋଟ ପିଲାଟାକୁ, ବାପା ବାପା ହେଇ ନିତି ତା' ମା'କୁ ବିଜାର କରି ପକାଉଛି । ଆଉ ମୋର ତ ଆଖି ଅନ୍ଧ ହେଇଗଲାଣିରେ ଧରମୁ..."

- ଏତେ ଦିନ ତ ଗଲାଣି, ଆଉ ଦିନ କେଇଟା ସବୁର୍ କର ଖୁଡ଼ୀ, ତୋ ପୁଅ ବଳେ ଆସିବ ଯେ । ଏବେ ଦୁଇ ସରକାର ଭିତରେ ଲଢ଼େଇ ବନ୍ଦ ଚୁକ୍ତି ହେଇଛି ପରା । ଛୁଟି ଯାହାକୁ ଯେତେ !

- ହେ ଭଗବାନ୍ ! ଏତେଦିନକେ ଯା ହେଉ ଦୁଇ ନିଲଠା ସରକାର କଣ୍ଠରେ ମା' ସରସ୍ୱତୀ ବସିଲେ ! ତୋ ମୁହଁରେ କ୍ଷୀର ମହୁ ଝରୁରେ ଧରମୁ, ତୋରି କଥା ଲାଗୁ । ଗୋଟେ ବୋଲି ପୁଅ ମୋର... ବୁଢ଼ୀମା' ସୁଁ ସୁଁ ହେଲା ।

ସତକୁ ସତ ହପ୍ତାକ ପରେ ଧରମୁ ଚିଠି ଦେଇଗଲା । ବାପା ଚିଠି । ମା' ଆଉ ବୁଢ଼ୀମା' ପାଖରେ ବସି ନାନୀ ଚିଠିଟା ପଢ଼ି ଶୁଣାଇଲା । ପୁଣି ଅଲଗା କରି ଦୁହିଁଙ୍କୁ ଥରେ ଲେଖାଏଁ ଶୁଣାଇଲା । ଚିଠି ପଢ଼ି ପାରୁଥିବାରୁ ନାନୀ ଭାରି ଉପରମୁହିଁ ହେଇଯାଇଥିଲା । ତା' କଥା ଶୁଣୁ ନ ଥିଲା । ଚିଠିଟା ସେ ନିଜେ ପଢ଼ି ପାରୁ ନ ଥିବାରୁ ବିଲୁର ମନଟା ଦୁଃଖ ହେଲା । ଯୁକ୍ତ ଭିତରେ ତା'ର ପାଠପଢ଼ାଟା ଇ'କାର ଆଗକୁ ଯାଇ ପାରି ନ ଥିଲା । ଚିଠିରେ ବାପାର ଆସିବା ଖବର ଥିଲା । ମା' ଠାକୁର ଘରେ ମୁଣ୍ଡିଆ ମାରିଲା । ବୁଢ଼ୀମା' ଗାଁ ବାଉତୀ ପାଖରେ ଭୋଗ ଯାଚିଲା । ବାପା ଆସିଲେ ସରସ୍ୱତୀ ପୂଜାରେ କେମିତି ଫ୍ରକ୍ କିଣିବ ସେଇ କଥା କହି କହିବା ନାନୀ ସାଇରେ ଘେରାଏ ବୁଲି ଆସିଲା ।

ବିଲୁ ତର ତର ହେଇ ଘରୁ ବାହାରି ଆସିଲା । ଭାବିଲା, ଆଜି ଜଗନ ସାଙ୍ଗରେ ପିଣ୍ଟୁ ଆଉ ପବନକୁ ପଡ଼ିଆକୁ ଖେଳି ଯିବାପାଇଁ ଡ଼ାକିବ । ଯାଉ ଯାଉ ବିଲୁ ଉପରକୁ ଅନେଇଲା । ମେଘରେ ରେସିଂ ଖେଳ ଚାଲିଛି । ବଡ଼ ବଡ଼ ମେଘ ନିଜ ନିଜ ଭିତରେ ଲଢ଼େଇ କରି ଭାଙ୍ଗି ରୁଜି ଖଣ୍ଡିଆ ଖାବୁରା ହେଇ ଛୋଟ ଛୋଟ ହେଇ ଯାଉଥାନ୍ତି । ଆଉ ଠାଏ ବହୁରୂପୀ ମେଘ ଖଣ୍ଡେ ଘଡ଼ିକି ଘଡ଼ି ରୂପ ବଦଳେଇ ଚାଲିଛି । ଦନ୍ତା ହାତୀର ଲମ୍ବା ଶୁଣ୍ଢଟା ଦେଖୁ ଦେଖୁ ଅଜଗର ପାଲଟି ଫଣା ଟେକୁଛି ସେଇଟା ଶୁଣି ସାଙ୍କୁରି ଯାଇ ମଣିଷ ମୁହଁ ହେଇଯାଉଛି । ମୁହଁରେ ଗୋଲ ନାକ... ଚଉଡ଼ା କପାଳ... ଗହଳ ବାଳ, ଓସାର ଛାତି ! ପୁଣି ଦେଖୁ ଦେଖୁ ଓସାର ଛାତି ଦାଢ଼ି ହେଇ ଲମ୍ବିଯାଉଛି... ଢ଼େଗା ଢ଼େଗା ଗହୀଡ଼ା ଆଖି... ହାତ

ଗୋଡ଼ କିଛି ନାଇଁ... ବାପ୍‌ରେ ! ବିଲୁର ଆଖିଟା ଆପଣା ଛାଏଁ ବୁଜି ହେଇଗଲା ଆଉ ବିଲୁ ଝୁଣ୍ଟିପଡ଼ିଲା ।

- "ହଇରେ ବିଲୁ, ତଳକୁ ଚାହିଁ ବାଟ ଚାଲିପାରୁନୁ କିରେ। ପିଲାର ଓଲଟା ବୁଦ୍ଧି ଦେଖ।" ସେଇ ବାଟରେ ପାଣି ଗରା ନେଇ ଯାଉ ଯାଉ ନେତ ଗଉଡୁଣୀ କହିଲା ।

ଦିନ କେଇଟା ପରେ ଖାଇଛୁଟିରେ ଘରକୁ ଆସୁ ଆସୁ ବିଲୁ ଦେଖିଲା ତା' ଘର ମୁହଁରେ ଗୁଡ଼ାଏ ଲୋକଭିଡ଼। ବିଲୁକୁ ଟିକିଏ ଅଖାଡୁଆ ଲାଗିଲା। ଭିଡ଼ ଫାଙ୍କରେ ଧରମୁକୁ ମନେମନେ ବିଲୁ ଖୋଜିଲା। ସେଠି ଧରମୁ ନ ଥିଲା।

- "ତାରି ଆୟୁଷ ଥିଲା ବୋଲି ଦେଖି ପାରିଲି। ସାକ୍ଷାତେ କାମଦେବ ପରି ମୋ ପିଲା ଏତେ ସରି ହେଲା..." ଭିଡ଼ ଭିତରୁ ବୁଢ଼ୀମା'ର କାନ୍ଦୁରା ସ୍ୱର ଶୁଭୁଥିଲା।

- "ବେକରେ କେତେ ମେଡ଼ାଲ୍ ଝୁଲିଛି ଦେଖ।" ଜଣେ କହିଲା !

- "ଆଉ ମେଡ଼ାଲ୍ କ'ଣ ହେବ, ବିଚ଼ରା !" ଆଉ ଜଣେ କହିଲା।

ଭିଡ଼ ପଛରେ ବିଲୁ ଏକର ସେକର ହେଉଥାଏ। ସାଇ ପଡ଼ିଶା ଗାଁ ଲୋକ ଯେଝା ବାଟରେ କଥା ବକୁଥାନ୍ତି। କେହି କାହାକୁ ନିଘା ନାଇଁ। ଭିତରକୁ ଯିବାକୁ ବିଲୁ ବାଟ ପାଉ ନ ଥାଏ। ଭିଡ଼ ଭିତରୁ ମହନି କାକା ପଛକୁ ଚାହିଁଲା।

- "ହେଇ ତା' ପୁଅ ଆସିଲା। ଆହା ! ବିଚ଼ରା ବାପର ମୁହଁ ତ ଦେଖିଲା..." କହୁ କହୁ ଭିଡ଼ ଉପରୁ ଶୂନ୍ୟେ ଶୂନ୍ୟେ ଟେକି ନେଇ ମହନି କାକା ତାକୁ ବାଟ ମଝିରେ ରଖିଦେଲା।

- 'ଯା, ତୋ ବାପା।' ମହନି କହିଲା।

କାଚ଼ ଭାଙ୍ଗିଲା ପରି ବିଲୁ ଚମକି ପଡ଼ିଲା। ସାମ୍ନାରେ ବାଁ କାଖତଳେ ଲୁହାବାଡ଼ି ଜାକି କେହି ଏକ ଗୋଡ଼ିକିଆ ହେଇ ଠିଆ ହେଇଛି। ଡ଼ାହାଣ ହାତ ବଦଳରେ କୁର୍ତ୍ତାର ହାତଟା ନଡ଼ବଡ଼ ହେଇ ଝୁଲୁଛି ! ଆଣ୍ଠୁ ତଳକୁ ବାଁ ଗୋଡ଼ ନାହିଁ ! ମୁହଁରେ ଦାଢ଼ି ସାଲୁବାଲୁ ! ଗହୀଡ଼ା ଲାଲ ଆଖି !

- "ଆରେ ବିଲୁ, ପାଖକୁ ଯାଉନୁ, ତୋ ବାପା !" ଭିଡ଼ ଭିତରୁ କିଏ ଜଣେ କହିଲା।

ଏକା ନିଶ୍ୱାସରେ ଧାଇଁ ଯାଇ ବିଲୁ ମା'ର ଆଣ୍ଠୁ ସନ୍ଧିରେ ମୁହଁ ଲୁଚ଼ାଇ ଭେଁ କିନା କାନ୍ଦି ଉଠିଲା। କିଲିବିଲି ହେଇ କହିଲା... ନାଇଁ ... ନାଇଁ... ସିଏ ଆତଙ୍କବାଦୀ !

ମୂର୍ତ୍ତିଚୋର

- "କଥାଟା ଠିକେ ଠିକେ ବୁଝିଲୁ ତ ? ଦେଖ୍, ଜାଗ୍ରତରେ କରିବୁ।"

- "ହଁ ଯେ, ହେଲେ ଡ଼ର ଲାଗୁଛି ଗୋସେଇଁ।"

- "ଡ଼ରିଲୁ ମାନେ ମରିଲୁ ଜାଣିଥା।"

-"ଠାକୁରାଣୀ କୋପ କରିବ ନାଇଁ ତ ?"

- "ଆରେ ବାଇଆ ହେଲୁ ପୁଅ। ମାଆର ପୁଣି କି ରାଗ। କହନ୍ତି ନାଇଁ, ମାଆ ରାଗ ପାଣି ପାଗ। ରାଗିଲେ ବି ଆପଣାଯାଏଁ ଉଭେଇଯିବ। ଯେମିତି କହିଛି, ଠିକ୍ ସେମିତି ତାକୁ ଥାପନା କରିଦେ। ତା'ପରେ ଦେଖିବୁ, ଦିନ ସାତୁଟାରେ ଏଇ ଫଟା ଭୂଇଁରେ ସାଗୁଆ ଲହଡ଼ି ପିଟିବରେ ପୁଅ..."

- "ହେଲେ ଲୁଚାଚୋରା କାମ ତ ଗୋସେଇଁ..."

- "ଯେ କ'ଣ ହେଇଗଲା ସେଇଠୁ ? ଆରେ ପୁଅ, ତୁ ତ ଚୋରି ପାଇଁ କରୁନାହୁଁ। ସ୍ୱୟଂ ଜଗତର ନାଥଙ୍କୁ ଶବର ଗୁହାରୁ ବିଦ୍ୟାପତି ଚୋରେଇ ଆଣିଥିଲା। କ'ଣ ପାଇଁ ? ଏ ଜଗତର ମଙ୍ଗଳ ପାଇଁଟି। ବସୁଦେବ ପୁଣି ବନ୍ଦୀଶାଳାରୁ ଶ୍ରୀକୃଷ୍ଣ ମାହାପ୍ରଭୁଙ୍କୁ ଚୋରାରେ ନେଇ ଗୋପରେ ଥାପିଲା। କ'ଣ ପାଇଁ ? କଂସଭାରାରୁ ୟେ ବସୁଧାକୁ ରକ୍ଷା କରିବା ପାଇଁଟି। ତୁ ଏ କାମଟା କରିଦେରେ ବାଇଆ, ଏ ମହୁଲପଦର ଗାଁର ଭାଗୀରଥ ହୋଇଯିବୁରେ। ଏ ଫଟା ଭୂଇଁରେ 'ଜଲସା' ଧାର ଛୁଟେଇବୁ। ଗାଁ ବାଉତୀର ଶୋଷିଲା ମୁହଁରେ ପାଣି ଟୋପେ ପଡ଼ିବ। ଥରକୁଥର ପୋଡ଼ି ମରୁଡ଼ିରେ ଦହି ସନ୍ତୁଳି ହେଉଥିବା ଗାଁଟାକୁ ତୁଇ ଏକା ରକ୍ଷା କରିବୁରେ ପୁଅ।" ଥନାପତି ବୁଢ଼ା ସ୍ୱପ୍ନ ଦେଖିଲା ପରି କହିଲା। ତା'ପରେ ଘଡ଼ିଏ ତୁନି ରହି ନୀରା ମଥା ଉପରେ ତା'ର ଶିରୁଆ ହାତ ଦୁଇଟାକୁ ରହି ଥଙ୍ଗେଇ ଥଙ୍ଗେଇ କହିଲା।

- "ଯା ଏଥର ପୁଅ । ତୋରି ଉପରେ ମୋର ଆଶିର୍ବାଦ ଅଛି । ବେଇଗି କାମ ସାରି ଫେରିଆ ।" ଏତକ କହି ସାରି ଗାଁ ମୁଣ୍ଡ ହନୁମାନ ମନ୍ଦିର ବେଢ଼ା ଉପରେ ହାତଥାପି ଥନାପତି ବୁଢ଼ା ଘଡ଼ିଏ ବସିଲା ।

ମନ୍ଦିରରେ ଦଣ୍ଡବତ ମାରି ନୀରା ବେଢ଼ାରୁ ଗୋଡ଼ କାଢ଼ିଲା । ରାତି ଅନ୍ଧାରରେ କ'ଣ ଉଜୁଳା ଦରବ ପାଇଗଲା ପରି ଗୋସେଇଁ ବୁଢ଼ା ଆଶ୍ଚର୍ଯ୍ୟଚକିତ ହେଇ ତାରି ଯିବା ବାଟକୁ ଚାହିଁ ରହିଥିଲା ।

ନିଶା ଗରଜୁଛି । କାହିଁ ସୋର୍ ଶବ୍ଦ ନାହିଁ । ଖାଲି ଅନ୍ଧାର । ତାତିଲା ପବନ ଚାବୁକ ପିଟୁଛି ଦିହରେ । ଶେଷଥର ପାଇଁ ଏ ତାତିର ମାଡ଼ ତା' ପିଠିରେ ବାଜୁଥାଉ ଭଲା । ତେଣିକି ଆଉ ନାହିଁ । ତାପରେ ମୂଲକ ସାରା କାଲୁଆ ପବନର ଗଙ୍ଗା ବୋହିବ । ନୀରା ଭାବିଲା । ଗାଁ ମୁଣ୍ଡ ପାରି ହେଉ ହେଉ ଝଙ୍କାଳିଆ ବରଗଛ ତଳେ ଦଣ୍ଡେ ଛିଡ଼ା ହେଲା । ଭୟ ଓ ଆଶଙ୍କାରେ ତା'ର ଛାତିଟା ଧଡ଼ପଡ଼ ହେଉଥାଏ । ବାଁ ପଟକୁ ଅନେଇଲା । ପଧାନ ସାଇର ଉପରବନ୍ଧର ଫଟା ମାଟି ଭୋକିଲା ଜଙ୍ଗଲୀ ଜନ୍ତୁର ଆଁ ମୁହଁ ପରି ଅନ୍ଧାରରେ ଚିକ୍ ଚିକ୍ କରୁଥିଲା ।

ମୁହଁ ଫେରାଇଲା ନୀରା । ଘଡ଼ିକ ପାଇଁ ଦୁନିଆଁ ଯାକର ଜଣାଅଜଣା ଦିଅଁ ଦେବୀ ଉପରେ ତାର ବିଶ୍ୱାସଟା ଦୋହଲି ଗଲା । ଦଇବର ବିଚାର ଭଲା କୋଉ ନିରୁତା ଯେ । ମହୁଲପଦରରୁ ତଳଗୋହିରୀ ଗାଁଟା ବାଟ ଦି' କୋଶ । ହେଲେ ସେଠି ବର୍ଷସାରା ଉଜାଣି ଯମୁନା । ଆଉ ଏଠି ଫଟା ଭୂଇଁର ରାଜୁତି, ପାଣି ପାଇଁ ଖରାଦିନେ ଗାଁ ମାଇକିନା ଗରା ବାଲଟି ଧରି କୋଶ କୋଶ ବାଟ ଚାଲନ୍ତି । ତାତିଲା ବାଲିରେ ତା' ମା'ର ପାଦରେ ଫୋଟକା ବାହାରେ । ଭଉଣୀ ପାଦରେ ବିଣ୍ଡି ବସିଯାଏ । ନଇବାଲିରେ ଚୁଆ ଖୋଳି ଖୋଳି ତା' ଆଙ୍ଗୁଠିରୁ ନଖଟା ଘୋରି ହେଇଯାଏ । ବୈଶାଖ ଶେଷକୁ ଗାଁଲୋକେ ଦଳଦଳ ହେଇ ତଳ ଗୋହିରୀକୁ ଗାଧୋଇଯାନ୍ତି । ଫେରନ୍ତା ବାଟରେ ଓଦାଲୁଗା ଶୁଖିଯାଇ ପୁଣି ଝାଳରେ ଗୋଟାପଣେ ଭିଜିଯାଏ । ନିପାଣିଆ ଗଁଲୋକ ବୋଲି କେତେ ଟାହି ଟାପରା ଶୁଣିବାକୁ ପଡ଼େ ଯେ ତା'ର ହିସାବ ନାହିଁ । ମନ ଅରମାନ ସବୁ ଦବିଯାଏ ଖାଲି ଏଇ ପାଣି ଟୋପାକ ପାଇଁ ଏକା ।

ପକ୍ଷୀଟାଏ ଖଡ୍‌ଖାଡ୍ ହେଲା । ନୀରା ତରକି ଚାହିଁଲା । ସାମ୍ନାରେ କୁସୁମ ଗଛ । ଖରାଧାସରେ ପତ୍ର ସବୁ ଜଳିଯାଇଛି । ଥୁଣ୍ଟା ଗଛ । ଶୁଖିଲା ପତ୍ର ମାନ ଏଠି ସେଠି ଉଠି ଭୂତଭୟ ଦେଖାଉଛି ତାରି ଶୁଖା ମନକୁ ।

 କୁସୁମ । ତଳ ଗୋହିରୀ ଗାଁର ପଧାନ ଘର ସାନଝିଅ । ମଉନମୁହିଁ । ବର୍ଷୁକୀ

ମେଘ ପରି ଡ଼ବଡ଼ବ କଳା ଭଅଁର ଆଖିଦିଓଟି। କଥା କହି ଦେଲେ ବରକୋଳି ଟୋପା ମାନ ଖସିପଡ଼ିବ ଯେମିତି। ଚାହାଁଣୀରେ କେତେବେଳେ ଖରା ତ କେତେବେଳେ ମେଘ। ସବୁ ଆଖିରେ ଆଖିରେ କହିଯାଏ କୁସୁମ। ଖରାଦିନେ ତଳଗୋହିରୀର 'ଜଲ୍‌ସାଘର' ବନ୍ଧ ଆଡ଼ିରେ ନିତି ଦେଖାହୁଏ। କିଛି ନ ଜାଣିଲା ପରି ମୁହଁ ବୁଲେଇ ନିଏ କୁସୁମ। ଗଲାସନ ବନ୍ଧୁସମ୍ବନ୍ଧ ପାଇଁ ଖବର ଗଲା ପଧାନ ଘରକୁ। ମଧ୍ୟସ୍ଥିକୁ ପଧାନ ରୋକ୍‌ଠୋକ୍ ଶୁଣେଇ ଦେଲା- ନିପାଣିଆ ଗାଁ, ଶୁଖା ଇଲାକା, ତା' ଝିଅ ଚଳି ପାରିବନି। ପୁଅର ବାପ ହେଇ ବନ୍ଧୁ ଫେରସ୍ତ ଅପମାନରେ କେତେଦିନ ଧରି ତା' ବାପା ମନ ମାରି ରହିଲା। ବାପର ମୁହଁ ଦେଖି ସବୁ ବୁଝିଗଲା ନୀରା। ଭେଣ୍ଡା ପୁଅର ମଲା ମନ ଦେଖି ନଜର ଆଡ଼େଇଲା ବାପ। ଗୋଟେ ଚାଳ ଭିତରେ ଥାଇ ସୁଦ୍ଧା କେତେଦିନ ଯାଏଁ ବାପ ପୁଅର ଭେଟ ହେଲା ନାହିଁ।

ପୋଡ଼ା ମନ, ପୋଡ଼ା ଭୂଇଁ, ଶୁଖିଲା ଛାତି, ଶୁଖା କ୍ଷେତ। ନୀରା ଦୀର୍ଘଶ୍ୱାସ ଛାଡ଼ିଲା।

କାହାର ପାଦଶବ୍ଦ ଶୁଭିଲା। ଗୋସେଇଁ ବୁଢ଼ାର ଘାଗଡ଼ା କାଶ ପରି ଶୁଭିଲା। ବୁଢ଼ା ତା' ପଛେ ପଛେ ବାଟ ବଳେଇଦେବାକୁ ଚାଲି ଆସିଲା କି ଆଉ। ଗୋସେଇଁ ବୁଢ଼ାର କଥା କେଇପଦ ତା' କାନରେ ସାଇଁ ସାଇଁ ପିଟିହେଲା। ଛାତି ଭିତରକୁ ଦମ୍ଭ ଆଣିଲା ନୀରା। ମନ ଟାଣ କଲା। ଆଖି କାନ ବୁଜି ପାହୁଣ୍ଡ ପକାଇଲା। ଏକା ନିଶ୍ୱାସରେ ପ୍ରାଣପଣେ ଧାଇଁଲା। କୋଉଠି ପଡ଼ିଲା, ପୁଣି ଉଠିଲା, ଲହୁଲୁହାଣ ହେଇ ଛତରଛାଲ୍ ହେଇଗଲା ତା'ର ମନେ ନାଇଁ। ତା ଭିତରେ ଗଜା ମରୁଡ଼ିର ପକ୍ଷାଘାତରେ ପଡ଼ିପଡ଼ି ମୁରୁକୁଟେଇ ଯାଇଥିବା ମହୁଲପଦର ଗାଁର ଶୁଖିଲା ଦଦରା ଫଟା ଭୂଇଁ ପାରି ହେଇ ତଳଗୋହିରୀର କାକୁଡ଼ିଆ ଚାକୁଣ୍ଡା ବଣ ଅରମାରେ କେତେବେଳେ ପାଦଦେଲା ତା'ର ଖିଆଲ ନାହିଁ। ପାଦରେ ମେଞ୍ଚାଏ ଭେଜିରି କଣ୍ଟା ଗେବିଗଲା। ବାଁ ହାତରେ କଣ୍ଟା କାଡୁକାଡୁ ଅନ୍ଧାରରେ ସାମ୍ନାକୁ ଅନେଇଲା ନୀରା।

ସାମ୍ନାରେ 'ଜଲ୍‌ସା ଘର' - ତଳଗୋହିରୀର ଗାଁ ବନ୍ଧ। ଅକାତକାତ କାଚ଼କେନ୍ଦୁ ପାଣି ଚିକ୍ ଚିକ୍ କରୁଛି। ବୈଶାଖି ତାତି କି ଯୋଡ଼ା ଜ୍ୟେଷ୍ଠରେ ବି ପାଣି ଶୁଖେ ନାଇଁ। ମଝିରେ ମଗରମୁହାଁ ଦୀପଦଣ୍ଡି। ପାଣି ମାପିବାକୁ ଗଲେ କେହି ସେଠୁ ଆଉ ଫେରେ ନାଇଁ। ବୟସର ଉଜାଣିରେ ସେଇ କାମ କରିବାକୁ ଯାଇ ଗାଁର କେତେ ଭେଣ୍ଡା ପୁଅ ଦଣ୍ଡି ତଳୁ ଆଉ ବାହୁଡ଼ି ନାହାନ୍ତି। ବନ୍ଧ ମଝିରେ ଛନ୍ଦାଛନ୍ଦି ନାଡ଼ ଉପରେ ନାଲି କଇଁ ମୁଣ୍ଡ ହଲାଉଛି। ନିପାଣିଆ ଗାଁ ଭେଣ୍ଡିଆକୁ ଦେଖି ଦାନ୍ତ

ନିକୁଟୁଛି ନାଲି କଇଁ। ବନ୍ଧର ଚାରି କଣରେ ହେମାଳ ପାଣି ଟୁବୁକି ମାରୁଛି। ଖରାଦିନେ ବୁଡ଼ିଟିଏ ମାରି ଉଠିଲେ ପୁନର୍ଜନ୍ମ ପାଇଲା ପରି ଲାଗେ। ବାରମାସୀ ଉଛୁଳା ଜଳ୍‌ସାଘର ଉପରେ ଜଳ୍‌ସା ହାତ ଥାପିଛି। ସବୁ ତାରି ଦୟା।

ବନ୍ଧ ଉପରକୁ ମାଙ୍କଡ଼ା ପଥରର ବେଢ଼ାଟିଏ। ବେଢ଼ା ଭିତରେ କଳାମୁଗୁନି ପଥର, ଚୂନ, ସିମେଣ୍ଟରେ ତିଆରି ଛୋଟିଆ ମନ୍ଦିରଟିଏ। ମନ୍ଦିରରେ ଲଗା ଯେତେକ ପଥର ମହୁଲପଦର ଡୁଙ୍ଗୁରୀରୁ କଟା, ପୁରୁଖା ଲୋକେ କହନ୍ତି। ମୁଣ୍ଡି ଉପରେ ନାଲି ନେତ, ଜଳ୍‌ସାର କାନି ଗଣତ। ଭିତରେ ଅନ୍ଧାରୁଆ ଗମ୍ଭିରୀ ଘର। ଗମ୍ଭିରୀ ଭିତରେ ତିନି ପାହାଚିଆ ପଥରର ବେଦୀ। ବେଦୀ ଉପରେ ଚିକ୍‌କଣ କଳା ପଥରରେ ତିଆରି ଦେବୀ ମୂର୍ତ୍ତି। ଗୋସାଇଁ ବୁଢ଼ା କହେ ମୂର୍ତ୍ତିଟା ଗଣ୍ଡୁକୀ ନଦୀର ପଥରରେ ଗଢ଼ା। ସେଇ ଜଳ୍‌ସା ଠାକୁରାଣୀ... ଡ଼ାହାଣ ହାତର ଅଭୟ ମୁଦ୍ରାରେ ତଳଗୋହିରୀକୁ ଆଶ୍ରା ଦେଇଛି, ତାକୁ ଫୁଲେଇଛି, ପୁଣି ଫଳେଇଛି। ବାଁ ହାତମୁଠାରେ ତ୍ରିଶୂଳ- ଯାରି ମାଡ଼ରେ କାଳବୈଶାଖୀ ଦବିଯାଏ, ଗଜାମରୁଡ଼ି ଗାଁର ପାଖ ମାଡ଼ିପାରେ ନାହିଁ। ବଟା ହଳଦୀ, ଅଁଳା ଆଉ କଞ୍ଚା ଗାଇ କ୍ଷୀରରେ ମହୁ ମିଶାଇ 'ଜଳ୍‌ସା'ର ମାଜଣା ହୁଏ। ନାଲି କଇଁ ତା'ର ପ୍ରିୟ ଫୁଲ। ବାରମାସୀ ଫଳ ଭୋଗ। ଗାଁ ମାଟିରେ- ଗାଁ ହାତରେ ଉପୁଜା ସବୁ ଫଳ ତା'ର ପ୍ରିୟ। ସନ୍ଧ୍ୟା ଆଳତୀ ଚଢ଼ାଇ ଦେହୁରୀ କବାଟ ଆଉଜାଇ ଚାଲିଯାଏ। ମନ୍ଦିରରେ ତାଲା ପଡ଼େ ନାଇଁ। ଆଉଥରେ ସିଧା ଆଖିରେ ଠାକୁରାଣୀଙ୍କି ଚାହିଁଲା ନୀରା। ବେକରେ ଗାମୁଛା ପକାଇ ଦଣ୍ଡବତ ହେଲା। ତାରି ଗାଁର କଟା ପଥରରେ ଜଳ୍‌ସା ବିରାଜିଛି। ଏଥର ତାରି ଗାଁ ମାଟିରେ ପାଦ ଦେବ। ଏତିକି ତ ତଫାତ୍। ଆଉ କଣ। ଥରିଲା ହାତରେ ମୂର୍ତ୍ତିଟାକୁ ଉଠାଇ ଗାମୁଛାରେ ଘୋଡ଼େଇ ବାନ୍ଧିଲା ଆଉ ଗମ୍ଭିରୀଘରୁ ଏକମୁହାଁ ହେଇ ବାହାରି ଆସିଲା। ବନ୍ଧା ମୂର୍ତ୍ତିଟାକୁ କାଖରେ ଜାକି ଯେମିତି ବେଗରେ ଆସିଥିଲା, ଠିକ୍ ସେମିତି ଧାଇଁଲା। ଗାଁରେ ପହଞ୍ଚିଲାବେଳକୁ ରାତି ତିନିଘଡ଼ି।

କ୍ଷେତ ଭିତରଟା ଖାଁ ଖାଁ। ପଧାନ ସାଇର ଉପର ବନ୍ଧକୁ ଲାଗି ତାଙ୍କରି ଖଳା। ଚାରିଆଡ଼େ ଥରେ ଆଖି ବୁଲାଇନେଲା ନୀରା। ତା'ପରେ ଚୁପ୍‌କିନା ଖଳା ଭିତରକୁ ପଶିଗଲା ଆଉ ଗୋସାଇଁ ବୁଢ଼ା କହିବା ଅନୁସାରେ ମୂର୍ତ୍ତିକୁ ଖଳା ଭିତର ପାଳଗଦାରେ ଲୁଚାଇ ଥାପନା ମନ୍ତ୍ର ପଢ଼ିଲା। ତା' ଚାରିକଡ଼େ ସାତଥର ବେଢ଼ା ବୁଲିଲା। ସେଇଠୁ ଚୁପ୍‌ଚାପ୍ ଏକମୁହାଁ ହେଇ ନଈପଠାକୁ ଧାଇଁଲା। ବାଲିଚୁଆରେ ଜମିଥିବା ପାଣିରେ ଗାଧୋଇ ଘରମୁହାଁ ହେଲା। ମୁଣ୍ଡରେ ଥିବା ଗୁରୁ ଦାୟିତ୍ୱଟା

ତୁଲାଇ ସାରିଲା ଯେମିତି। ହାଲୁକା ପଣରେ ସେଇକ୍ଷୀଣା ତାକୁ ଆଖିକୁ ନିଦ ଆସିଗଲା। ପାହାନ୍ତି ପହରର ସ୍ୱପ୍ନ ତାକୁ ହାଲୁକା ଫୁଲୁକା ପଶମୀ ଚାଦରଟିଏ ପରି ଘୋଡ଼େଇ ଦେଲା- ଗାଁ ଦାଣ୍ଡରେ କାଦୁଅ ପାଣିର ସୁଅ। ସାଇ ଝିଅଙ୍କ ମେଳରେ ତା' ଦି' ଭଉଣୀଯାକ ମୁଣ୍ଡରେ ପିତଳ ଡ଼ାଳ ବୋହି ବନ୍ଦାଣ ପାଇଁ ଘରଘର ବୁଲୁଥିଲେ। ଡ଼ାଳ ଭିତରେ ବେଙ୍ଗୁଲୀ ରାଣୀ। ସାଇଝିଅମାନେ ତିନ୍ତି ତିନ୍ତି ସୁର ମେଲାଇଥିଲେ।

ଇନ୍ଦ୍ର ରଜା ହୋ... ବେଙ୍ଗୁଲୀ ନାନୀ
ଘୋ ଘୋ ରାନୀ...
ଆଣ୍ଠୁଏ ଆଣ୍ଠୁଏ ପାନି...

- "ଆଲୋ ନୀରା ମା', ଶୁଣିଲୁଣି, ଗାଁ ସାରା ହୁରି ପଡ଼ିଗଲାଣି।" ସକାଳ ନ ହେଉଣୁ ତା'ର ବା'ର ପାଟିରେ ନୀରାର ସପନ ମିଶା ନିଦ ଭାଙ୍ଗିଗଲା।

- "କୋଉ କଥାକୁ ?" ତା' ମା' ପଚ଼ାରିଲା।

- "ତଳ ଗୋହିରୀର ଜଲ୍‌ସା ଠାକୁରାଣୀ ଉଭାନ୍..."

"ଆଁ ?" ତା' ମା' ଚମକି ପଡ଼ିଲା। ପୂଜାବିଧିରେ ଦେହୁରୀ ବୁଢ଼ା କିଛି ନାକରା କରିଥିବ.."

ନୀରା କଡ଼ଲେଉଟାଇ କାନ୍ଥକୁ ମୁହଁ ବୁଲେଇ ନେଲା।

-"ଏଥର ତଳଗୋହିରୀ ଗାଁ ବାଲାଙ୍କ କପାଳ ଫାଟିଲା ଜାଣ। ଏଇନେ ପଧାନ ବଳେ ବୁଝିଯିବ ଯେ ନିପାଣିଆ ମରଦର ଛାତିର ଦମ୍ କେତେ।"

ମାଟି କାନ୍ଥରେ ଦୋରସା ଓଦା ଭୂଇଁର ବାସ୍ନା ଚହଟିଲା। ନୀରା ଉଠିଲା।

(୨)

ସେଦିନ ସ୍ଥାନୀୟ ପୋଲିସ୍ ବାହିନୀର କାର୍ଯ୍ୟଦକ୍ଷତା ଓ ସଫଳତାର ଚର୍ଚ୍ଚାରେ ଛୋଟିଆ ସହରଟା ବେଶ୍ ହୁଲସ୍ଥୂଲ୍ ପଡ଼ି ଯାଇଥିଲା। ଖବର କାଗଜବାଲା ଦପ୍ତରର ଆରାମ ଚୌକିରେ ବସି ଘଟଣାଟିର ରୋମାଞ୍ଚକର ବିବରଣୀ ଲେଖୁଥିଲେ- "ଆନ୍ତର୍ଜାତିକ କୁଖ୍ୟାତ ମୂର୍ତ୍ତିଚୋର ଆଡ୍‌ଡ଼ାର ସନ୍ଧାନ। ଗ୍ୟାଙ୍ଗର ଅନ୍ୟତମ ଅପରାଧୀ ଜଣେ ସ୍ଥାନୀୟ ଗିରଫ, ପୋଲିସ୍ ଅନୁସନ୍ଧାନ ଜାରି..."

ଥାନା ଭିତରୁ ବୟସ୍କ ପୋଲିସ୍ ଅଫିସର ଜଣକ ମଚ୍‌ମଚ୍ କରି ବାହାରି ଆସିଲେ। ବାହାରେ କାଗଜ କଲମର ଭିକ୍ଷାଥାଳ ଧରି ଖବର ଭୋକିଲା ସାମ୍ବାଦିକ ପଲଙ୍କ ଉତ୍ତର ଦେଇ କହିଲେ- "ବୁଝିଲେ, ଲୋକାଲ୍ ଲୋକଙ୍କ ବିନା ସପୋର୍ଟରେ

ଏ ସବୁ କାମ ପଶିବଲ୍ ନୁହେଁ। ନୃସିଂହନାଥ ମନ୍ଦିରର ମୂର୍ତ୍ତିଚୋରୀ କେସ୍‌ରେ ମଧ୍ୟ ଠିକ୍ ସେଇଆ ହେଇଥିଲା। ଏ ବିଷୟରେ ତନାଘନା ଅନୁସନ୍ଧାନ ଚାଲୁ ରହିଛି ...” ଇତ୍ୟାଦି ଇତ୍ୟାଦି

ଥାନା ଭିତର ଗର୍ଜନ ତର୍ଜନରୁ ଅନୁସନ୍ଧାନର ତୀବ୍ରତା ବେଶ୍ ସ୍ପଷ୍ଟ ଜଣା ପଡୁଥିଲା। ତିନି ଚାରିଜଣ ସିପାହୀ ଗହଣରେ ଥାନାବାବୁ ପଚ଼ରା ଉଚୁରା କରୁଥିଲେ।

- “ନାଁ ?”
- “ନୀରା ନାଏକ।”
- “ବାପା ନାଁ ?”
- “ଜଲଧର ନାଏକ।”
- “ବୟସ ?”
- “କୋଡ଼ିଏ।”
- “ଗାଁ ?”
- “ମହୁଲପଦର “
- “କାମ ?”
- “ଚାଷ।”
- “ପଢ଼ିଛୁ ?”
- “ଅଳ୍ପ ଟିକେ ଲେଖି ପଢ଼ି ଜାଣେ।”
- “ହୁଁ।” ଥାନାବାକୁ ଗାରଡ଼େଇ ଅନେଇଲେ।
- “ଏଥର କହ, କାହା ପାଇଁ କାମ କରୁଛୁ ?”
- “ମୋ ବାପ ଅଜା ଦିନଠୁ କେହି ମୂଲ ଲାଗି ନାଇଁ, ଆଜ୍ଞା। ଆମେ ରଇତ...”
- “ବେଶୀ ପେଖନା କାଢ଼ ନାଇଁ କହୁଛି। ତତେ ଭଲରେ ପଚ଼ାରୁଛି କହିଦେ, ନ ହେଲେ କଥା କାଢ଼ିବାର ଉପାୟ ମତେ ଜଣା। କହ କୋଉ ଗେଙ୍ଗ୍ ପାଇଁ କାମ କରୁଛୁ ?”

ନୀରା ନାଏକ ଆବାକାବା ହେଇ ଚାହିଁଲା।

- “ସମସେର୍ ରାଣା ?”
- “ନାଇଁ।”
- “ଗାଜା ଅମିନ୍ ?”

- "ନାଇଁ।"

- "ଫଗ୍‌ନୁ ବାଗ୍ ?"

ମୁଣ୍ଡ ହଲାଇଲା ନୀରା- "କାହାକୁ ଜାଣିନି ଆଜ୍ଞା।"

- "ଶଳା ମୋର ମାଥା ଗରମ କର ନାଇଁ କହୁଛି। କିବେ ତତେ ପୋଲିସ୍ କୁକୁର ଧରିଲା କିଆଁ ? କ'ଣ ତୁଚ୍ଛାଟାରେ ? ଶଳା... ଏପଟେ ମଣିଷ ଇଲେକସନ୍ ରାଲି ସମ୍ଭାଳିବ ନା ତେଣେ ଦିଅଁ ଦେବୀଙ୍କୁ ସମ୍ଭାଳିବ। ଏ ଗୁଡ଼ା ସବୁ ଜିନା ହାରାମ କରି ଦେବେ। ବେଶୀ ଫେଚ଼କାମୀ କାଢ଼ ନାଇଁ ଶଳା। ଭଲ ଦଶା ଅଛି ଯଦି ସିଧା କହିବେ, କେତେ ପାଉଛୁ ?"

- "କ'ଣ ଭଲା ପାଇବି ଆଜ୍ଞା।"

- "ମାଲ ରଖିଛୁ ନା ପାର କରିଦେଲୁଣି ବେ।"

ନୀରା ଚୁପ୍ ରହିଲା।

ଥାନାବାବୁଙ୍କ ଅଭ୍ୟସ୍ତ ଜୋତାର ଦାଗ ସିଧା ଯାଇ ତା'ର କୋଡ଼ିଏ ବର୍ଷିଆ ଅଣ୍ଟାରେ ବସିଗଲା। ତିନିଜଣ ସିପାହୀ ତାକୁ ଘୋଷାଡ଼ି ନେଲେ। ଦୁଲ୍‌ଦୁଲ୍ ଶବ୍ଦରେ ଥାନା କାନ୍ଥରୁ ସରକାରୀ ଚୂନ ଖସିଲା। ଘଡ଼ିକ ପରେ ମୂର୍ତ୍ତିଚୋରର ଲହୁଲୁହାଣ ଅସାଡ଼ ଦିହଟା ଥାନା ବାରଣ୍ଡାରେ କଚ଼ିହେଲା।

ତା' ପରଦିନ ସେ କଇଦୀ ନମ୍ବର ୧୭।

(୩)

ଜେଲ୍ ହତାକୁ ଲାଗି ଦରଭଙ୍ଗା ଭିଜିଟର୍ ରୁମ୍।

- "ଇଏ ସବୁ କ'ଣ ହେଇଗଲାରେ ପୁଅ।"

ଥଙ୍ଗେଇ ଥଙ୍ଗେଇ କହିଲା ବାପା। ପୁଅ ତୁନି ରହିଲା।

- "ତୁ ମୋର ଗୋଟେ ବୋଲି ପୁଅରେ ଧନ, ତୋ ମା ଆଉ ବାଟ ଚାଲି ପାରୁ ନାହିଁରେ।"

-"ମା'ର ଆଉ ବାଟ ଚାଲିବା ଦରକାର ନାଇଁ... ପାଦରେ ତା'ର ଆଉ ବିଣ୍ଡି ବସିବ ନାହିଁ। ଏଥର ତାରି ପାଦ ତଳେ ଧାର ଛୁଟିବ।"

ବାପା କିଛି ନ ବୁଝିଲା ଆଖିରେ ଚାହିଁ ରହିଲା।

- "ଏତ ସରକାରୀ ମାମଲାରେ ପୁଅ। ଏଠୁ ଯିବାର ବାଟ କାହିଁ ଭଲା।"

- "ଏଥର ସରକାରୀ ବାବୁ ପାଖକୁ ଧାଁ ଧପଡ଼ କରିବାର ନାଇଁ କି କୂଅ ଖୋଳା ପାଇଁ ହାତଗୁଞ୍ଜା ଦେବାର ଦରକାର ନାଇଁ। ଏଥର ଖାଲି ଧାର ଛୁଟିବ।"

- "କି ଧାର କହୁଛୁରେ ପୁଅ ?"

- "ଏଥର ଜଲ୍‌ସା ଧାର ଛୁଟିବ। ଗଜା ମରୁଡ଼ି ଉଜୁଡ଼ିବ। କୁସୁମ ଗଛ ଫଳରେ ଲୋଟିବ। ଆଉ ଭୟ ନାହିଁ କି ଦକ ନାହିଁ। ଆଉ ଦିନ ସାତଟା ସବୁର୍ କର। ସବୁ ଫଳିବ। କୂଳ ଉଚ୍ଛୁଳିବ..."

ମୋହାବିଷ୍ଟ ହେଲାପରି କଥା କହୁଥିବା ପୁଅକୁ ବାପା ଅନେଇଲା। ଆଖି ଦୁଇଟା ନାଲି କଷରା ପଡ଼ିଯାଇଛି। କପାଳରେ ହାତ ରଖିଲା। ଖଇଫୁଟା ତାତି। ଚମକିପଡ଼ିଲା ବାପା।

- "ମୋର ଧାର ତ ଛିଣ୍ଡି ଗଲାରେ ଧନ... ମୋର କୁଳ ତ ଭାସିଗଲା..."

ଭୋ ଭୋ ହେଇ କାନ୍ଦି ଉଠିଲା ବାପା। ମୁହଁରେ ଗାମୁଛା ଜାକି ଏକମୁହାଁ ହେଇ ଭିଜିଟର୍ ରୁମ୍‌ରୁ ବାହାରିଗଲା।

ସିପାହୀ ଜଣେ ୧୭ ନମ୍ବର କଇଦୀକୁ ନେଇ ତା' କୋଠି ଭିତରେ ହାମୁଡ଼େଇ ଦେଲା।

କୋଠି ଭିତରେ ସେମିତି ହାମୁଡ଼େଇ ପଡ଼ି ରହିଲା। ରାତି ଦି'ଘଡ଼ି ସରିକି ଦେଖିଲା : ସେ ମାଟିତଳୁ ଉଠୁଛି। ତାରି ପଛେ ଜଲ୍‌ସା- କଳାମେଘୀ ଶାଢ଼ୀ ପିନ୍ଧିଛି। କଳାଘୁମର ମୁକୁଳା ବାଳ ଲମ୍ବିଛି। ନାହିଁ ନାହିଁ... ଅନ୍ଧାର କଳା ପାହାଡ଼ୀ ଝରଣା। କଳା ମିଶ୍ ମିଶ୍ ପାଣିର ଫୁଆରା। ତୁହାକୁ ତୁହା ଲହଡ଼ି। ସେ ଜଲସାକୁ ବାଟ କଢ଼େଇ ନଉଛି। ମହୁଲପଦର ଗାଁ ମୁଣ୍ଡରେ ଶଙ୍ଖ ହୁଳହୁଳି ଶବ୍ଦ। ଥନାପତି ବୁଢ଼ା ପାକଲା ପାଟିରେ ମନ୍ତ୍ର ପଢୁଛି। ତାରି ମଥା ଉପରକୁ ହାତ ପ୍ରସାରୁଛି। ଦେହମୁଣ୍ଡ ଶୀତଳେଇ ଯାଉଛି। ପିନ୍ଧା ଲୁଗା ଦିହରେ ଆପଣାଛାଏଁ ଲାଖି ଯାଉଛି।

ବିଜୁଳି ଘଡ଼ଘଡ଼ି ତାକୁ ଅଧା ସ୍ୱପ୍ନରୁ ଟାଣି ଆଣି ବସେଇ ଦେଲା। ସେ ମେଲା ଆକାଶକୁ ଚାହିଁଲା। ଅସ୍ରାକୁ ଅସ୍ରା ବର୍ଷା କୁଟୁଛି ଆକାଶ। ରେଲିଂ ଫାଙ୍କର ପାଣି ପଶି ଆସି ତାକୁ ତିନ୍ତେଇ ଦେଇଛି। ଖଇଫୁଟା ତାତିରେ ଦୁଇ ହାତରେ ଲୁହା ରେଲିଂକୁ ଜାବୁଡ଼ି ଧରି ଅନ୍ଧାରକୁ, ପୁଣି ଅନ୍ଧାରର ଆକାଶକୁ ବିସ୍ଫାରିତ ଆଖିରେ ସେ ଅନେଇଲା। ଓଠ ଚାରିପଟେ ଛିଟିକି ପଡ଼ିଥିବା ପାଣିଟୋପାକୁ ଜିଭରେ ସାଉଁଟି ଆଣି ହାଉଳି ଖାଇଲା- "ହେଇଗଲା... ସାତଦିନ ହେଇଗଲା।"

- "ଏ ଖଣ୍ଡିକ ଗଲାଣି ଭାରି ରାଞ୍ଜି।" ପାଖରେ ଶୋଇଥିବା କଇଦୀଜଣକ କହିଲା।

ଜ୍ୱର ଛାଡ଼ିଲା ଯାଇ ସିଧା ମାସକପରେ। ଦିହ ଟିକେ ହାଲୁକା ଲାଗୁଥାଏ। ଜେଲ୍ ଅଫିସରୁ ୧୭ ନମ୍ବର କଇଦୀକୁ ଡ଼କରା ଆସିଲା। ଜେଲର ସାହେବ ପାଖରେ ତା' ଗାଁର ଫକିରା ଠିଆ ହେଇଥିଲା। ଜେଲର ସାହେବ କାଗଜ ପତ୍ର

ତୟାରିରେ ବ୍ୟସ୍ତ । ଗାଁ ବାଲା ନିଶ୍ଚେ ୟାଙ୍କୁ ପଠେଇଥିବେ ତାକୁ ପାଛୋଟି ନେବାକୁ । ଜରୁଆ ମୁହଁରେ ତାକୁ ଦେଖି ହସିଲା । ଫକିରା ନ ଦେଖିଲା ପରି ରହିଲା । ଏଇ ଫକିରାଟା ସବୁଦିନେ ଏମିତି ଡ଼ରୁଆ । ପୋଲିସ୍‌କୁ ଦେଖି ଡ଼ରୁଥିବ ପରା । ପୋଲିସ୍ ଭେନ୍‌ରେ ତାକୁ ଚଢ଼େଇ ଦିଆଗଲା । ବାହାରଟା ଫରଚ଼ା ଲାଗୁଥାଏ । ପାଣି ପାଇ ସବୁକିଛି ତୋଫା ତୋଫା ଲାଗୁଛି ତା' ଆଖିକୁ ।

ଗାଡ଼ି ଛାଡ଼ିଲା ।

- "କଥାଟା ସତ ନା ଶଳା ଏଇ ବାହାନାରେ ଯାଇ ବାକି କାମ ତକ ଫତେ କରିଦେବାର ପ୍ଲାନ୍ କରିଛି କେଜାଣି ।"

ପୋଲିସ୍ ଅଧିକାରୀ ଜଣେ କହିଲେ ।

- "ଯାଉନା । ତା' ଉପରେ ପୁରା କଡ଼ା ନଜର ରଖାଯାଇଛି । ଏଥର ଟିକେ ଗଡ଼ବଡ଼ କଲେ ପୁରା ଗ୍ୟାଙ୍ଗଟା ଧରାପଡ଼ିବ ।" କଇଦୀ ସୁରକ୍ଷା ଦାୟିତ୍ୱରେ ଥିବା ଆଉ ଜଣେ ଅଧିକାରୀ କହିଲେ ।

ଗାଁ ମୁଣ୍ଡରେ ଗାଡ଼ି ଅଟକିଲା । ନୀରାର ଆଖି ଦୁଇଟା ଆପଣାଛାଏଁ ବାହାରକୁ ବୁଲିଗଲା । ଚାରିଆଡ଼ ସାବୁଜା ସାବୁଜା ଲାଗୁଛି । ଖଳାରୁ ଓଦା ପାଳର ବାସ୍ନା ବାଜୁଛି ତା' ନାକରେ । କୁସୁମ ଗଛରେ କଅଁଳ ପତ୍ର ଝୁଂପା । ଖାଲ ଖମାରେ କାଦୁଅ ପଚ଼ପଚ଼ ପାଣି ଭର୍ତ୍ତି । ଆଶ୍ୱାସ, ଉଶ୍ୱାସ ଆଉ ଆଶଙ୍କା ଭିତରେ ତା'ର ମନଟା ଉଲୁସି ଯାଇ ପୁଣି ଦବି ଗଲା । ତାରି ଖଳାବାଡ଼ିକୁ ଚାହିଁଲା । ସେଠି ପିଲାଠୁ ବୁଢ଼ାଯାଏ ଗାଁର ଅଧେ ଲୋକ ଜମା (ସପନଟା ସତ ହେଇଗଲା କି ଆଉ !) ତାକୁ ଅବାଗିଆ ଆଖିରେ ଚାହିଁଛନ୍ତି । ପୋଲିସ୍ ଦେଖି ତହିଁରୁ ଥୋକେ ଦୌଡ଼ି ପଳେଇଲେ । ତାକୁ ଖଟକା ଲାଗିଲା । ମନେ ମନେ ଥନାପତି ବୁଢ଼ାକୁ ଖୋଜୁଥିଲା । ହେଲେ ଆଖି ଉଠାଇ ପାରିଲାନି ।

- "ମଉନମୁହାଁର ଏତେ ଅବିଗୁଣ, କିଏ ଭଲା ଜାଣିବ ।"

- "ନିଆଁ ପାଣି ବାସନ୍ଦ ହେଲା । ଦୁନିଆଁ ଆଗରେ ଏଇ ଅପମାନଠୁ ବଳି ଆଉ କ'ଣ ଅଛି । ସାଇଭାଇରେ ଘର କରି ରହିଥିଲା । କାହା ହାତରୁ ମାଟି ମୁଠାଏ ପାଇଲାନି... ବିଚ଼ରା ।"

"ମୂର୍ତ୍ତିଚୋ଼ରର ବାପ ଭଲା ଆଉ କ'ଣ କରିଥାନ୍ତା ?"

ମୁହଁ ଫେରାଇ କିଏ କ'ଣ କାହିଁକି ବୁଝିବା ଆଗରୁ ଦି'ଜଣ ସିପାହୀ ସହିତ ଆଉ ଜଣେ ଦି'ଜଣ ତାକୁ ପଧାନ ସାଇ ଉପରବନ୍ଧ ମୁଣ୍ଡକୁ ଗୋଟେ ପ୍ରକାର ଟାଣି ନେଇଗଲେ ।

ପଧାନ ସାଇ ଉପରବନ୍ଧ ଭିଡ଼ରେ ବର୍ଷାର ପାଦଚିହ୍ନ "ଯା ଏଥର କାମ ସାର।"

ଏତେବେଳକେ ଭଲ କରି ଆଖି ଉଠାଇଲା ନୀରା।

ପଥର ଘାଟ କଣର ଗୋଳିଆ ପାଣିରେ ତା'ର ବାପାର ଶବ ଭାସୁଛି ! ଜୀବନସାରା ନିପାଣିଆ ମରଦର ଅପମାନରେ ଅତିଷ୍ଠ ଜଳଧର ନାଏକର ଦିହଟା ଫୁଲିଯାଇଛି। ପାଣି ମନ୍ଦାକର ଅରମାନରେ ପୁଷ୍ଟ ତା'ର ଦିହଟା ଏଥର ସବୁ ଚିନ୍ତା ଅପମାନର ମୁକ୍ତି ପାଇ ହାଲୁକା ପଣରେ ଭାସୁଛି ! ପାଣି ଉପରେ ତା'ର ସେଇ ବିଭତ୍ସ ଜଡ଼ ଦିହଟା ଅସହାୟ ପ୍ରତିଶୋଧର ଚାବୁକ ପିଟୁଛି ଯେମିତି !

ହନୁମାନ ସବାର ହେଇଥିବା କାଳିସୀ ପରି ବିକଟ କୁହାଟ ମାରି ନୀରା କୁଦା ମାରିଲା। ସିପାହୀ ଦୁଇଜଣ ହାଁ ହାଁ କରି ପିଛା କରୁ କରୁ ସେ ଖଳାବାଡ଼ି ଭିତରେ ପାଦ ଦେଲା। କେହି କିଛି ବୁଝିବା ଆଗରୁ ଆଖି ପିଛୁଳାକେ ପାଳଗଦା ଭିତରୁ 'ଜଳସା' ମୂର୍ତ୍ତିଟା ଆଣି ସେଇ ଉନ୍ମାଦ ବେଗରେ ବନ୍ଧ ଭିତରକୁ ଫିଙ୍ଗିଦେଲା। ମୂର୍ତ୍ତିଟା ଯାଇ ପଡ଼ିଲା ବନ୍ଧ ମଝିରେ। ପଥର ମାଡ଼ରେ ଥିରପାଣି ଚହଲିଗଲା ଆଉ ସେଇ ଚହଲା ପାଣିର ଢ଼େଉ ଜଳଧର ନାଏକର ବାସି ମଢ଼ାକୁ ନିଷ୍କରୁଣ କର୍ତ୍ତବ୍ୟବୋଧରେ ଥରଟିଏ ହଲାଇ ଦେଲା।

- "ଉଡ଼ା ଦୋ ଗୋଲି ସେ... ଶାଲା ଫରାର୍ ହୋତା ହୈ..." ପୋଲିସ୍ ଅଧିକାରୀ ଜଣକ ଗର୍ଜି ଉଠିଲେ।

ଗୁଡୁମ୍ ! ଗୁଡୁମ୍ !! ଗୁଡୁମ୍ !!!

■

ମା ନିଷାଦ...

ବିସ୍ତୀର୍ଣ୍ଣ ବନସ୍ପତି ରାଜ୍ୟରେ ସେଦିନ ଚହଲ ପଡ଼ିଗଲା । ନିର୍ଭୟ ରାଜ୍ୟରେ ପୁଣି ଏମିତି ଅଘଟଣ ଘଟିଗଲା । ଶାନ୍ତ ସମାହିତ ବନସ୍ପତି ରାଜ୍ୟରେ ଅନବରତ ସାଙ୍ଗୀତିକ ସ୍ୱର ଛୁଟାଇଥିବା ଖାରୀ ହଂସ ଦଂପତ୍ତି ଅସ୍ୱାଭାବିକ ଭାବରେ ବିଳପି ଉଠିଲେ । ଗାଈ ମଇଁଷି ପିଠିରେ ବସି ବେଧଡ଼କ ଖଣ୍ଡିଉଡ଼ା ଶିଖୁଥିବା ଛୁଆ ଦି'ଟା କୁଆଡ଼େ ଚାଲିଗଲେ ଯେ ତା'ର ପତ୍ତା ମିଳୁ ନାହିଁ । ଏତେବଡ଼ ଦୁନିଆଁ- ପେଟକୁ ଦାନାର ଅଭାବ ରହିବ ନାହିଁ । ଦୁନିଆଁ ଯାକରେ ଘାସ ଲଟା, କନ୍ଦ, ଦଳ, ନଦୀ, ଜୋର୍, ଗହମ, ଧାନ କ୍ଷେତ, ବୁଟ ଚଣାର ଲହଡ଼ି । ହେଲେ ନିରାପଦ ଥାନ ନାଇଁ ।

- "ଅଙ୍ଗ୍-ଅଙ୍ଗ୍"- କେତେ କହିଲି ଛୁଆଙ୍କୁ ଆକଟି ରଖିବାକୁ । ଚାରିଆଡ଼େ ଦୁନିଆଁ ଦାଉ । ଏବେ ବୁଝିଲୁ ତ ।" ହଂସ ତାଗିଦ୍ କରି ହଂସୀକୁ କହିଲା ।

- "ଅଓ୍ୱାଙ୍ଗ, ଅଓ୍ୱଙ୍ଗ୍- ହଂସୀ କପାଳ ନିନ୍ଦିଲା ।

ଦେଖୁ ଦେଖୁ ସାଇପଡ଼ିଶା ଜମି ଗଲେ । ରାତି ଘନେଇ ଆସିଲାଣି । ସବୁ ବସାରେ କିଚ଼ିରି ମିଚ଼ିରି । ଦେଶୀ କାଜ, ପାତି ହଂସ, ଦାଗିଆ ଥଣ୍ଟ, ହଂସରାଳି, ବାଜେଣୀ, କାଣ୍ଠିଆ ବଗ, ପାଣି କୁଆ, ଦଦରା ହଣା, ଏରା ଇତ୍ୟାଦି ପକ୍ଷୀ ସମାଜର ମାନ୍ୟତା ଗୁଣ୍ଡାମାନେ ଏଇ ପରିବାରର ବିପତ୍ତିରେ ସାହାପଟ ହେବାକୁ ଆସିଲେ । ସମସ୍ତଙ୍କର ସେଇ ମତ । ଖର ହଂସ ହଂସୀ ଦୁହେଁ ନିଜେ ଛୁଆଙ୍କୁ ଖୋଜିବାକୁ ଯିବେ । ଖାଲୁଆ ବସାରେ ସାଇତା ପୁରୁଣା ନରମ ଲୁଗା ପରି କଅଁଳ ପର ଶେଯଟା ହଂସ ହଂସୀକୁ କଣ୍ଟା ପରି ଫୋଡ଼ିହେଲା । ଦିହେଁ ଅଗତ୍ୟା ବାହାରିଲେ ।

ଅନ୍ଧାର ଚିରି ହଂସ ହଂସୀ ଦୁହେଁ ବଣ କ୍ଷେତ ନଦୀ ଜୋର ସବୁ ପାରି ହେଲେ । ରାତି, ସକାଳ, ଦ୍ୱିପ୍ରହର ଆଉ ଗୋଧୂଳି ସହିତ ଗାଁ ଗଣ୍ଡା ସହର ନଗର

ସବୁ ଗଡ଼ି ଚାଲିଲା । ଆଶଙ୍କାରେ ହଂସୀର ଛାତି ଭାରି ହେଲା । ହଂସ ବୋଧ ଦେଲା ।

ଅଙ୍ଗ୍-ଅଙ୍ଗ୍-ଅଙ୍ଗ୍-

ଶିକାରୀର ସ୍ନାୟୁ ଟଣକି ଉଠିଲା । ହଂସ ହଂସୀ ସତର୍କ ହେଲେ । ପଟୁ ଶିକାରୀକୁ ଦଗା ଦେଇ ଦିହେଁ ଗୋଟେ ନିଶ୍ୱାସରେ ଉଡ଼ି ଚାଲିଲେ । ବାଟରେ ତାଙ୍କରି ଜାତିଲୋକ ସୂର୍ଯ୍ୟାସ୍ତରେ ଇନ୍ଦ୍ରଧନୁର ମାୟା ବୁଣି ରିବନ ଠାସରେ ଉଡ଼ି ଯାଉଥିବାର ଦେଖିଲେ । ବାଟ ସାରା ସାଗୁଆ ଘାସ ଲଟା, କ୍ଷେତଭରା ଶସ୍ୟ, ପାଣିକନ୍ଧାର ସମ୍ଭାର । ମା ଚଢ଼େଇ କି ବାପା ଚଢ଼େଇର ମନ ଆଉ କୋଉଠି ଲାଗୁ ନ ଥାଏ ।

ବିଲ ବଣ ପାହାଡ଼ କାନ୍ତାର, ଗାଁ ଗଣ୍ଡା ସହର ନଗର ପାରି ହଉ ହଉ ଦିହେଁ ଗୋଟେ ଜାଗାରେ ଅଟକି ଗଲେ । ଜାଗାଟିର ନାଁ ପୋଲିସ ଷ୍ଟେସନ । ସାମ୍ନାରେ ଭରପୂର ଭିଡ଼ । ଯୌତୁକ ନିର୍ଯ୍ୟାତନା, ବଳାତ୍କାର, ଶିଶୁ ନିର୍ଯ୍ୟାତନା, ଶ୍ରମିକ ଶୋଷଣର ଦାଡ଼ୁଆ କାତିରେ ଡ଼େଣାକଟା ପକ୍ଷୀଙ୍କ ଭିଡ଼ । ବିକଳ ଚାହାଁଣୀ । ଆଶଙ୍କାରେ ବାପା ଚଢ଼େଇର ଧୈର୍ଯ୍ୟ ଦବିଗଲା । ତ୍ରସ୍ତ କାତର ଆଖିରେ ମା ଚଢ଼େଇ କାନ୍ଦି ଉଠିଲା ।

ଅ-ଅଙ୍ଗ୍... ଅ-ଅଙ୍ଗ୍

ବନସ୍ପତି ରାଜ୍ୟର ମାଟି ଏତେ ଫସଫସିଆ ନୁହେଁ । ସେଠି ବଢ଼ିଲା ଡ଼େଣା । ପୁଣି ସାହସ ଜୁଟେଇଲେ । ଆଗକୁ ବାଟ କାଟିଲେ । ପୁଣି ଜଙ୍ଗଲ, ପାହାଡ଼ ପର୍ବତ, ନଦୀ ନିର୍ଝର, ବିଲ କାନ୍ତାର ଆଉ ଜନପଦ ସହର ପାରି ହେଉ ହେଉ ଗୋଟେ ଜାଗାରେ ଅଟକି ଗଲେ । ବିରାଟ ସର୍କସ ପଡ଼ିଆ । ଚାରିପଟୁ ଘେରା । କୌଣସିମତେ ଖଣ୍ଡିଉଡ଼ା ଦେଇ ଦୁହେଁ ଭିତରକୁ ଚାଲିଗଲେ । ଭିତରେ ଥାଟକୁ ଥାଟ ମଣିଷ । ତାରି ଭିତରେ ବଡ଼ ଗୋଲେଇଟାଏ । ତାରି ଭିତରେ ତାଙ୍କ ରାଇଜର କେତେ ଜାତି ଭାଇ । କାଜ, ପାତିହଂସ, କପୋତଠୁ ଆରମ୍ଭ କରି ମାଟିଆ ଚିଲ, କାଉ, ଶୁଆ ଆଉ ବାରମାସୀ ଚଢ଼େଇଯାଏଁ କେତେ ପକ୍ଷୀ ଝାଳନାଳ ହେଇ ଦାଦନ ଖଟୁଥା'ନ୍ତି । କିଏ ଏକ ଗୋଡ଼ିକିଆ ହେଇ ଝଣ୍ଡା ଟେକୁଛି ତ ଆଉ କିଏ ଏକ ଚକିଆ ସାଇକେଲ ଚଲାଉଛି । ପୁଣି ସେଥିରୁ ଜଣେ ବେଲୁନ ଉଡ଼ାଉଛି ତ ଆଉ ଜଣେ ଭେଳିକି ସାଜି ନାଚୁଛି । ଦେଖୁ ଦେଖୁ ବଣ ରାଇଜର ସବୁ ଟାଣୁଆ ମୁଣ୍ଡ ସେଠି ହାଜର । ଆଣ୍ଠୁମାଡ଼ି ହାତୀ ପୂଜା କରୁଛି, ଚାବୁକ ପାହାରରେ ବାଘ ସିଂହ ଉଠ୍ ବସ ହେଉଥାନ୍ତି । ଭାଲୁ ଭାର ବୋହୁଛି ।

ଯାବତୀୟ ଖଟଣି । ଛୁଆ ଦିଟା ଏମିତି ଦାଦନ-ଦଲାଲ ହାବୁଡ଼ରେ ପଡ଼ି ଯାଇ ନାହାନ୍ତି ତ । ମା' ଚଢ଼େଇ ଗୋଲେଇ ଭିତରେ ଦି'ଚାରିଥର ଆଖି ପହଁରେଇ ଆଣିଲା । ବାପା ଚଢ଼େଇ ଆଗ ପଛ ଚାରି ଆଡ଼କୁ ଚାହିଁଲା । ପରସ୍ପରକୁ ବୋଧ ଦେଲା ଚାହାଁଣୀରେ ଦୁହେଁ ପୁଣି ଆଗକୁ ବଢ଼ିଲେ । ପୁଣି ବିଲ ବଣ ପାହାଡ଼ କାନ୍ତାର ଜନପଦ ନଗର ପାରି ହେଲେ ।

ମା' ଚଢ଼େଇର ଡ଼ାହାଣ ଆଖି ଫଡ଼କିଲା । ଅଜଣା ଆଶଙ୍କାରେ ଛାତି ଧଡ଼ ଧଡ଼ ହେଲା । ଦୁହେଁ ଆଉ ଆଗକୁ ବଢ଼ିଲେ ନାହିଁ । ଅଟକି ଗଲେ । ଟିକେ ଦୂରରେ ଆଖିରେ ପଡ଼ିଲା ଭଳି କୋଠା । ଯାତ୍ରା ଭିଡ଼ ପରି ସେଠି ହାଉ ହାଉ ଲୋକ । କୋଠା ସାମ୍ନାରେ ଥିବା ଫାଟକ ଉପରେ ବଡ଼ ତୋରଣ । ଦୁହିଁଙ୍କର ଅସ୍ଥିର ଅଥୟ ଆଖି ଖାଲି ଏଠି ସେଠି ଘୁରି ବୁଲୁଥାଏ । ମା' ଚଢ଼େଇ ଉଦାସ ହେଲା । ଛୁଆଙ୍କର କିଛି ସୋର୍ ଶବ୍ଦ ନାହିଁ । ଉଠିବାକୁ ଆଉ ପାଦ ଚଙ୍କୁ ନାଇଁ । ତୁନି ହେଇ ଗଛ ଡ଼ାଳରେ ବସିଗଲା । ଦେଖୁ ଦେଖୁ ଅନ୍ଧାର ଘୋଟି ଆସିଲା । ତା' ସାଙ୍ଗକୁ ରାଉ ରାଉ ମେଘ ବି ମାଡ଼ି ଆସିଲା । ପାଣି ପବନ ଘାଣ୍ଟି ଚକଟି ହେଇ ଚାରିଆଡ଼କୁ ବେହୋସ୍ ପ୍ରାୟ କରିଦେଲା । ହଂସ ହଂସୀ ଦୁହେଁ ଆଉ ଗଛ ଡ଼ାଳରେ ଠେକି ରହି ପାରିଲେନି । ପାଣିରେ ସଡ଼ସଡ଼ ହେଇ ବଡ଼ କୋଠାର କାଛ ଉପରକୁ ଉଡ଼ିଗଲେ । ସେଇଠି ଝରକା କଡ଼ରେ ଲଟକି ରହିଲେ ।

ଭିତରକୁ ଥିର୍ କିନା ଅନେଇଲା ମା' ଚଢ଼େଇ । ଜାତି ଜାତି ଜିନିଷ ଭିତରେ ସାରା ଅଭୟାରଣ୍ୟର ଶୁଖିଲା ସେମେଟା ଶବଟା ଜଳ ଜଳ ଦଖାଯାଉଛି । ଶାଳ, ପିଆଶାଳ, ଶାଗୁଆନର ଖଣ୍ଡିଆ ଛିଣ୍ଡା ହାତ ଗୋଡ଼ ଆଉ କଙ୍କାଳ ଉପରେ ଧାଡ଼ିକି ଧାଡ଼ି ମଣିଷ । ବାଘଛାଲର କାଛ । ତାରି ଉପରେ ପିଟା ହରିଣ ମୁଣ୍ଡ । ମା' ଚଢ଼େଇ ମନ ଆତୁର ହେଲା । ବାପା ଚଢ଼େଇର ତାଗିଦ୍‌କୁ ଖାତିର ନ କରି ଉପର କାଚ଼ ଝରକା ପାଖକୁ ଖଣ୍ଡି ଉଡ଼ା ଦେଲା ।

ହାଉ ହାଉ ପବନ କୁଟୁଛି । ଅଛିଣ୍ଡା ସୂତା ଖିଅ ପରି ମେଘ ବଢ଼ି ବଢ଼ି ଚାଲିଛି । ବର୍ଷା ଛାଡ଼ିବାର ନାଁ ନାହିଁ । ଭିତରେ ହୋ ହଲ୍ଲା । ବାହାରେ ସବୁ ଶୂନଶାନ୍ । ଫଂପା ଲାଗୁଛି ଚାରିଆଡ଼ । ଛାତି ଭିତରଟା ଓଦା କାନ୍ଦୁରା ଲାଗୁଛି । ମା' ଚଢ଼େଇ କାଚ଼ ଫାଙ୍କରୁ ଭିତରକୁ ଚାହିଁଲା ।

ପରିବେଶ ସୁରକ୍ଷା କର୍ମଶାଳାର ଉଦ୍‌ଯାପନୀ ଉତ୍ସବରେ ଆୟୋଜିତ ରାତ୍ରିଭୋଜନ ଅବସରରେ କର୍ମଶାଳାର ଉଦ୍ୟୋକ୍ତା ମିଃ ଶର୍ମା ହାତରେ ଅଧଖିଆ ରୋଷ୍ଟ୍ ମହାରାନୀ ଖଣ୍ଡେ ଧରି ହଠାତ୍ ପାଟି କଲେ ।-

- "ହ୍ୱାଟ୍ ଏ ପ୍ଲିଜାଣ୍ଟ୍ ସର୍ପ୍ରାଇଜ୍ ! ପୁଣି ଗୋଟେ ସେଇ ରେଆର୍ ବ୍ରିଡ୍ ! ରୋଷ୍ଟ ମହାରାନୀର ମା' ଆସିଗଲା ନା କ'ଣ !! ଜଷ୍ଟ୍ ଲୁକ୍ ଦେଆର୍ !"

- "ମିଃ ଶର୍ମା ଆଜି ଟିକେ ବେଶୀ ଚଢ଼େଇ ଦେଇଛନ୍ତି ବୋଧହୁଏ। ଗଣ୍ୟମାନ୍ୟ ଅତିଥିଙ୍କ ଭିତରୁ ଜଣେ ହସି କହିଲେ।

- "ଆରେ ନା, ନା, ମିଃ ଶର୍ମା ରିସେଣ୍ଟ୍ଲି ରନ୍ ସିନେମାଟା ଦେଖିଛନ୍ତି ନିଶ୍ଚେ..." ଆଉ ଜଣେ କହିଲେ।

- "ପେଟ ଭିତରେ ଅଙ୍ଗ୍-ଅଙ୍ଗ୍ ଡ଼ାକୁଛି ନା କ'ଣ ମିଃଶର୍ମା। ..." ତା' ପଛକୁ ଆଉ ଜଣେ କହିଲେ।

ସମସ୍ତେ ଏକାସାଙ୍ଗରେ ହୋ ହୋ। ହେଇ ହସିଲେ।

ଫାଙ୍କା ଶୂନ୍ୟକୁ ଚାହିଁ ମା' ଚଢ଼େଇ ଡ଼ହଳ ବିକଳ ହେଲା। ନଖରେ କାଚ଼ ଖଣ୍ଡିକୁ ଜାପ୍‌ଟି ଧରୁ ଧରୁ ଥରକୁ ଥର ଖସି ପଡୁଥାଏ। କାଳିସୀ ଲାଗିଲା ପରି ଭିଡ଼ିମୋଡ଼ି ହେଉ ହେଉ ଶୀତଳ କାଚ଼ଖଣ୍ଡିକ ଉପରେ ତା' ଆଖି କଣରୁ କେଇ ଟୋପା ଲୁହ ଖସିପଡ଼ିଲା।

- "ବିଲିଭ୍ ମି, ଜଷ୍ଟ୍ ଲୁକ୍ ଦେୟାର୍ !"

ହୋ ହୋ ହସୁହସୁ ସମସ୍ତେ ଉପରକୁ ଚାହିଁଲେ। ସମସ୍ତଙ୍କୁ ଚକିତ କରିଦେଇ ନିଷ୍କରୁଣ କାଚ଼ର କାଗଜରେ ଲୁହଟୋପା ମାନ ଅକ୍ଷର ପାଲଟି ଯାଉଥିଲା-

ମା' ନିଷାଦ...

ସାବିତ୍ରୀ

- "କିଲୋ ସାବି, କେତେ ନଇବେଦ ଜାଡୁଛୁ କିଲୋ ? ଏ ଖଇଫୁଟା ତାତିରେ କିଏ ଭଲା ତତେ ଟାକିଥିବ ?"

- "ହଃ, ଯେତେ ଘିଅଦୀପ ଜାଳି ପୂଜା କାଢ଼ିଲେ କୋଉ ସତୁଟା ଫେରି ଆସୁଛି ଯେ, ସବୁ ବର୍ଷ ସେମିତି ବରଗଛର ପାଦୁକା ପାଇ ଅମାବାସ୍ୟା ମନାଉଥା, ତେଣେ ତୋ ନାଗର ବର..."

- "ଯାହା ବି ଆସିଥାନ୍ତା, ଆଉ ଏ ଖଣ୍ଡିଆ ଭୂତକୁ..."

- "ଆଲୋ ତୁନି ହ, ଆଜି ଉପବାସଟା, ବିଚାରୀ..." ଆଉଜଣେ ଫିସ୍‌ଫିସ୍ ହେଇ ତାଗିଦା କଲା ।

- "ତାତିରେ ଯଦି ପାଦର ଚମ ଉତୁରି ଯାଉଛି, ତମେ ଯାଅ ଭାରି ମୁଁ ପୂଜା ସଜିଲ୍ କରି ସାରିଲେ ସିନା ଯିବି ।" ଘର ଭିତରୁ ସାବିତ୍ରୀ ଝାଡ଼ି ହେଲାପରି କହିଲା ।

- "ହଃ, ଇଏ ତ ଖୋଦ୍ ଦେବୀ ସାବିତ୍ରୀ, ସେତ ଏକୁଟିଆ ଗମିଲା ଜେମା । ଚାଲ ଯିବା ଭାରି ।" ଏଇଯ୍ଯା କହି ପିତେଇମା' ସାଇ ମାଈକିନାଙ୍କୁ ଗୋରୁ ଘଉଡ଼ିଲା ପରି ଭାବବତ ଟୁଙ୍ଗୀକୁ ଘଉଡ଼ି ନେଲା ।

ଏମିତି ଟିହେଇଲା କଥା ଶୁଣିଲେ ତା' ଦିହରେ ଚିଆଁ ଲାଗେ । ତା' ସ୍ଵାମୀ ବରଷକୁ ଥରେ ଆସୁ କି ନ ଆସୁ ସାଇ ମାଈକିନାଙ୍କ ସବୁଥିରେ ନାକ ଗଳେଇବା ନୀତି । ଭଟର ଭଟର ହେଇ ଦୁନିଆଁ ଗୁମର ପଦାରେ ପକେଇବେ । ଯାଆନ୍ତୁ, ଭଲ । ସେ ଏକୁଟିଆ ଯିବ । ବିହ୍ନି ପାତିରେ କମକୁଟକରା ପୂଜା ଥାଳିରେ ପାଚିଲା ଆମ୍ବ, ପଣସ, ତାଳ ସଜ, ନଡ଼ିଆ, ଧୂଆମୁଗ, ଅରୁଆ ଚାଉଳ, ଦୁବ, ଫୁଲ ନୂଆଁ ଚୁଡ଼ି, ସିନ୍ଦୁର ସବୁ ବାଢ଼ି ରଖିଲା । ପେଡ଼ିରେ ସାଇତା ବାନ୍ଧ ଧଡ଼ିର ମେଘୀ ରଙ୍ଗ

ଶାଢ଼ୀଟାକୁ ବାଗରେ ପିନ୍ଧିଲା । ପିନ୍ଧୁ ପିନ୍ଧୁ ତା' ଆଖିଟା ଘଡ଼ିଏ ପାଇଁ ତା' ବାଁ ପାଖ ଛାତିରେ ଲାଖିଗଲା । କ'ଣ ଭାବି ପୁଣି ନଜରଟାକୁ ସେଉଠୁ ହଟେଇ ଆଣିଲା । ତରତର ହେଇ ଭାଗବତ ଟୁଙ୍ଗୀ ଆଡ଼େ ମୁହାଁଇଲା ସାବିତ୍ରୀ ।

ଟୁଙ୍ଗୀରେ ପହଞ୍ଚିଲାବେଳକୁ ଗୁଡ଼ାଏ ବେଳ ହେଇ ଯାଇଥିଲା । ପୂଜାଶାଳରେ ବ୍ରାହ୍ମଣ ଗୋସେଇଁ ପୂଜା କର୍ମ ଆରମ୍ଭ କରିବା ଉପରେ । ଶିଳପୁଆକୁ ପଞ୍ଚାମୃତ ପାଣିରେ ଗାଧୋଇ, ନୂଆଁ ନାଲି ଛିଟ କନା ପିନ୍ଧାଇ ସାବିତ୍ରୀ ଦେବୀ ନାଁ ଧରି ଥାପନା ହେଇଛି । ଧୂପ ଦୀପ, ଗନ୍ଧ କର୍ପୂର ଫୁଲରେ ସଜା ହେଇଛି ଠାକୁରାଣୀଙ୍କି । ପଞ୍ଚବର୍ଣ୍ଣୀ ମୁରୁଜରେ ଗଣପତି ଘଟର ଥାପନା ହେଇଛି । ପାଖରେ ପାଚିଲା ଫଳ ଓ ଧୁଆ ମୁଗର ପସରା ମେଲିଛି । ମଣ୍ଡଳ ପାଖରେ ଥୁଆ ବରଡ଼ାଳ ଉପରେ ବ୍ରାହ୍ମଣ ଫୁଲ ଚନ୍ଦନ ଛିଟିକା ମାରୁଥା'ନ୍ତି । ଟୁଙ୍ଗୀଘରେ ସୋରିଷ ପକାଇବାକୁ ଜାଗା ନାହିଁ । ସାଇ ମାଇକିନାଠୁ ବଳି ଆହୁରି ପିଲାଛୁଆମାନେ ଚାରିଆଡ଼େ ବେଢ଼ି ଘୋ ଘା ରଡ଼ିରେ ଥାନ କଂପାଉଛନ୍ତି । ଘୋ ଘା ଭିତରେ ବ୍ରାହ୍ମଣ ଗୋସେଇଁଙ୍କ ପାଟିଟା ଖାଲି ପାକୁ ପାକୁ ହେଲା ପରି ଲାଗୁଛି । ଟୁଙ୍ଗୀ ପାହାଚ୍‌ରେ ଛିଡ଼ା ହେଇ ସେମିତି ଠିଆ ଠିଆ ତା'ର ଭୋଗ ବଢ଼େଇ ଦେଲା ସାବିତ୍ରୀ । ଝାଳରେ ଗୋଟାପଣେ ତିନ୍ତିଗଲାଣି । ଦି' ଚାରିଟା ପିଲାଙ୍କୁ ଜୋର୍ କରି ଘୁଞ୍ଚାଇ କଣକୁ ଜାଗା ଖଣ୍ଡେ କଲା । ଦେଖିଲା, ପିଲା ଚାରିଟା ତାରି ଆଡ଼କୁ ଅବାଗିଆ ଆଖିରେ ଚାହିଁଛନ୍ତି । କେଲି କେଉଟୁଣୀର ସାନବୋହୂ ମୁଚୁକି ମାରି ତାକୁ ଠାରୁଛି । ଆଖି ତଳକୁ କଲା ସାବି । ବାଁ ପାଖ ଛାତିରୁ ବ୍ଲାଉଜଟା ଟେକି ହେଇ ଉପରକୁ ପୁଚୁକା ପରି ଉଠିଛି । କାନି ପଣତଟାକୁ ଜୋର୍‌ରେ ଝିଙ୍କି ଦେଇ ଆଡ଼ ମୁହଁରେ ବସି ପଡ଼ିଲା । ଖରା ଧାସରେ ମୁହଁ ପୋଡୁଛି । ଘଡ଼ିଏ ବସିଲା ପରେ ମୁଣ୍ଡଟା ବି ଝାଇଁ ମାରିଲା । ମାଇକିନାଙ୍କ ଟୁପୁର ଟାପର, ପିଲାଛୁଆଙ୍କ ଘୋ ଘା ରଡ଼ି ଭିତରେ ଗୋସେଇଁ ସଭିଙ୍କ ହାତରେ ପାଞ୍ଚଥର ଫୁଲ ପକାଇଲେ । ଉପାସୀମାନେ ଯେଝା ଘିଅ ଦୀପ ଧରି ବନ୍ଦାଇଲେ । ଗୋସେଇଁ ମନ୍ତ୍ର ପଢ଼ି ପୂଜା ଉଜାଇଲେ- "ତ୍ୱତ୍ ପ୍ରସମଦା ଜଗନ୍ନାଥ ଦୀର୍ଘାୟୁରସ୍ତୁ ମେପତି ।" ମାଇକିନାଙ୍କ ମୁହଁରେ ପଇଟୁନି । ଅଳ୍ପବୟସୀ ବୋହୂ ତକ ମୁହଁରେ ଲୁଗା ଦେଇ ଖୁଲୁଖୁଲେଇ ହସିଲେ । ଆଉ ଥୋକେ ଗୋସେଇଁଙ୍କ ମନ୍ତ୍ରକୁ ସୁଧାରି ନିଜ ବାଗରେ ପଢ଼ିଲେ- "ମୋ ପତି ଆୟୁ ଆସୁ ।" ଆହୁରି ଥୋକେ ମନେ ମନେ କ'ଣ ଗୁଣୁ ଗୁଣେଇ ଠାକୁରାଣୀଙ୍କି ମୁଣ୍ଡିଆ ମାରିଲା ପରେ ଗୋସେଇଁଙ୍କୁ ମୁଣ୍ଡିଆ ମାରିଲେ । ଗୋସେଇଁଙ୍କର "ଅହ୍ୟ ସୁଲକ୍ଷଣୀ ଭବ" ଆର୍ଶିବାଦ ଦେଲେ ସାବିତ୍ରୀ ଘରମୁହାଁ ହେଲା । ବାଟସାରା ବ୍ରାହ୍ମଣ ଗୋସେଇଁଙ୍କ ମନ୍ତ୍ରକୁ ଖଣ୍ଡିଆ ବୋଲିରେ ପଢ଼ିଲା ପରି

ତୁନି ତୁନି କହୁଥାଏ 'ଆୟୁ ଅସ୍ତୁ'। କହୁ କହୁ ମୁଣ୍ଡରେ ଛାତିରେ ହାତ ମାରିଲା। ବରଷ ଗଡୁ, ଭେଟ ନ ପଡୁ ପଛକେ ସେତ ତାରି ଗେରସ୍ତ, ତାରି ପିଲାର ବାପ। ସଂସାରରେ କୋଉ ବାପ ଭଲା ପିଲା ପାଳେ ଯେ ଦିନରାତି ପାଖରେ ନ ରହିଲେ ଭାସି ଯାଉଛି। ପିଲାଙ୍କ ପାଇଁ ବାପର ଛାଇ ଦରକାର। ତାରି ନିଜ ପିଲା କୁଟୁମ୍ବ ପାଇଁ ତ ସେ ଯାଇ କୋଉ ଅପନ୍ତରାରେ ଖଟୁଛି। ଭାବୁ ଭାବୁ ଆଖିଟା ତା'ର ଜକେଇ ଆସିଲା। କୋଉଠି ଥିବ, କ'ଣ ଖାଉଥିବ କେଜାଣି। ତାରି ହାତରନ୍ଧା ବେସର ତିଅଣକୁ କେତେ ସୁଖ ପାଏ ସତୁ। ଏବେ ଆଉ ବେସର ବାଟିବାକୁ ଶିଳକୁ ତା'ର ଆଉ ହାତ ଚଳୁନାଇଁ। ବାଁ ହାତରେ ଟେକା ଥାଳିକୁ ବାଗରେ ରଖୁ ରଖୁ ପୁଣି ଭାବିଲା, ନ ହେଲେ ନ ହେଉ ପଛେ, ଲୁଣ ଭାତ ଖାଇ ରହିବେ। ଏ ଗାଁରେ ତ ଫେର୍ ଆଉ ପାଞ୍ଚଜଣ ଏମିତି ଶାଗ ଭାତ ଖାଇ ରହୁଛନ୍ତି। ଏଥର ଆସିଲେ ସତିଆକୁ ସେ ଆଉ କେବେ ଛାଡ଼ିବ ନାଇଁ।

ତା' ପାଦ ଶବ୍ଦ ଶୁଣି ଅନ୍ଧୁଣୀ ଶାଶୁବୁଢ଼ୀ କହିଲା- "ଆସିଲୁ କିଲୋ ବୋହୁ। ଯା, ବଟ ମୂଳରେ ପାଣି ଢ଼ାଳି ଦେଇ ଭୋଗ ପାଇଯା। ଖରାଦିନ। ଦିହ ଝୋଲା ମାରିବଣି। ଏ ସାନ ପିଲାଟା ଏତେ ବଡ଼ ଝାଉ ଖରାରେ କୋଉଠି ବୁଲୁଛି କେଜାଣି। ସେତେବେଳୁ ଯାଇଛି ଯେ ଯାଇଛି।"

ହୁଁ ମାରି ସାବି ମେଲା ଅଗଣାରେ ଥୁଆ ମାଟି ହାଣ୍ଡିର ବରଗଛରେ ପାଣି ଢ଼ାଳିଲା। ପାଦୁକା ପାଇଲା। ଉପାସୀମାନେ ଯେଝା ସ୍ୱାମୀର ପାଦୁକା ପାଣି ପାଉଥିବେ। ତିନି ବରଷ ହେଲା ସେ ତ ଏଇୟା କରି ଆସୁଛି। ପୁଅ ଦୋଷ, ତା' ମନକୁ ଲାଗୁଥିବ ନା କ'ଣ ଯେ ଆଜି ଦିନଟା ଭାରି କଅଁଳ କରି କଥା କହେ ତା ଶାଶୁ। ବାକି ଦିନରେ ରାହାବାଳୀ। ହାତରେ ଲାଖ ଚୁଡ଼ି ପିନ୍ଧି ଆଉ ବ୍ରତ ବାନ୍ଧି ଶାଶୁଙ୍କୁ ମୁଣ୍ଡିଆ ମାରିଲା। ମହରଗ ଜିନିଷଟେ ପାଇଗଲା ପରି ପୁଲୁକେଇ କହିଲା, "ତୋ ହାତ କାଚ଼ ବଜର ହଉଲୋ, ଅହିଅ ସୁଲକ୍ଷଣୀ ହେଇ ଥା... ମୋ ସତୁଟା ଲେଉଟି ଆସୁ... କୋଉ ବାହାର ଭଟାରେ ମୋ ପିଲାଟା..." ବୁଢୀ ନାକ ସୁଁ ସୁଁ ହେଇ ଆଖି ପୋଛିଲା। ବୁଢ଼ୀର ସୋଆଗ ଦେଖ ଆହୁରି, ମନେ ମନେ ଭାବିଲା ସାବି। ଆଖି କି ଦେଖାଯାଉ ନ ଥିଲା। ଘରେ ଆଉ କିଛି ନ କଲେ ପିଲା ଦି'ଟାଙ୍କୁ ହେଲେ ସମ୍ଭାଳିବ ଭାବି ବାସନକୁସନ ବନ୍ଧା ରଖି ବାରକୋଟ ଡ଼ାକ୍ତରଖାନାରେ ବୁଢ଼ୀର ଆଖି ଅପରେସନ୍ କରେଇ ଆଣିଲା। ୟା'ଘରେ ତା' ଘରେ ଛୁଆ ଛାଡ଼ି ଆଠଦିନ କାଳ ଜଗିଲା। ହେଲେ ଯୋଗକୁ ଆଖିଟା ସେମିତି ଜାଲୁ ଜାଲୁଆ ହେଇ ରହିଗଲା। କିଛି ତ କାମରେ ଆସିଲା ନାହିଁ। ଓଲଟି ତାରି ମୁଣ୍ଡରେ ଫେଜ

ତୋରାଣିର ବୋଝ ହେଇ ରହିଲା । ତାରି ପିଲାଙ୍କ ପେଟରୁ କାଟି ୟାକୁ ଖୁଆଉଛି । ତା' ଉପରେ ପୁଣି ଟିକିଏ କଥା ପଡ଼ିଲେ ଯୋର୍ ଧରି ସଂପାକଟା ଲଗେଇଦିଏ- "ପତର ଖାଇ, ଅଲକ୍ଷଣୀ, ତୋରି ପାଇଁ ମୋ ପୁଅ ଦେଶାନ୍ତରୀ ହେଲ । ଗାଁ ମାଟି ଛାଡ଼ିଲା..." ଏମିତିକେତେ କ'ଣ । ତେଣେ ତିନି ବରଷ ହେଲା ପୁଅର ଦେଖା ନାଇଁ କି ପଇସାଏ ଅଧଲାଏର ସୋର୍ ଶବ୍ଦ ନାଇଁ । ନିତିଦିନିଆ ସଞ୍ଜାପରି ଏଥିରେ ତା'ର ମନଟା ଯେମିତି ଆରେଇ ଗଲାଣି ।

ଧୂଆମୁଗ କେତେଟା ପାଟିରେ ନ ପକାଉଣୁ ପେଟଟା କେମିତି ଆଉଟି ହେଲା । ଭୋଗ ଦନାରୁ ଡାଲ ସଜ ଟିକେ ପାଟିରେ ଦେଇ ପାଣି ଢ଼ୋକିଲା ସାବି । ଥକା ଆଖିରେ ବାହାରର ଝାଞ୍ଜି ପବନକୁ ଚାହିଁଲା । ଛୁଆଦି'ଟା ବାତରା ପରି କୋଉଠି ବୁଲୁଥିଲେ କେଜାଣି, ଧାଇଁ ଆସି ଭୋଗ ଦନା ଦୁଇଟା ଉଠାଇ ପୁଣି ଧାଇଁ କିନା ବାହାରକୁ ଚାଲିଗଲେ । କ'ଣ ମନ ହେଲା କେଜାଣି, ଆରିସିଟା ଆଣି ସାମ୍ନାରେ ଧରି ବସିପଡ଼ିଲା ସାବିତ୍ରୀ । ହାଡୁଆ ଗାଲ ଦି'ଟା ଖରା ସିଝା ହେଇ ସେମେଟି ଗଲାଣି । ଆଖିରେ ଆଉ ଧାସ ନାଇଁ । ଥକା ହେଇ କାଚ଼ଟା ଭିତରେ ନିଜକୁ ନିଜେ ପୁଣି ଥରେ ଚାହିଁଲା । ଝାଳ ସରସର ବେକ ମୂଳରୁ ହାତଟା ବୁଲାଇ ଆଣୁ ଆଣୁ ବାଁ ପଟ ଛାତିର ଆବୁଡ଼ା ଖାବୁଡ଼ା ଜାଗାଟିରେ ହାତଟା ରହିଗଲା । ନିଜ ପାଖରେ ନିଜେ ସାଙ୍କୁରି ଗଲା ସାବିତ୍ରୀ । ବର୍ଷକ ତଳ ଛାତି ଉପର ଆଉ ଛାତି ତଳର ଘା'କୁ ନିଜ ହାତରେ ଉଖାରି ଦେଲା ଯେମିତି । 'ଥନହରା' ରୋଗରେ ତା'ର ଛାତି ଟଣକିଲା । ଦିନେ ଛୁଆପିଲାଙ୍କ ମୁହଁରେ ଆଧାର ହେଇ କ୍ଷୀର ଭରୁଥିବା ଛାତିରେ ପୂଜ ଭରିଲା । ବାଲି ଜିଆ ପରି ଶିରାଟି ମାନ ଉପରକୁ ଫାଟିଲେ । ଗାଁର ତୁଟୁକା ତୁଟୁକି, କଂପାଉଣ୍ଡରଠୁ ବଟିକା ଖାଇ ଖାଲି ଦିନ ଗଡ଼ିଲା । ରୋଗ ବଢ଼ିଲା । ରକ୍ତପୂଜ ସାଲୁବାଲୁ ଛାତିଟାକୁ ନେଇ ବାରକୋଟ୍ ଡ଼ାକ୍ତରଖାନାରୁ ବଡ଼ ଡ଼ାକ୍ତରଖାନାକୁ ଗଲା ସାବି । ସେଠି ଜାଣିଲା ଥନହରାଟା କେନ୍‌ସର ବେମାରୀ । ରକ୍ତ ପୂଜରେ ଟଣକା ଥନଟାକୁ କାଟି ଫିଙ୍ଗାହେଲା । ତା' ସାଙ୍ଗରେ ସତିଆର ହାତ ଆଉ ମୁହଁର ଜାବ ବି ଚାଲିଗଲା । ମନଟା ବି କଟାମୁଣ୍ଡ ପରି ବାଏଁ ବାଏଁ କୁଆଡ଼େ ଗଡ଼ିଗଲା ଯେ, ଖୋଜିଲେ ମିଳିବାକୁ ନାଇଁ । ତା'ର ଭରାପୁରା ଦିହଟାକୁ ଆଉଥରେ ଭାବିଲେ ବି ନିଜ ଆଖିରେ ଦେଖି ପାରୁ ନାଇଁ ସେ । ଗୋଟେ ପିଲାର ମା' ହେଲା ପରେ ବି ତା' ଦିହରେ ଭାଙ୍ଗ ପଡ଼ି ନ ଥିବାର ଦେଖି ସାଇ ମାଇକିନା ମାନେ ଗମାତ କରି କହନ୍ତି, "ଏ ମଉନ ମୁହଁ ସତିଆଟା ତତେ କ'ଣ ଖୋଉଛି କିଲୋ ସାବି, ତୋର ପୁଅାତି ଦିହ ଭାଙ୍ଗୁନି, ତୁ ତ ଖାଲି ଫାଟୁଛୁ ।" ରାତି

ଅନ୍ଧାରରେ, ସାରାଦିନ ଲୋଟଣୀ ପାରା ପରି ଖଟିଥିବା ତା' ଦିହଟାକୁ ସତିଆ ତା'ର ବଳିଲା ବାହା ଦି'ଟାରେ ଭିଡ଼ି ଧରି ଚୁପିଚୁପି କହେ, "ତୁ ତ ମୋର ଗୁଣ୍ଡୁଣୀ ହାତୀ ଲୋ।" ନଜର ପଡ଼ିଯିବ କହି ଓଠ ଅଗରେ ତା' କାନମୂଳରେ ଛେପ ଲଗାଏ। ଉଲୁସି ଯାଏ ସାବି। ଦମକାଏ ଗରମ ପବନ ତାକୁ ଚମକାଇ ଦେଇ ତା' ଖଣ୍ଡିଆ ଦିହ ଭିତରକୁ ତାକୁ ଡ଼ାକି ଆଣିଲା। ଖଣ୍ଡିଆ ମେଲା ଛାତିକୁ ଗାଡ଼େଇ ଚାହିଁ ସେ ଭୂତ ଦେଖିଲା ପରି ଡ଼ରିଗଲା। ନିଷ୍କରୁଣ ଝାଞ୍ଜିଖରାରେ ଏକଲା ହେବାର ଭୟ, ପେଜ ତୋରାଣିର ଭୟ, ସତିଆର ଖାଲିପଣର ଭୟ, ପିଲା ବଢ଼େଇବାର ଭୟ, ତା'ର ନିଚୁଡ଼ା ଦିହର ଭୟ ସବୁ ଏଇ ମଉକାରେ ତା' ଉପରେ ମାଡ଼ି ବସିଲେ ଯେମିତି। ତା' ଚାରିଆଡ଼େ ଠେଙ୍ଗାଭୂତ ପରି ଏମିତି ମାଳ ମାଳ ଭୟ ଠିଆ ହେଇ ବାଟ ଓଗାଳିଛନ୍ତି ଅବା। ସେଇ ଡ଼ର ମାଡ଼ିଯାଉଛି ତା' ଦେହସାରା। ହାଡ଼ ଚମ ବୟସକୁ ଫାଙ୍କୁଛି। କୋଲ ମାରୁଛି ଚମ ତଳ ନିଆଁ। ଆଉ ତାକୁ ଲାଗୁଛି, ସାଇପଡ଼ିଶାଠାରୁ ଆରମ୍ଭ କରି ଏ ସାରା ଦୁନିଆଁଟା ଯେମିତି ବଧିରା ହୋଇଯାଇଛି। ଶାଶୁବୋହୂ କଳିରେ, ଛିଣ୍ଡା କୋତରା ଜିଉଁଣା ଖାଉଣାରେ ତା'ର ଡ଼ର ଭୟର ଯେତେ ଧେଣ୍ଡୁରା ବାଜିଲେ ବି କାହାକୁ ଶୁଭୁନି। ନିତିଦିନ ଘରପୋଡ଼ି, ନଈବଢ଼ି, ବୋହୁପୋଡ଼ି, ଶିଶୁବଳି, ଟଣାଭିଡ଼ା, ଭାଗ ବଣ୍ଟୁରା, ହାଣହାଟ ଦେଖି ଦେଖି ବେହିୟାମିରେ ଆଗେଇ ଯାଇଥିବା ମନଟି ମାନ ତାରି ଗଞ୍ଜଣା ଦେଖି ଭଲା କିଆଁ ତାକିବ ଯେ ? ଆଉ ଗୋଟେ କଥା, ଯା'ର ସଂସାର ତା' କାନରେ ତ ଏ ଦୁନିଆଁ ଅଦଉତି ଶବଦ ପହଞ୍ଚି ପାରୁ ନାଇଁ, ଆଉ କାହା କଥା ଭଲା ସେ କ'ଣ ପାଇଁ କରିବ। ଆଗେ ଆଗେ କେବେ କେମିତି ଦେଡଶ' ଦୁଇଶ' ଡ଼ାକରେ ନ ହେଲେ ଗାଁ ଫେରନ୍ତି ୟା ତା' ହାତରେ ଆସୁଥିଲା। ଏବେ ସେତକ ବି ନାହିଁ। ପେଟରେ ଦୁଇମାସରେ ପିଲା ରଖିଦେଇ ବାହାରିଗଲା ପିଲା ପୋଷିବାର ଖୋରାକି ପାଇଁ। ନଅ ମାସ ପଶିଛି କି ନାଇଁ ପେଟରୁ ହଳଦୀଗଣ୍ଠି ହେଇ ପିଲାଟା ବାହାରିଲା। ନୋଳି ନୋଥ ଯାହାଥିଲା ବନ୍ଧା ପକାଇ ପୁଣି ବାରକୋଟ ଧାଇଁଲା। ଭୋକ ଶୋଷ ଦିହକଷ୍ଟକୁ ଜାକିଜୁକି ରଖି ଦରଭଙ୍ଗା ଡ଼ାକ୍ତରଖାନାରେ, ଡ଼ାକ୍ତର, ନର୍ସ, ମେହେନ୍ତର, ମଶା, ଡ଼ାଆଁଶ, ମୂଷା ଆଉ ବିଲେଇ କୁକୁରଙ୍କ ମେଳରେ ପନ୍ଦର ଦିନ ଅଧିଆ ପଡ଼ିଲା। ପନ୍ଦର ଦିନ ପରେ ଛୁଆର ହଳଦୀ ଗଣ୍ଠିଆ ଦିହଟା ବରଫ ଖଣ୍ଡେ ହେଇଗଲା। ଖଟିଆ ମୁଣ୍ଡରେ ମଲା ଛୁଆଟାର ବରଫ ହେମାଳ ଦିହ ଉପରେ ହାତଟା ରଖି ମେଲା ଆଖିରେ ଚାହିଁ ରହିଥାଏ। ଖଟିଆଟା ଜଲ୍‌ଦି ଖାଲି କରିବାକୁ ଜଣେ ଆସି ତାଗିଦା କରି ଦେଇଗଲା। ମେହେନ୍ତରଟାଏ ଆସି ତା' ସାଙ୍ଗରେ ମୂଲ

କଲା । ଛିଣ୍ଡିଲା ତିରିଶରେ । କାନିରେ ବନ୍ଧା ଟଙ୍କା ତିରିଶଟା ସହିତ ଛୁଆର ହେମାଳ ଦିହଟାକୁ ମେହେନ୍ତର ହାତକୁ ବଢ଼େଇ ଦେଲା । ନୀତି ନିୟମରେ ବି ତା' ଆଖିରୁ ଲୁହ ଖସିଲାନି । କାରଣ ନୀତି ନିୟମରେ ବି ତାକୁ ବୋଧ ଦେବାକୁ ସେଠି କେହି ନ ଥିଲେ । ସେମିତି ଏକମୁହାଁ ହେଇ ଚାଲି ଚାଲି ଆସିଲା ନଅ ଗାଁ । ବାରକୋଟରୁ ନଅଗାଁ ବାର କୋଶରୁ ବେଶୀ ବାଟ । ବାଟରେ ପାଖ ଗାଁର କିଆ ଗୋହିରୀ, ଚାକୁଣ୍ଡା ଭୁତିଆରୀ ବୁଦା, ଦଳୁଆ ପୋଖରୀ ପାରି ହୋଇ ଆସୁ ଆସୁ ବୋଝେ ଜାଳ ଗୋଟେଇଲା । ଗାଁ ମୁଣ୍ଡରେ ପହଞ୍ଚିଲା ବେଳକୁ ମୁହଁ ସଞ୍ଜ । ସେଥିରେ ପୁଣି ମୁଣ୍ଡରେ ବୋଝେ କାଠ । ଥକା ନ ମାରୁଣୁ ଚୂଲି ଲଗେଇ ହାଣ୍ଡି ବସେଇଲା ସାବିତ୍ରୀ । ସତିଆର ଏଇ ପଖାଳ ତୋରାଣି, ଛିଣ୍ଡା ହେଁସ, ଭଙ୍ଗା କାଛ, ରୋଗ ବଇରାଗ ଆଉ ମଲା ଜିଇଁଲାର ସଂସାରକୁ ସେ ତା'ର ଦମ୍‌ର ଡ଼ୋରିରେ ଟାଣି ଚାଲିଛି । ସେ ବି ଏକୁଟିଆ । ତିନି ବରଷ ହେଇଗଲା । ସତିଆ ଆସିଲେ ଦେଖି ବଳେ ବୁଝିଯିବ ନାଇଁକି । ସାବିତ୍ରୀ ଭାବିଲା ।

- "ଆଲୋ ସାବି, ଆଜି କ'ଣ ଚୁଲି ଲଗାଇବୁ ନାଇଁକି । ତୋରି ସିନା ଉପାସ... ସତୁଟା ଗଲା ଯେ ଗଲା... କିଛି ଖବର ଅନ୍ତର ନାଇଁ । ଏଥର ଆସିଲେ ତୋ ସାନପିଲାଟା ତା' ବାପକୁ ଚିହ୍ନୁଛି କି ନାଇଁ । ଦେଖ୍ ବା ।" ଧୂଷା ମା' କେଂପେଇ ଆସି ଅଗଣା ମୁହଁରେ କହିଲା ।

- "ହଃ, ଆସିଲେ ସିନା ।" ନିଜ ଅଜାଣତରେ ସାବିତ୍ରୀ ପାଟିରୁ ବାହାରି ପଡ଼ିଲା ।

- "ଆଜି ପରା ଦିନରେ ଯେ କି କଥା ମୁହଁରେ ଆଣୁଛି ଦେଖ । ମା', ମାଇପ, ଘରଦ୍ୱାର ଛାଡ଼ି ମୋ ପିଲା ତେଣେ ୟାଙ୍କରି ପାଇଁ କୋଉ ଲଙ୍କା ବିଲଙ୍କାରେ ଯାଇ ଖଟୁଛି... ସେ କୋଉ ଉଞ୍ଚ କୋଠାରେ ରହି ମଟର ଚଢ଼ି ବୁଲୁଛି ଯେ ୟାର ମାନ ଦେଖ । ଆଉ କ'ଣ କେହି ଏ ଗାଁ ଛାଡ଼ି ସୁରତ ଯାଇନି । ହେଇ ତଳ ସାଇର ନଟିଆ, ସଦା, ଟଙ୍କ ଆହୁରି କେତେ । ଆଉ କାହା କଥା ପଡୁନି । ଏ ଗାଁ ମାଇକିନାଙ୍କ ଖାଲି ମୋରି ପୁଅଟା ଉପରେ ନଜର..."

କଥାର ସୁଅ ତାରି ଆଡ଼କୁ ମାଡ଼ି ଆସୁଥିବାର ଦେଖି ଧୂଷାମା' ମୁହଁ ମୋଡ଼ି ଦେଇ ସେଠୁ କେଂପେଇ କେଂପେଇ ଚାଲିଗଲା ।

ପିଲା ଦୁଇଟା ଛିଣ୍ଡା କନାଟାକୁ ଟାଣି ଟାଣିକା ଘରଟା ଭିତରେ ଘୋ ଘା' ହେଇ ଶୁଖୁଆ ହାଟ ବସେଇଥାନ୍ତି । ଦୁହିଁଙ୍କ ପିଠିରେ ଦି' ଚାରିଟା ବସେଇ ଦେଲା ସାବି । ଦୁହେଁଯାକ ରଡ଼ି ଛାଡ଼ି ଗାଁ ଦାଣ୍ଡରେ ପିଲାଙ୍କ ଘୋ ଘା'ରେ ମିଶିଗଲେ ।

ଘଡ଼ିଏ ନ ଯାଉଣୁ ଶାଶୁବୁଢ଼ୀ ଖଟିଆ ପାରିଲା । ସାବି ବୁଝିଲା, ଏବେ ବାଡ଼ି ନ ଦେଲେ ବୁଢ଼ୀ ସେମିତି ଶୋଇ ପଡ଼ିବ ଯେ ଆଉ ଯେତେ ଉଠାଇଲେ ସୁଦ୍ଧା ଉଠିବ ନାହିଁ । ତଣ୍ଟିରେ ତା'ର କଣ୍ଟା ପରି ଅଟକିଛି । ଖାଲି ମାଟି ମେଦ ପରି ଖାଇପିଇ କି ବସିଛି । ଦି କେରା ଶାଗ ଖରଡ଼ି ପିଲାଙ୍କ ସଙ୍ଗରେ ତାକୁ ପଖାଳ ତୋରାଣି ବାଡ଼ି ଦେଲା । ଖଟିଆରେ ଭୁଟୁର ଭାଟର ହେଇ ତିନିହେଁ ଘଡ଼ିଏ ପରେ ଶୋଇ ପଡ଼ିଲେ । ଅନ୍ଧାରରେ ଅଗଣାର ଖୁମ୍ବକୁ ଆଉଜି ସେମିତି ମେଲା ଆଖିରେ ଚାହିଁ ରହିଲା । ତାକୁ ଲାଗିଲା, ଯେମିତି ଏଇ ନିତିଦିନିଆ ଖାଦି ଖଦିର ଖଟଣି ଆଉ ଧୂଷା ମା' ପରି ସାଇ ପଡ଼ିଶାଙ୍କ ଆହା ଚୁଃ ଚୁଃ ଭିତରେ ସେ ଆହୁରି ଆହୁରି ଦୂରକୁ ଠେଲି ହେଇଯାଉଛି । ଜ୍ୟେଷ୍ଠର ଝାଉମରା ପବନ ପରି ଖାଁ ଖାଁ ରାଆଲଗା ତତଲା ନିଶ୍ୱାସରେ ସେ କୁଆଡ଼କୁ ନାଇଁ କୁଆଡ଼କୁ ବହିଯାଉଛି । ଧକେଇ ଧକେଇ ଡ଼ୋରି ଟାଣିବାକୁ ତା'ର ଆଉ ବଳ ପାଉ ନାଇଁ । ନା, ଆଉ ନାଇଁ । ଏଥର ସତିଆ ଆସୁ, ସେ ସିଧା କହିଦେବ । ହାଡ଼ ମାଂସ ଚୂନା ଚୂନା କରି ସେ ଆଉ ଏକୁଟିଆ ଏ ଭାର ସମ୍ଭାଳି ପାରିବ ନାଇଁ । ମନ ଭିତରେ କିଏ ସେମିତି ତାରି କଥାକୁ କୁହାଟ ମାରିଲା- "ହୁଃ ଆସିଲେ ସିନା ।"

ଆଉ ଖଟିଆକୁ ଗଲା ନାଇଁ ସାବି । ଖାଲି ଅଗଣାରେ ପଣତକାନି ବିଛେଇ ଗଡ଼ି ପଡ଼ିଲା । ଝୋଲାମରା ଦିହରେ ରାତି ଅଧ ଯାଏଁ ଗରମ ପବନ ପିଟିଲା । ତା'ପରେ ଯାଇ ଆଖି ପତା ଲାଗିଲା । କଳା ମିଚ଼ିମିଚ଼ି ଅନ୍ଧାରରେ ତା' କାନକୁ ଖୁରାର ଶବ୍ଦ ଶୁଭିଲା । ମହିଷି ଖୁରାର ଶବ୍ଦ ତା' କାନ ପରଦାରେ ବାଟୁଳି ଖଡ଼ାର ଗୁଳି ପରି ବିନ୍ଧୁଛି । ଅନ୍ଧାର ବୋଝରେ ତା'ର ଆଖି କାନ ରୁନ୍ଧି ହେଇ ଯାଉଛି । ମହିଷି ଉପରେ ଅନ୍ଧାରି ଗଡ଼ଣରେ ମୂର୍ତ୍ତି । ମୂର୍ତ୍ତି ହାତରେ ବୋଡ଼ା ସାପର ଲାଙ୍ଗୁଡ଼ । ତାରି ଅସାଡ଼ ଦିହ ଉପରେ ପାହାରକୁ ପାହାର ବୋଡ଼ା ସାପ ଲାଙ୍ଗୁଡ଼ର ବେତ ବସୁଛି... ଉବେଇ ଟୁବେଇ ଅସ୍ଥିର ଉଦ୍‌ବେଳ ହେଇପଡୁଛି ସେ କଳା ବଢ଼ି ପାଣିରେ । ତାରି ପ୍ରଖର ତୋଡ଼୍‌ରେ ତଡ଼ି ହେଇ ଯାଉଛି । କୂଳ କିନାରା ପାଉ ନାଇଁ । ସତୁର ପିନ୍ଧାଲୁଗାକୁ ଜାବୁଡ଼ି ଧରୁଛି ସାବି । ତାକୁ ଯେମିତି ଲାଗୁଛି ସତୁ ଜାଣି ଶୁଣି ତା' ଲୁଗା କୁଞ୍ଚରୁ ସାବିର ହାତଟାକୁ ଖସେଇ ଦଉଛି । ନ ଜାଣିଲା ପରି ଅନ୍ଧାରି ସୁଅରେ ଭାସୁଛି । ତା' ପଛେ ପଛେ ଅଣନିଶ୍ୱାସୀ ହେଇ ସାବି ଧାଉଁଛି । ସତୁର ଲୁଗା ଯାଏଁ ତା'ର ହାତ ପାଉ ନାଇଁ । ଏମିତି ଗୋଡ଼େଇ ଗୋଡ଼େଇ ନିଜ ଆଡ଼କୁ ଟାଣିବାରେ ତା'ର ଆଉ ଦମ୍ ପାଉ ନାଇଁ । ଟଳ ଟଳ ପାଦରେ ଥରୁଛି ସେ... କଳା ନଈ ସେ ପାଖେ ନଅ ଗାଁର ସୁନା ଖରା ଭିଜା କ୍ଷେତ । ତରାଟ ମନ୍ଦାର ବଣ,

ଲୋଟଣୀ ଫଳ ବାରି, ଚିକ୍‌ମିକ୍ ଖରା। ବଢ଼ି ପାଣି ଲେଉଟା ପାଦ ପକାଉଛି। ସତୁର ନିପାଣିଆ ଦିହକୁ ସେ ଠେଲି ଦଉଛି... ତା' ହାଡୁଆ ହାତରେ। ଖରା ତେଜରେ ସତୁ ଜଳୁଛି- ଝଟକୁଛି। ତେଜରେ ଉଠୁଛି। ଆକାଶରେ ଡ଼େଣା ମେଲି ଉଡୁଛି...

- "ଆଲୋ ହେ ବୋହୂ, କ'ଣ ବିଡ୍ ବିଡ୍ ହଉଛୁ ସେଇ ପିଣ୍ଡାରେ। ଖଟିଆକୁ ଯାଉନୁ।" ଶାଶୂ ତା' ବଙ୍କୁଲୀ ବାଡ଼ିରେ ସାବିର ପିଠିରେ ଗେଞ୍ଜି ଦେଇ କହିଲା। ସାବି ଧଡ଼୍‌ପଡ଼୍ ହେଇ ଉଠିଲା। ଝାଳରେ ଦିହଟା ଗାଧୋଇ ପଡ଼ିଛି। ଆହୁରି ନିଃଶୋଷ ଲାଗୁଛି। ଲୋଟାଏ ପାଣି ଏକାଥରକେ ଢ଼କ ଢ଼କ କରି ପିଇଦେଲା। ରାତି ପାହିବାକୁ ଆହୁରି ଘଡ଼ିଏ ବାକି। ପାହାନ୍ତି ପହରରେ ପୁଣି ଏମିତି ଅବାଗିଆ ସ୍ୱପ୍ନଟାଏ ଦେଖିଲା। ମନଟା ତା'ର ଖଟ୍‌କା ଲାଗିଲା। ଆଉ ନିଦ ହେଲା ନାଇଁ। ସତୁ ଆଜି ମୁହଁ ମୁହଁ ଲାଗୁଛି। ଆସିବକି ଏଇ ଦିନେ ଦୁଇ ଦିନ ଭିତରେ। ତା'ପାଇଁ ଓପାସ କରୁଛି। ତାକୁ ବି 'କଣ ଏଇ ଦିନ ବାରରେ ସିଏ ମନେ ପକାଉ ନ ଥିବ। ଏଠି ଥିଲେ ଅମାବାସ୍ୟା ଆଗ ହାଟ ପାଳିଠାରୁ ସାବିର ମନପସନ୍ଦ ଲାଖ ଚୁଡ଼ି ସିନ୍ଦୁର ଘେନି ଆସେ ସତୁ। କେଉଁ ବର୍ଷ ସକ୍ଷ ହେଲେ ନୂଆ ଲୁଗା ଖଣ୍ଡେ ବି କିଣିକି ନେଇଆସେ। ଏସବୁ ତା'ର ନିଶ୍ଚେ ମନେ ପଡୁଥିବ। ଯେତେ ଦୂରରେ ଥିଲେ ବି ତ ସ୍ୱାମୀ-ସ୍ତ୍ରୀ। ଘର ମଣିଷ। ବାହାରେ ରହି ରହି କେତେଦିନ ଭଲା ମନଟାକୁ ବାନ୍ଧି ରଖିବ। ତା'ର ଏଇ ଅଭେକା ରୂପ ଦେଖି ସତୁ ନିଶ୍ଚେ ପସ୍ତେଇବ। ତାରି ପାଇଁ ସାବି ଏତେ ସରି ହେଲା ଭାବି ତାରି କୋଳରେ ମୁଣ୍ଡ ରଖି ଲୁହ ଢ଼ାଳିବ। ସତୁଟା ସବୁଦିନ ସେମିତି ମନ ମରା। ପିଲାଦିନରୁ ବାପଛେଉଣ୍ଡ ବୋଲି ମା'ର କାନି ଧରି ଧରି ବଢ଼ିଛି। ଟିକିଏ କ'ଣ ଏପାଖ ସେପାଖ ହେଲେ ମନଟା ମାରି ରହିଯାଏ। ସବୁକଥା ତା'ର ଭିତରେ ଭିତରେ। ହେଲେ ସେ ସତୁକୁ ସେମିତି ମନ ମାରି ରହିବାକୁ ଦବ ନାଇଁ। ତା'ର ହାଡୁଆ ଦିହରେ, ଶୁଖିଲା ଚମରେ ପୁଣି ଜୋର୍ ଆଣିବ, ଫେର୍ ତା' ସଂସାରକୁ ବାଗର କରିବ। ବୟସ ଥିଲା ଯାଏଁ ଦିହ, ତା'ପରେ ତ ମନଟା ମନକୁ ଆରେଇବ। ସାବି ଭାବିଲା। କାଉ କୁକୁଡ଼ା ରାବ ଦେଲେଣି। ସାବି ବାସି କାମରେ ହାତ ଦେଲା।

ସାବିତ୍ରୀ ଅମାବାସ୍ୟାର ବାସି ଦିନ। ବାପଘରେ ଆଇଁଷ ଭାତ ଖାନ୍ତି। ବାପଘରେ କିଏ ଭଲା ତା'ର ଅଛି ଯେ ତାକୁ ସତ୍କାର କରିବ। ଦି' ଭାଇରୁ ଜଣେ ଦେଶାନ୍ତରୀ। ପିଲା କୁଟୁମ୍ବ ଅନେବନେ ବୁଲୁଥିବାର। ଘରେ ବିଲୁଆ କୁକୁର ଭୁକିବା ଉପରେ। ଆଉ ଜଣକ ଶ୍ୱାସ ବେମାରୀ। ଅଧା ଦିନ ମରୁଛି ତ ଅଧା ଦିନ ଜିଉଁଛି।

ବୁଢ଼ା ବୁଢ଼ୀ ବାପ ମା'। କୋଉ କାଳରୁ ତାଙ୍କ ପାଟିରେ ଆଇଁଷ ଗନ୍ଧ ବାଜି ନ ଥିବ। ସେମାନେ ଫେର୍ ସେଥିରେ ଝିଅକୁ ଭଲା କଣଟା ସଙ୍ଖୋଳିବେ। ହାଣ୍ଡିରେ କାଲିର ବାସି ପଖାଳ ଗୁଡ଼ାଏ। ଆଜି ଆଉ ରାନ୍ଧିବ ନାଇଁ। ବାସି ତୋରାଣି ମନ୍ଦେ ପିଇ ଟିକେ ଗଡ଼ିଲେ ଯାଇ ଉପାସୀ ଦିହଟା ସାଷ୍ଟମ ଲାଗିବ। ବାଟ ମୁହଁରେ ଥୁଆ ଭର୍ତ୍ତି ପାଣି ଗରାଟାକୁ ଭିତରକୁ ଟେକି ଆଣିବାକୁ ଯାଉ ଯାଉ ସେ ଥମ୍ କରି ଠିଆ ହେଇ ଗଲା। ବାଟ ମୁହଁରେ ସତିଆ ! ଦିହରେ ଛିଟପକା କୁର୍ତ୍ତା। ହାତରେ ଘଣ୍ଟା, ପାଦରେ ପାଲିସିକରା ସାଣ୍ଡେଲ। ବେଶ୍ ଦି' ପଇସା ହାତ ଟାଣ କରି ଆସିଛି ପରିକା ଲାଗୁଛି। ମୁଣ୍ଡରେ ଫାଟା କାଟିଛି। ଗାଁକୁ ଖଣ୍ଡିଉଡ଼ା ଦେଇ ଉଡ଼ି ଆସିଥିବା କୋଉ ବିଦେଶୀ ଚଢ଼େଇଟାଏ ପରି ତା'ର ଏ ସହରୀ ବାବୁର ବେଶଟା ଭାରି ଅବାଗିଆ ଲାଗୁଛି। ବାହାରେ ଦେଖଣାହାରୀଙ୍କ ଭିଡ଼, ଯେମିତି ନୂଆ ଲୋକଟାଏ ନିଜ ଠିକଣା ବାଟ ଭୁଲି ଗାଁ ଭିତରକୁ ଚାଲି ଆସିଛି। ମନେ ମନେ ଚିଡ଼ିଗଲା ସାବି। କ'ଣ କହିବ ନ କହିବ, ହସିବ କି ନିଜକୁ ରୋକିବ କିଛି ଭାବି ନ ପାରି ଖାଲି କହିଲା, "ଭିତରକୁ ଆସୁନ।" ସତିଆର ଦୃଷ୍ଟିଟା ଘରମୁହାଁ ନ ଥିଲା।

ପୁଅ ଆସିବା ଖବର ପାଇ ବୁଢ଼ୀ ବାରିପଟୁ ନସର ପସର ହେଇ ବାଡ଼ି ଠୁକେଇ ଆସୁଛି। ସତିଆ ଦେଖିଲା। ତା' ମା' ଆଖିରେ ଗୋଲିଆ ଚଷମା ଦେଖି ଆବାକାବା ହେଲା ନାଇଁ କି ପଦେ ପଚାରିଲା ନାଇଁ। ପଡ଼ିଶାଘର ପିଲାଟାଏ ସାନ ପୁଅଟାକୁ ତା' ବାପକୁ ଚିହ୍ନାଇ ଦଉଥାଏ। ସତିଆ ପିଲାଦି'ଟାଙ୍କୁ ପାଖକୁ ଡ଼ାକିଲା ନାଇଁ କି ପଦେ ପଚାରିଲା ନାଇଁ। ଗୋଟେ ପ୍ରକାର ତର ତର ହେଇ ଭିତରକୁ ଚାହୁଁଥାଏ। ବାଟ ଓଗାଳି ପଡ଼ିଥିବା କାଠ ଗଣ୍ଡିଟାଏ ପରି ସାବି ବାଟ ମୁହଁରେ ଛିଡ଼ା ହେଇଥାଏ। କ'ଣ ଭାବିଲା କେଜାଣି, କରକୁ ଘୁଞ୍ଚିଗଲା। ସତିଆ ଚୁଲି ମୁଣ୍ଡ ଉପରେ କଣ୍ଟାରୁ ବାରିପଟ ଘରର କଞ୍ଚିଟାକୁ ଆଣୁ ଆଣୁ ପଛକୁ ମୁହଁ ଫେରାଇଲା। ସାମ୍ନାରେ ସାବିତ୍ରୀ। ସତିଆ ମୁହଁ ତଳକୁ କଲା। ନ ଜାଣିଲା ପରି ଜାଣି ଶୁଣି ବାଁ ପଟ ଛାତିର ଲୁଗାଟା ଖସେଇ ଦେଲା। ସତିଆକୁ ଚମକି ପଡ଼ି ପାଟି ଫିଟେଇ ନ ପାରିବାର ଘଡ଼ିଟାକୁ କେମିତି ସମ୍ଭାଳିବ ଭାବି କ୍ଷଣିକପାଇଁ ନିଜେ ଦୋହଲି ଗଲା। ବାଁ ପଟ ଛାତିର ଆବୁଡ଼ା ଖାବୁଡ଼ା ଜାଗାଟିକୁ ସେ ତୁଛାଟାରେ କୁଣ୍ଡାଇ ହେଲା। ଇଚ୍ଛାରେ ହେଉ ବି ଅନିଚ୍ଛାରେ ହେଉ ସତିଆ ଆଖିରେ ପଡ଼ିଲା। ତା' ନିଜ ଦେହରୁ ଖଣ୍ଡେ ଚାଲିଗଲା ପରି ପାଟିଟାଏ କଲା ନାଇଁ କି ଭୂତ ଦେଖିଲା ପରି ଚମକି ପଡ଼ିଲା ନାହିଁ ଅଥବା ତା' ପାଣିପାଣିଆ ଆଖିରେ ସାବିର ଖଣ୍ଡିଆ ଦିହଟାକୁ ଆଉଜାଇ ଦେଇ କଥାରେ କି ମନରେ କି ଆଖି ଲୁହରେ ବି ହାତ ଆଉଁସାରେ କହିଲା ନାହିଁ

ଯେ "କିଛି ହେଇ ନାଇଁ ଲୋ ସାବି। ତୋ ଦିହରୁ ସିନା ଖଣ୍ଡେ ଯାଇଛି। ତୋ ମନଟା ତ ପୁନିଆଁ ଜହ୍ନ। ସଦା ସେମିତି ଗୋଲଟୋଲ। ଯେତେ ରୋଗବଇରାଗ ଅଭାବ ଅନଟନ ତୋରି ମନଟି ଉପରେ କେଭେଁ ନୁଖୁରା ଦାଉ ସାଧି ପାରିବେନି, ମୁଁ ଜାଣେ ଲୋ। ତୋର ଶିରୀ କେହି ଲୁଟି ପାରିବେ ନାଇଁ। ମୋରି ଭଙ୍ଗାକାନ୍ଥ, ଛିଣ୍ଡା ହେଁସର ସଂସାର ଭିତରେ ତୁ ମୋର ଲୋଟଣୀ ଲକ୍ଷ୍ମୀଟି..." ହେଲେ ସେମିତି କିଛି ହେଲା ନାହିଁ। ତା'ର ହାବଭାବକୁ ବୁଝି ନ ପାରିବାର ସନ୍ଦେହ ଆଉ ଡ଼ରର କଥା ଥନହରାଠୁ ବଳି ବେଗରେ ତା'ର ଛାତିକୁ ବିନ୍ଧିଲା। ଏ କି ରକମର ଅବୁଝାପଣର ହତିଆର ଚଳଉଛି ସତିଆ। କିଛି ବୁଝି ନ ପାରିବାର ଦଳୁଆ ପୋଖରୀରେ ଉବେଇ ଟୁବେଇ ହେଇ ସେ ଅଣନିଶ୍ୱାସୀ ହେଇଗଲାଣି।

ପିଲା ଦୁଇଟା ଆଡ୍ରେଇ ଛିଡ଼ା ହେଇ ଡ଼ବ ଡ଼ବ ଆଖିରେ ମା'କୁ ଥରେ ତ ଅଚିହ୍ନା ବାପକୁ ଥରେ ଦେଖୁଥାନ୍ତି। ଗଲା ଆଇଲା ବାଟରେ ଲୋକ ଭଲମନ୍ଦ ପଦେ ପଚ୍ଚାରିଲା ପରି ସୁଦ୍ଧା ସେ ଥରୁଟିଏ ବି କିଛି ପିଲାଙ୍କୁ ପଚ୍ଚାରୁ ନ ଥାଏ। ବିନା ବାପରେ ବଡ଼ିବାର କଥା ଜାଣେ ସତିଆ। ପଣତକାନି ଆଡୁଆଳରେ ଯେତେ ଦରଦ ପାଇଲେ ବି ମୁଣ୍ଡ ଉପରେ ଝଙ୍କା ଛାଇଟିଏ ସେ ପାଇନି। ଖରାସିଝା ପିଲାଦିନ। ତିନି ବରଷ କାଳ ଖରା ତାତି ଖାଇ ଖାଇ ମେଲାରେ ବଡ଼ିଥିବା ତା' ପିଲା ଦୁଇଟାଙ୍କ ପାଖରେ ସେ ଏଥର ଛତା ମେଲି ଠିଆ ହେବ। ପିଲାଙ୍କ ପାଇଁ ଭଲିକି ଭଲି ଜାମାପଟା ଆଉ ଲୋକ ନ ଦେଖିଲା ଦରବ ନେଇ ଆସିବ। ଏତେଦିନର ନ ଥିଲାପଣ ପିଲା ଆପେ ଭୁଲିଯିବେ। କଳିଗୋଳ କଲେ କି ରୁଷିଲେ ସେଇ ସପନ ଦେଖାଇ ଦେଖାଇ ସେ ପିଲାଙ୍କୁ ଭୁତେଇ ଦିଏ। ବାପା ଏଇୟା ଆଣିଦେବ, ସେଇୟା ଆଣିଦବ, ନ ଥିଲା ଚିଜର ନାଁ ଧରେ। ସାଙ୍ଗସାଥି, ସାଇପଡ଼ିଶା ଦେଖି କେମିତି ମନ ଖିସେଇ ରହିବେ, ଏମିତି କେତେ କଥା। ସେମିତି କିଛି ହେଲା ନାହିଁ। ନୁଖୁରା ମୁଣ୍ଡରେ, ଖାଲି ଦିହରେ ପିଲା ଦୁଇଟା ତା'ର ସହରୀ ବାବୁଟାକୁ ଅଜଣା କୁଣିଆଁ ପରି ଖାଲି ଚାହିଁ ରହିଛନ୍ତି। ସାଇପଡ଼ିଶାଙ୍କ ଭିଡ଼ କମିଯାଉ। ସତିଆ ସାଙ୍ଗରେ ସବୁ କଥାର ହିସାବ ନିକାଶ କରିବ ଯେ।

ଚାରିପଟୁ ନଜର ହଟାଇ ସତିଆ ମୁଣ୍ଡ ତଳକୁ କଲା। ଆଉ କଞ୍ଚିଟାକୁ ଧରି ବେଗି ପାହୁଣ୍ଡ ପକାଇ ବାହାରି ଆସିଲା। ପଛେ ପଛେ ସାବି। ଅଗଣାରେ ପାଦ ଦଉ ଦଉ ଦେଖିଲା ଗାଁଟା ଯାକର ଅଧାଲୋକ ତା' ଦୁଆର ମୁହଁରେ ଜମା। ଅନ୍ଧୁଣୀ ଶାଶୁ ବୁଢ଼ୀ ଆଲୁରି ବାଲୁରି ହେଇ କ'ଣ ସବୁ କହୁଥାଏ। ସତିଆ ପଛକୁ ଲାଗି ଗେଡ଼ୀ ହେଇ ଦକ୍ଷିଣୀ ତିର୍ଲୀଟାଏ। ଦିହରେ ଝକମକି ଜରିଦିଆ ଶାଢ଼ୀ।

ନାକରେ ନୋଥ ବସଣୀ। ପିଆଜ ଷଣ୍ଢା ପରି ବେକଟାକୁ ଟେକି ଖଣ୍ଡିଆ ଦାନ୍ତ କଣରେ ଚିପା ହସ ଜାକି ସତିଆ ତା' ମା'କୁ ଓଳଗି ହେବାକୁ ତିରିଲାକୁ ଠାରିଲା। ଘଡ଼ିକ ପାଇଁ ପଥର ପାଲଟିଗଲା ସାବିତ୍ରୀ। ତା' ମୁଣ୍ଡ ଉପରେ ବରଫ ପାହାଡ଼ଟିଏ କିଏ କଚ଼ି ଦେଇଗଲା କି ଆଉ। ଉପାସୀ ଦିହର ମେଲା ଛାତି, ମେଲା ପାଟି, ମେଲା ଆଖି କୋଉ ମୁଣ୍ଡିଆ ପାହାଡ଼ର ଖଣ୍ଡିଆ ମୂର୍ତ୍ତିମାନଟି ପରି ଯେମିତି କି ସେମିତି ହେଇ ରହିଲେ। ଟିକିଏ ସୁଦ୍ଧା ହଲ୍‌ଚଲ୍ ନାଇଁ। ଦେଖଣାହାରୀ ବାଦୁଡ଼ି ପରି ଜୁଲୁଜୁଲୁ ଅନେଇଥା'ନ୍ତି।

"ହଇଲୋ ସତିଆ ମା', ପୁଅକୁ ପଦେ କହିଦେଲେ ଭାରି ବାଧୁଥିଲାଟି, ଏଥର ଦୀପ କଳସ ବସାଇ ଦୁତୀଅକୁ ବନ୍ଦେଇ ନେ... ଘରଭଙ୍ଗା କୋଉଠିକାର..." ପିତେଇ ମା' କେଂପେଇ କେଂପେଇ ଭିଡ଼ କାଟି ଦି'ପଦ ହାଙ୍କି ଦେଇଗଲା।

ସାବିତ୍ରୀ ଏଥର ତା'ର ପାଦ ତଳର ଭୂଇଁକୁ ଜାଣି ପାରିଲା। ବରଫ ତରଳିଲା। ଦିହଟା ଚାଉଁକିନା ଶିହରାଇ ଗଲା। ସେଥିରେ ଆକ୍ତାମାକ୍ତା ହେଇଗଲା। ସାମ୍ନାରେ ଫାଳିକିଆ ଛାତି, ଅନ୍ଧୁଣୀ ଶାଶୁ, ହଳଦୀଗଣ୍ଠି ମଲା ପିଲା ସବୁ ହାତୁଡ଼ି ପରି ପାହାର ପିଟିଲା। ସେ ଏଥର ଜାଣି ପାରିଲା ଯେ ତା' ଭିତରେ କଣଟାଏ ହେଉଛି। ତା'ର ଗୋଡ଼ଠୁ ମୁଣ୍ଡଯାଏଁ ସାରା ଦିହରେ, ଦିହ ଭିତରେ ଘୃଣାର ବାଲୁଚରଟାଏ ବତାସ ବେଗରେ ମାଡ଼ିଯାଉଛି। ବନ୍ଧ ବାନ୍ଧିବାକୁ ନା ଦମ୍ ଅଛି, ନା ଅଛି ବେଳ ଜୀବନ ଥିବାଯାଏଁ ସେ ଏଇ ଘୃଣାରେ ଖାଇବ, ପିଇବ, ପିନ୍ଧିବ, ଶୋଇବ- ସକାଳର ପହିଲି ଆଲୁଅରୁ ରାତିର ଶେଷ ପହର ଯାଏଁ ଏଇ ଘୃଣାରେ ଜିଇଁବ। ଏଥିରୁ ତା'ର ଆଉ ନିସ୍ତାର ନାଇଁ। ଏଣିକି ଏଇ ଘୃଣାରେ ସେ ଖଟିବ, ଖାଟିବ, ଏଇ ଘୃଣାର ଦମ୍‌ରେ ପିଲା ବଢ଼େଇବ ଆଉ ସେ ଆଗକୁ ବଢ଼ିବ। ଆଉ ବାକିଥିବା ଦିନମାନ ପାଇଁ ଏଇଟା ତା'ର ଜୀଇଁବାର ଖୋରାକି। ସତିଆକୁ ସିଧା ଚାହିଁଲା ସାବି। ସତିଆର ଦିହ ମୁହଁ ସବୁ ଅଳନ୍ଧୁ ସରସର। ଅମଣିଷ ପଣିଆର ଅନ୍ଧାରରେ କେତେ ହିନୀମାନିଆ ଦେଖାଯାଉଛି। ରୂପ ନାଇଁ କି ତେଜ ନାଇଁ। ଖାଲି ବିପଦ ଆସିଲେ ଖୋଳପା ଭିତରକୁ ଗୋଡ଼ଟାଣି ମୁରୁକୁଟେଇ ହେଇ ରହିଯାଉଥିବା ଜୋକଟିଏ ପରି ଦେଖାଯାଉଛି। ତା'ର ପୁରୁଷପଣିଆର ରଣପା ବାନ୍ଧି ବଡ଼ପଣର ପହିଜ ଦେଖାଉ ଦେଖାଉ କେତେ ନିଉଛୁଣା ଲାଗୁଛି ସତିଆ। ଆପଣା ସାର୍ଥିକାର ଲୁଗାରେ ରଙ୍ଗ ମାରୁଛି। ରଙ୍ଗ ବେରଙ୍ଗୀ କରି ଦୁନିଆଁକୁ ତା' ରୂପ ଦେଖାଉଛି। ହେଲେ ତା'ର ନିଅଁଶୀ ବିବେକ, ଖଞ୍ଜ ମନ ଆଉ ଚେମେଡ଼ା ସୁଖଲୋଭ ଭିତରେ

ବଣ ଭାଲୁଟିଏ ପରିକା ଦିଶୁଛି। ଚୋର ପରି ଗାତ କଣରେ ଲୁଚି ରହିଥିବା ସରୀସୃପଟିଏ ହେଇ ଆସି ସିଏ ତା'ର ନିଦୁଆ ସପନ ଉପରେ ଚୋଟ ମାରୁଛି। ଫଣା ଟେକି ବାରବାର ଦଂଶୁଛି। ସେଇ ଜ୍ୱାଳାରେ ସାବି ଫଡ଼ାଫଡ଼ା ହେଇ ଯାଇଥିବା ଦଡ଼ ଲୁଗା ଖଣ୍ଡେ ପରି ଶୂନ୍ୟରେ ଉଡୁଛି। ଜଳେଇ ପୋଡ଼େଇ ଖେଣ୍ଟା ମାରୁଛି ତାକୁ। ଗାଁ ମୁଣ୍ଡ ଝଙ୍କାଳିଆ ବରଗଛ ପରି ତା' ଭିତରେ ଏତେ ଦିନଧରି ପୋତା ହେଇଥିବା ଦମ୍ ଆଉ ସାହସର ମାଇ ଖୁମ୍ବଟା ଏବେ ଥୁଣ୍ଟା ହେଇଗଲା। ତାକୁ ଉଧେଇ ସେ ବଢ଼ି ପାରିବ ନାହିଁ କି ତାକୁ ଆଉଜି ସେ ବସି ପାରିବ ନାହିଁ। ଏଇ ନିରାଶାର ବିଷଟା ତାକୁ ଝାଙ୍କି ଝାଙ୍କି ପାଗଳ କରି ଦେବ ନା କ'ଣ। ସେ ଗୋଟାପଣେ ଭୁଷୁଡ଼ି ପଡୁଛି। ତା' ପିଲାଙ୍କ ବିକଳ ବୋବାଳିରେ ଦେଖଣାହାରୀଙ୍କ କାନ ତାବ୍‌ଦା ପଡ଼ିଯାଉଛି। ଆଗ, ପଛ, ଏକଡ଼, ସେକଡ଼ ଯୁଆଡ଼େ ଦେଖିଲେ ଖାଲି ଭେଳା ଭେଳା ଅନ୍ଧାର। ତାରି ଭିତରେ ସାବି ଟାଣି ଓଟାଇ ହେଇ ଚକ୍ରି ପରି ଘୁରୁଛି। କଳା ଭଉଁରୀ ଭିତରୁ ହାତ ଲମ୍ବାଇ ଅଗଣାରେ ଥୁଆ କାଠକଟା ଟାଙ୍ଗିଆଟିକୁ ଗୋଟେ ଝାଂପରେ ଫିଙ୍ଗିଦେଲା ସାବିତ୍ରୀ।

ପିଆଜ ଷଣ୍ଢା ପରି ଟେକିଥିବା ସତିଆର ବେକଟା ଦୁଲ୍‌କିନା ତଳେ ପଡ଼ିଗଲା।

"ଆରେ ମାରି ପକାଇଲା... ମାରି ପକାଇଲାରେ..." ଦେଖଣାହାରୀ ରଡ଼ି ଛାଡ଼ିଲେ।

ସାବିତ୍ରୀକୁ ଆଉକିଛି ଶୁଣା ଯାଉ ନ ଥିଲା। ଆଉ କିଛି ଦେଖା ଯାଉ ନ ଥିଲା। ସେ ଖାଲି ଦେଖୁଥିଲା- ଅନ୍ଧାର ଫାଙ୍କୁଚି। ଗାଁ ମୁଣ୍ଡ ଚାଉଁଖରା ବିଛା ସାବୁଜା କ୍ଷେତକୁ ସତିଆ ଉଠୁଛି। ଅଜଣା ରାଇଜରେ ମଣିଷ ପଣିଆର ଧାରେ ଆଲୁଅ ପାଇଁ ସେ ଅବା ରାହା ଖୋଜୁଛି।

■

ଅପ୍ରତିହତ

ସେଦିନ ଖବର କାଗଜ ପୃଷ୍ଠାରେ ବେଶ୍ ଦୃଷ୍ଟିରେ ପଡ଼ିଲାଭଳି ଶିରୋନାମା ପ୍ରକାଶ ପାଇଥିଲା- "ବୟସ୍କା ମୁସଲମାନ ମହିଳାଙ୍କ ଉନ୍ମତ୍ତ କାଣ୍ଡ... ତିନି ଜଣ ସ୍ୱେଚ୍ଛାସେବୀଙ୍କ ଚକ୍ଷୁ ନଷ୍ଟ..."

ତା'ପର ଦୃଶ୍ୟରେ ରୋଶ୍‌ନାରାକୁ ପୋଲିସ୍ ଗାଡ଼ିରେ ଦୁଇଜଣ ମହିଳା କନେଷ୍ଟବଳ ମଝିରେ ବସି ପୋଲିସ୍ ଥାନାରୁ ବାହାରି ଯାଉଥିବାର ଦେଖାଗଲା। ଗାଡ଼ିଟା ମହିଳା ବନ୍ଦୀ ନିକେତନ ଆଡ଼କୁ ମୁହାଁଉଥିଲା। ତା' ଭିତରୁ ଜଣେ କହୁଥାଏ- "ବୁଝିଲୁ ଦାଦୀ, କଥା କହି ଜାଣିଲେ ସବୁଠି ପାର୍। ସିଧା ତ ଆମ ଥାନାବାବୁ ଗୋଡ଼ ତଳେ ଲମ୍ବଛାଟ ହେଇ ପଡ଼ିଯାଇଥାନ୍ତୁ, ନେହୁରା ହେଇ କହିଥାନ୍ତୁ, "ବୁଢ଼ୀ ହେଲିଣି, ଆଖିକି ଦେଖାଯାଉନି, ମୁଣ୍ଡ କାମ କରୁନି, କା ଦିହରେ କ'ଣ ବାଜିଲା ଜାଣି ନାହିଁ ଆଜ୍ଞା..." ତା'ପରେ ଅଳ୍ପ କିଛି ହାତଗୁଞ୍ଜା ଦେଇଦେଲେ କାମ ଫତେ। ତୁଛାଟାରେ ଗୁମ୍ ହେଇ ବସିଲୁ। ହଉ ହେଲା, ମୋ କଥା ମାନି କୋର୍ଟରେ ସେମିତି କହିବୁଟି, ରକ୍ଷା ପାଇଯିବୁ..."

ରୋଶ୍‌ନାରା ବିବି ଦିହରେ ଚିଆଁ ଲାଗିଲା। ତୁଛାଟାରେ ନିଜେ ନିଜକୁ ଅନ୍ଧୁଣୀ ପାଗିଳୀ କରିବ କିଆଁ ? ଦୁନିଆଁ ଯାକର ଆଇଗବୀ ବାଇଗବୀ ପାଖରେ ହାତଯୋଡ଼ି ମାଫି ମାଗିବ ? ବିପଦ ଶୁଣେଇବାକୁ ଉଠୁ ଉଠୁ ତା'ର କାଶ ଉଠିଲା। କାଶି କାଶି ବେଦମ୍ ହେଇଗଲା। ଏତେଦିନର ଜଙ୍ଗଲି ପାଣି ପବନ ଭିତରେ ବି ତା'ର ସତୁରୀ ବର୍ଷିଆ ଦିହର ବାଗ ବିଗିଡ଼ି ନ ଥିଲା। ହେଲେ ଏଇ ଦିନ ଦୁଇଟାର ସେ ଗୋଟେ ପ୍ରକାର ହଲିଗଲାଣି।

ଗୁବ୍‌କାନି ଲଟା ଚୋବାଉଥିବା ଛେଳି ପରି କାଚ଼ମ୍ କାଚ଼ମ୍ ପାନ ଚୋବାଉଥିବା ଆଉ ଜଣେ ମହିଳା କନେଷ୍ଟବଳଟା ତା' ଆଡ଼କୁ ତେରେଛି

ଅନେଇଲା । ତାକୁ କିଛି ନ କହିବାର ଦେଖି ଭୁରୁ କୁଞ୍ଚେଇ କଥାଯୋଖିଲା : "ନ ହେଲେ ଜେଲ୍‌ରେ ଘଣା ପେଲି ପେଲି ଥେୟା ହେଇ ମରିବୁ ଜାଣିଥା ।" କଥା କହୁ କହୁ ତା'ର ପାନଛେପ ଛିଞ୍ଚାଡ଼ି ରୋଶ୍‌ନାରୀ ଲୁଗାରେ ପଡ଼ିଲା । ଅନ୍ୟ ବେଳ ହେଇଥିଲେ ସେ ୟାକୁ କଥା କହିବାର ସଣ୍ଟଣା ସେଇଠି ଏକା ଶିଖେଇ ଦେଇଥାନ୍ତା । ଅନ୍ଧାର ରାତିରେ ଚୋର ସିନ୍ଧି ଫୋଡ଼ିଲା ପରି ତାରି ଦୁର୍ଦ୍ଦିନର ସିନ୍ଧି ଗାତରେ ଭୟ ପଶାଉଛନ୍ତିଟି ଏମାନେ ! ସେ ଠିକ୍ ଜାଣେ । ସତୁରୀ ବର୍ଷର ନିରୁତା ଦମ୍‌ର ସୀମା ସରହଦକୁ ଛୁଇଁବା ଆଗରୁ ଖୋଦ୍ ଭୟ ବି ଦଣ୍ଡେ ଭାବିବ । ଆଉ ଏମାନେ ବି ପାଠ ଶିଖାଇବେ ତାକୁ ?

- "ଜନମ୍ ଥାଉ ଯଥା କଥା । କରମ୍ ଥାଉ ଭଲା । ରାଜା ମାହାର୍ଜା । ଘରେ ଜନମ ନ ହେଲେ କ'ଣ ହେଲା ରୋଶନାରା କିଲ୍ଲାକୁ ବୋହୁ ହେଇ ଯାଇଥିଲା । ରାଜା ଅମଳର କିଲ୍ଲା ରଖୁଆଳ ସାଦତ୍ ହାସାନକୁ ବିଭା ହେଇଥିଲା । ପିଲାଦିନୁ ଅରକ୍ଷିତ ହାସାନ୍‌ର ଭିଟାମାଟି କହିଲେ କିଛି ନ ଥିଲା । ତେଣୁ ରାଜା କୋଠିର ପଛ ଖଞ୍ଜାକୁ ବୋହୁ ହେଇ ସେ ପାଦ ଦେଲା । ଉଆସର ଯେତେକ ତିରିଲା ତାରି ହାତରେ ମେହେନ୍ଦି ଚଢ଼ାଇଲେ । ଆଉ ଖୋଦ୍ ରାଣୀମା ତା' ହାତରେ ସାଦୀ-ଯୋଡ଼ ଦେଇଥିଲେ । ତାରି ମଥାରେ ହାତ ରଖିଥିଲେ । ସେଦିନର ରାଣୀମା'ଙ୍କ ଲକ୍ଷ୍ମୀ ପ୍ରତିମା ରୂପ କାନ୍ତି ଏବେ ବି ତାରି ମନ ଭିତରେ ନେସି ହେଇ ରହିଛି । ମଥା ଉପରର ପାକଲା ବାଳ କେରାଳ ଉପରେ ଏବେ ସୁଦ୍ଧା ରାଣୀମା'ଙ୍କ ଚଂପାକଢ଼ି ଆଙ୍ଗୁଳିର ଛାପ ପହଁରୁଛି ପରି ଲାଗେ ତାକୁ । ଦିନ କେଇଟା ଭିତରେ ଲାଉପୁରା ଗାଁ ପାଖ ଜଙ୍ଗଲ ଭିତରେ ଥିବା ଗୋରା କୋଠିକୁ ଚାଲିଲା ସାଦତ୍‌ର ପଛେ ପଛେ । କୋଠି ପଛ ଝାଟିମାଟି ଛପର ଖଣ୍ଡିକରେ ତା'ର ଘରକରଣା ଆରମ୍ଭ । ସାଦତ୍ ପାଖରେ ପାଖରେ ରହି ଦମ୍ଭ ଜୁଟେଇଲା ।

ନିଶୂନ ଜଙ୍ଗଲ ମାଇ ସଂଜରେ ଚିରୁଗୁଣୀଙ୍କ ମେଳା ବସେ । ବଣୁଆ ଜୀବଜନ୍ତୁ ବାଦ୍ ଦେଲେ ଆଉ କା'ର ସୋର ଶବଦ କାଁ ଭାଁ ଶୁଭେ । ସାଦତ୍ ସାଙ୍ଗରେ ଟୁଆଁ ଟୁଇଁ ପରି ବସି ଟୁପୁର ଟାପର ହୁଅନ୍ତି । ହାତରେ ଝାଡ଼ଣ ଧରାଇ କୋଠି ଭିତର ବାହାର କେମିତି ବାଗରେ ସଫା ସୁତୁରା ରଖିବାକୁ ହେବ, ନିତି ତାକୁ ଶିଖାଏ । ତା' ସାଙ୍ଗରେ ଗପ ଯୋଡ଼େ ସାଦତ୍ । ଗୋରାକୋଠିର କାହାଣୀ ତାକୁ ଶୁଣାଏ । ସମୁଦ୍ର ପାରି ହେଇ ଆସିଥିବା ଗୋରା ରାଜାର ଗୋଟେ ରାତିର ରହଣି ପାଇଁ ଏଇଟା କୁଆଡ଼େ ତୟାର ହେଇଥିଲା ।

ସେଥିପାଇଁ କୋଉ ଦେଶରୁ ରଙ୍ଗବେରଙ୍ଗୀ କାଚ଼ ଅଣା ହେଇଥିଲା, କୋଉଠୁ ପଥର ଆସିଥିଲା, ଆଉ କୋଉଠୁ ଖୋଦେଇ କାଠର ପଲଙ୍କ ଆସିଥିଲା, କେତେଲୋକ କେତେଦିନ କେତେ ରାତି କେତେ ଲହୁ ଲୁହାଣ ହେଇ ଖଟିଥିଲେ ପୁଣି ଦେବଲୋକର ଅପୂର୍ବ ରୂପକାନ୍ତିରେ ଝଟକୁଥିବା ତା'ର ରାଜା କେମିତି ଏଠି ମୃଗୟା ପାଇଁ ଆସିଲେ, ବଣୁଆ ଛାତି ଦୁଲୁକେଇ କେମିତି ମୃଗୟା ରଚ଼ିଲେ ଇତ୍ୟାଦି ଇତ୍ୟାଦି... ଏଇ ସବୁ କାହାଣୀ ସାଙ୍ଗରେ ତା'ର ପୁଅାତି କାହାଣୀ ବି ରଙ୍ଗେଇଯାଏ- ତା' ପୁଅ ଜମାଲ୍ କେମିତି ଜନମ ହେଲା, କେମିତି ବଢ଼ିଲା, ବନଲୋକର ରୂପକାନ୍ତିରେ ଜବାନ୍ ହେଲା ଆଉ ଶେଷରେ ଦିନେ ଖଦି ଖାଦିର ମୃଗୟା ରଚୁ ରଚୁ ଜନ୍ତୁ ମୁହଁରେ ଚାଲିଗଲା। ଯେମିତି ଦିନେ ତା'ର ଆବୁ ସାଦତ୍ ହାସାନ୍ ରୋଗ ବଇରାଗର ମୃଗୟାରେ ତାକୁ ଅଧାବୟସରେ ଛାଡ଼ି ଚାଲିଗଲା... ରାଜାର, ସାଦତ୍‌ର କି ଜମାଲ୍‌ର ମୃଗୟା ଫେରନ୍ତା ବାଟକୁ ଚାହିଁ ବସିବାର ତା'ର ନ ଥିଲା। ଯେଝା ବାଟରେ ଗଲେ, କାହାରି ଏଠିକି ଆଉ ଫେରିବାର ନାହିଁ। ତା' ପାଇଁ ଯିବାର ରାହା ନ ଥିଲେ ବି ଜଙ୍ଗଲ ତଳି ଲାଉପୁରା ଗାଁରେ ଭାଜୁରୁ କୁଟୁରୁ ହେଇ ଦିନ ସାରିବାରେ ସେମିତି କିଛି ଅସୁବିଧା ହେଇନଥାନ୍ତା। ହେଲେ ତା'ର ମନ ମାନିଲାନି। ସେନ୍ତେରା ସେମେଟା ହେଇ ପଡ଼ି ରହିବାକୁ ତା'ର ମନ ମଙ୍ଗିଲାନି। କୋଠି ପଛ ପଟ କୁଡ଼ିଆରେ ତା'ର ସଂସାର ବଜାୟ ରଖିଲା। ପହିଲା କେତେବର୍ଷ ଲାଉପୁରାରୁ କୋଠିକି ଯିବା ଆସିବା କରି ଚଳିଲା। ବୟସ ଗଡ଼ିଲାରୁ ଆଉ ଜମାରୁ କୋଠି ଛାଡ଼ିଲାନି।

କୋଠି ଚାରିକଡ଼େ ସଜନା ଗଛ, ଅମୃତ ଭଣ୍ଡା ଧାଡ଼ିକିଧାଡ଼ି ଠିଆ କରାଇଲା। କୋଠି ପାଖ ପୋଖରୀରେ କଇଁଫୁଲ ନାଡ଼ ବିଛେଇ ଦେଲା। କୁରେଇ ଫୁଲର ମହକରେ ତା'ର କୁଡ଼ିଆ ପୁଣି ଥରେ ମୁହଁ ଉଠାଇ ଛିଡ଼ା ହେଲା ଅବା ! ପକ୍ଷୀ ଆସିଲେ, ଡ଼େଣା ଝାଡ଼ିଲେ। ଜନ୍ତୁ ଆସିଲେ, ପାଣି ପିଇଲେ। ଆଉ ତାରି ଭିତରେ ତାରି ସତୁରୀ ବର୍ଷିଆ ଦିହଟା ମେରୁ ଖୁମ୍ବ ପରି ମାଡ଼ି ବସିଲା।

ଜଙ୍ଗଲ ଭିତରେ କାହିଁ ଆଖି ପାଉ ନ ଥିବା ଟାଙ୍ଗର ଭୂଇଁ। ଖାଲ ଢ଼ିପ ପଥୁରିଆ ରାସ୍ତା। ଯୁଆଡ଼େ ଆଖି ପକାଇଲେ ବେତ, ବାଉଁଶ, ନାଗଫେଣୀ ଆହୁରି କେତେ ଅନାବନା ଗଛର ବୁଦିବୁଦିକା ଜଙ୍ଗଲ। ତାରି ଭିତରେ "ଗୋରା କୋଠି"। ତା'ର ରାଜାର ପାଦ ଥାପିଲା କୋଠି, ତା'ର ଆଉ ସାଦତ୍‌ର କୋଡ଼ପୋଛା କୋଠି, ତା'ର ଜମାଲ୍‌ର ଧୂଳିଖେଳର କୋଠି। କୋଠି ପଛପଟେ କୁଢ଼ କୁଢ଼ ପଥର, ମାଟିଗଦା ଓ କଳା ମୁଗୁନି ପଥରର ସାନବଡ଼ ଢୁଙ୍ଗୁରୀ।

ଦିନେ ସେଇଠି ସୈନ୍ୟ ଛାଉଣୀ ପଡୁଥିଲା । ଆଉ ରାଜା ନା ଛାଉଣୀ । କେହି ନାହିଁ । କଣ୍ଟା ଲଟା, ଗଛ ଘାସରେ ଭର୍ତ୍ତି ଜଙ୍ଗଲଟା ଭିତରେ ଦିନବେଳେ ବି ହେଟାବାଘ, କୋକିଶିଆଲି, କଟାସର ରାଜୁତି ଚାଲେ । ତା' ମନରେ ଡ଼ର ପଶିନି । ବର୍ଷାଦିନେ କୁଡ଼ିଆ ଖଣ୍ଡିକ ସନ୍ତସନ୍ତିଆ ହେଇପଡ଼େ । ତେଲୁଣି ପୋକଠାରୁ ରଣା, ବ୍ରାହ୍ମଣୀ, ତମ୍ବା ନାଗ ଆଉ ଢ଼ମଣା ଯାଏଁ ଯେମିତି ସଭିଙ୍କର ସଭା ବସେ ତାରି ଖଟିଆ ତଳେ । ପାଟିରେ ହୁ ହା କରି ଘଉଡ଼ାଇ ଦିଏ । ସେଥିରେ ନ ଚଙ୍କିଲେ ତା'ର ଚାରିହାତିଆ ବାଡ଼ି ଅଗରେ ଉଠେଇ ବାହାରକୁ ଛାଟିଦିଏ । ଆଖପାଖ ଗାଁରୁ ଖଟିଖିଆ ମାଇକିନା ମାନେ କଣ୍ଟା, ବାଉଁଶ, ଦାନ୍ତ କାଠି ଖଲିଦନା ପାଇଁ ପତ୍ର ତୋଳିବାକୁ ସେଠିକି କେବେକେବେ ଆସନ୍ତି । ତାଙ୍କରି ହାତରେ ଅଳ୍ପ କିଛି ବଜାର ସଉଦାର ଦେଣନେଣ ଛିଣ୍ଡାଇଦିଏ । ଆଉ କୁଆଡ଼କୁ ବାହାରେ ନାଇଁ । କୋଠିଟାରେ ଭିତର ବାହାର ହେଉଥାଏ ।

କୋଠିର ତିନି କୋଶ ସେପାରିକି ଜଙ୍ଗଲ ଘାଟି । ଯେତେକ ଚୋର, ଦାଗୀ, ଖୁଣୀ ବଦମାସ ଘାଟି ପାରି ହେଇ ସଞ୍ଜବୁଡ଼ରୁ ଲୁଚି ଛପି ରହନ୍ତି ଆଉ ରାତିରେ ଆଖ ପାଖ ଗାଁ ଗଣ୍ଡାରେ ଚୋରି ଡ଼କେଇତି ରାହାଜାନି ଚଲେଇଥାନ୍ତି । କେତେ ଚୋର ଡ଼କେଇତ ଏଇ କୋଠିକୁ ଆଡ୍‌ଡା କରିବାପାଇଁ ପିଛା କରିଥିଲେ ତା'ର ହିସାବ ନାହିଁ । କେତେ ଉପାୟରେ ସେ ଯୁଝିଛି । କାହାକୁ ଛଳରେ । କାହାକୁ ବୁଦ୍ଧିରେ । ଆଉ କାହାକୁ ନାନା କଳ କଉଶଳରେ । ତା'ର ନିରୁତା ଦମ୍ଭିଲାପଣ ସାଙ୍ଗେରେ ଚୋର ଡ଼କେଇତଙ୍କ ଲୁଚ୍ଚା ଚୋରା ଦମ୍ଭ ଆଉ ବାଜି ଲଗାଇ ପାରିଲାନି ବା କ'ଣ ପରେ ପରେ ସେଗୁଡ଼ା ଆଉ କୋଠିର ଦୁଆର ମାଡ଼ିଲେନି । ହାତରେ ତୋପ ଥାଉ କି ବନ୍ଧୁକ ଥାଉ ଲୁଚ୍ଚାଚୋରା କାରବାରରେ ଯେତେ ଯେତେ ଦମ୍ଭପଣ ହୀନିମାନିଆ ଭିକାରୀଟେ ହେଇଯାଏ । ଗୋଟି ଗୋଟି କରି ସତୁରୀ ବର୍ଷର ଖରାବର୍ଷା, ବାଘ ସାପ, ଦୁଃଖକଷ୍ଟ ଅଭାବ ଅନାଟନରେ ଲଢ଼େଇ କରିଥିବା ନିଆରା ଦମ୍ଭ ତାର । ଏତେ ସହଜରେ ଭାଙ୍ଗିବ ନାଇଁ ।

"ମୁଁ ଦେଖୁଛି ତୋର ଗତି ମତି କିଛି ଠିକ୍ ନାଇଁ । ଜେଲ୍ ଭିତରେ ମୁଠେ ଖାଇବାକୁ ସେମିତି ମିଳିଯିବ ଭାବୁଛୁ କି ? ସେଥିପାଇଁ ଝମେଲାରୁ ମୁକୁଳିବା କଥା କହିଲେ ଶୁଣୁନୁ, ହଁ ଏଇ ବୟସରେ ଆଉ କି କାମ ପାରିବୁ ଭଲା..."

ନୂଆ ଅତିଥିକୁ ବାଟେଇ ଦେଲା ପରି ତାକୁ ମହିଳା ବନ୍ଦୀ ନିକେତନ ଭିତରକୁ ବାଟ ଦେଖାଉ ଦେଖାଉ ସେଇ ଧାରମୁହାଁ କନେଷ୍ଟବଳ ଜଣକ କହିଲା ।

ତା' ମୁହଁ ଉପରେ ଦୁଇଟା ବସେଇ ଦିଅନ୍ତାକି, ରୋଶ୍‌ନାରାର ଇଚ୍ଛା ହେଲା। କାଲିକାର ଝିଅ ଖଣ୍ଡେ। ଗାଲ ଚିପିଦେଲେ ଦୁଧ ବାହାରି ପଡ଼ିବ। ଚାକିରି ଖଣ୍ଡକର ବହପ ଦେଖ। ଖାକି ପୋଷାକ ହଳଟାରେ ଯେମିତି ଦୁନିଆଁଯାକର ସବୁ ପାରିଲାପଣ ଗୋଟେଇ ଧରିଛି ଇଏ। ତାକୁ କି ଜଣା ଏଇ ଶିରୁଆ ସେମେଟା ହାତର ଭେଳିକି। ଏବେ ବି ଆଖିବୁଜି ହାତରେ କନାଖଣ୍ଡେ ଧରି କୋଠି ଦିହରେ ବୁଲାଇ ଦେଲେ ସେଥିରେ ଦାଉ ଦାଉ ମୁହଁ ଦେଖାଯିବ। କୋଠିର ମାଟିଗୋଡ଼ିକୁ ବି ଏ କଥା ଜଣା। ମଝିରେ ମଝିରେ କୋଠି ଦେଖିବାକୁ ଅନେକ ଲୋକ ଆସନ୍ତି। କେବେକେବେ ଗୋରାଲୋକ ବି ଆସନ୍ତି। ଏତେ ବଡ଼ କୋଠିକୁ ଏକୁଟିଆ ସଫା ସୁତର ରଖିଥିବାରୁ ବାହାବା ଦିଅନ୍ତି। ଗଲାବେଳେ କେହି କେହି ଦି' ଚାରିଟଙ୍କା ବକ୍‌ସିସ୍ ଧରାଇଦିଅନ୍ତି। ହେଲେ ତା'ର ହାତଯଶର ବାହାବାଟି ତାରି ଅସଲ ପାଉଣା। ସେଇଟା ତା'ର ପାରିଲାପଣ। କଥା ଓଲଟାଇ, ମଥା ଓଲଟାଇ ଆଉ ଶେଷକୁ ଦୁନିଆଁ ଓଲଟାଇ ଆପଣା ସାର୍ଥିକା ପାଠରେ ଖଞ୍ଜା ଯୋଡ଼ା କରିଦେବାଟା ଯାଙ୍କ ପାଇଁ ପାରିଲାପଣ। ଏଇ ସେଦିନ ଯେମିତି ପୁଲିସ୍ ଥାନାରେ ତାକୁ ନେଇ ଦୁଇଦଳ ତା' କଥାକୁ ନେଇ ଟଣାଓଟରା ହେଉଥିଲେ। ଗୋଟେ ପଟକୁ ପାନେ ଚଖାଇବା ରୀତିରେ ଆର ଦଳଟା କାଗଜ ପତ୍ରରେ ତାକୁ ଅନ୍ଧୁଣୀ, ବାୟାଣୀ କରିଦେବାକୁ ହମ ହମ। ଏଣେ ସେଇ ଦଳଟା କ୍ଷତି ପୂରଣ ପାଇଁ ଏକବାର ହାଇଁପାଇଁ। ସେଥିପାଇଁ କେତେ ନାରା, କେତେ କଥା। ଜାନ୍‌ରୁ ଇମାନ୍ ଯାଏଁ ସବୁକିଛି ଭରଣା କରିଦେବେ ଟଙ୍କା କେଇଟାରେ। ତାଙ୍କରି ବିକଳପଣ, ତାଙ୍କରି ଅନ୍ଧପଣରେ ଆବାକାବା ହେଇଗଲା ରୋଶ୍‌ନାରା।

ଚୋର ଡ଼କେଇତି, ବାଘ ଭାଲୁ ସାଙ୍ଗରେ ବାଗେଇ ରହିଥିବା ଦିହ ମନ ତା'ର ସେଇ ଦିନ ଦୁଇଟାରେ ଢ଼ିଲା ପଡ଼ିଗଲା। ସେଦିନ ଅକୁହା ଅପୁଛା ଅଦିନିଆ ଝଡ଼ ପରି ଭସ୍ ଭସ୍ ହେଇ ମାଡ଼ି ଆଇଲେ। କୋଠି ପଛ ପାଖ ଅପନ୍ତରା ଚାଷି ପକାଇଲେ। ବଡ଼ ବଡ଼ ଶାଳ ପିଆଶାଳ ଦେଖୁ ଦେଖୁ ଉଭାନ୍ ହେଇଗଲା ନଣ୍ଡା ଜାଗା ଖଣ୍ଡିକରେ ଛାମୁଣି ମାରି ଆପଣା ଭିତରେ ଗାଁ ପଞ୍ଚାୟତ ପରି ସଭାଟାଏ କରି ପକାଇଲେ। କଥା କ'ଣ ବୁଝୁ ବୁଝୁ ଜଙ୍ଗଲ ସୁରକ୍ଷାର ବ୍ୟବସ୍ଥା ହେଉଥିବାର କହିଲେ। ଭୋଜି ଭାତ ହେଲା, ରାତିରେ ନିଆଁଧୂନି ଜାଳି ନାଚିଲେ, କୁଦିଲେ। ବଣୁଆ ନାଚ। ସହରରେ ବୁଲି ବୁଲି ଥୈୟା, ବଣକୁ ଆସିବାକୁ ପୁଣି ଉଛନ୍ନ। ସକାଳୁ କୋଠିର ପଛ ଅଗଣା

ଖରକିବାକୁ ଗଲାବେଳେ ଦେଖିଲା ପେଛା ପେଛା ସଜନାଫୁଲ ତକ ନିଆଁ ଧାସରେ ଝଡ଼ିଯାଇଛି । ପୁଣିଥରେ ବନ୍ଧ୍ୟା ହେବାର କାତର ଯନ୍ତ୍ରଣାରେ ସଜନା ଗଛର ପତ୍ରମାନ ମୁରୁକୁଟେଇ ଯାଇଛି । ଚାରିଆଡ଼େ ଅଇଁଠା ଖଲିଦନା, ଖାଲି ବୋତଲ ଛିନ୍‌ଛତ୍ର ହେଇପଡ଼ିଛି । ତା' ଆଖିକୁ ସବୁ ଲକ୍ଷ୍ମୀ ଛଡ଼ା ଦେଖାଯାଉଛି । ପହିଲାଥର ପାଇଁ ତା' ମନରେ ଭୟ ପଶିଲା । ଝାଡୁଟା ଧରି ପାଦ ଉଠାଇଲା ବେଳକୁ ତାକୁ କେମିତି ଅସଜ ଲାଗିଲା । ପହିଲା ବଥାଟା ଟାଳି ନ ପାରୁଣୁ ପୁଆତି ଉପରେ ଦୁସୁରା ବଥା ମାଡ଼ି ଆସିଲା ପରି ଚାହୁଁ ଚାହୁଁ ଆଉ ଦଳେ ମାଡ଼ି ଆସିଲେ । ବଡ଼ ବଡ଼ କାଗଜଖଣ୍ଡମାନ କୋଠି ଚାରିପଟେ ମାରି ପକାଇଲେ । କୋଠିର ଦେଶୀ ନାଁ ଦିଆହେବ, ବିଦେଶୀ ଢ଼ାଞ୍ଚା ରହିବ ନାଇଁ, ବିଦେଶୀ ନାଁ ରହିବ ନାହିଁ- ନାରା ଲଗାଇଲେ । ରୋଶ୍‌ନାରା ମୁଣ୍ଡରେ କିଛି ପଶୁ ନ ଥାଏ । ନାଁ ବଦଳିବ କାଁ୍ୟା ? ନାଁ ବଦଳେଇ ଦେଲେ ଘଟଣାତ ବଦଳିଯିବନି । ଦିନେ ଏଇ କୋଠି ଗୋରା ରାଜାର ରାତିକ ରହଣି ପାଇଁ ତିଆରି ହେଇଥିଲା, ତା' ରାଜା ଏଠିକି ମୃଗୟା ଯାଉଥିଲେ, କେତେ ଲୋକ ଖଟିଥିଲେ, କିଏ ଆସିଲେ, କିଏ ଗଲେ, କ'ଣ ହେଲା, କ'ଣ ହେଲା ନାଇଁ ସବୁ କ'ଣ ସେମିତିରେ ପୋଛି ହେଇଯିବ ? ଗୋରା ରାଜା, ଗୋରା ଲୋକ ବା ଗୋରା କଥା କାହାକୁ ଭଲ ଲାଗୁ କି ନ ଲାଗୁ ଘଟଣାଟିକୁ ତ ମାନିବାକୁ ଇ ପଡ଼ିବ । ହଉ ହେଲା 'ଗୋରା କୋଠି'ଟା 'କଳା କୋଠି' ହେଇଯିବ । ଗୋରା ସାହାବ ବଦଳରେ କଳା ସାହାବ ଆସି ରହିବେ । କୋଉ ନୂଆ କଥାଟା ଭଲା ହେଇଯିବ ? କୋଠିଟାକୁ ନିଜର କରିପାରିଲେ, ନିଜ ହେପାଜତରେ ରଖିଲେ ତ ନିଜ ଜାତିଆ ହେଲା । ଆଉ ଏତେ ଝମେଲାରେ, ଏତେ ହଙ୍ଗାମାରେ କି ଅର୍ଥଟା ବାହାରୁଛି କେଜାଣି । ରୋଶ୍‌ନାରା ଭାବିଲା ।

ପାଲିସିକରା କଳାମୁଗୁନି ପଥରର କୋଠି-କାନ୍ଥ ଦିହରେ କାଗଜ ଖଣ୍ଡ ମାନ ଧବଳକୁଷ୍ଠ ପରି ମାଡ଼ିଯାଇଛି । ତା'ର ପାଣି ଓ ନେଞ୍ଜରା ସାଲୁବାଲୁ ଆଖିକୁ କାନ୍ଥଟା ଆହୁରି ହତଶ୍ରୀ ଦେଖାଗଲା । କୋଉ ବାହାନାରେ ଯାଙ୍କୁ ଲିପ୍‌ଟେଇ ବିଦା କରିବ ଭାବିଲା । ଶୁଣିବା ଅବସ୍ଥାରେ କେହି ନ ଥିଲେ । ତା' ଭିତରେ କିଏ କଥା ଖେଞ୍ଚିଲା, କିଏ ନୌଟଙ୍କି ଠାଣିରେ ପରିହାସ କଲା, ଆଉ କିଏ ଛୋପରାମି କାଢ଼ିଲା । ସଭିଏଁ ମଦନିଶାରେ ଟୁଲୁଟୁଲୁ । କ'ଣ କରିବ ଭାବି ଥତମତ ହେଲା । ପ୍ରଥମ ଥର ପାଇଁ ତାକୁ ନିପାରିଲାପଣର ଭୂତଟିଏ ମାଡ଼ି ବସିଲା । ସୁକୁସୁକୁ ହେଇ ଖଟିଆ ଧରିଲା । ରାତିରେ ତାକୁ ଭୟ ଲାଗିଲା । ରାତି

ପାହିଲେ ବଣୁଆ ଜନ୍ତୁମାନ ଆପେ ଚାଲିଯିବେ ଯେ । ଶିକାର ନିଶା ଆପଣାଛାଏଁ ଫାଙ୍କିଯିବ । ସେ ମନକୁ ବୁଝାଇଲା ।

ରାତି ଦୁଇ ଘଡ଼ି ପାରି କି ତା'ର ଖଟ ତଳ ଭୂଇଁ ଝଣଝଣେଇ ଉଠିଲା । ତା'ର ଅଜାଣତରେ ସେ ବାହାରକୁ ବାହାରି ଆସିଲା । ପଥର ମାଡ଼ର ଶବ୍ଦରେ ତା'ର କାନ ଦୁଇଟା ଜାବ୍ଦା ପଡ଼ିଲା । କୋଠି ଝରକାର ଝଣ୍ଝାଣ୍ ହେଇ ଭଙ୍ଗାକାଚ଼ ଅଜାଡ଼ି ହେବାର ସେ ଜାଣି ପାରିଲା । ନାଲି ନେଳି ସାଗୁଆ କାଚ଼ ଖଣ୍ଡମାନ ତା' କାନିପଣତରୁ ଖସି ଯାଇ ଦାଣ୍ଡରେ ଗଡ଼ିଲେ-ଅରକ୍ଷିତ ଛୁଆଟା ପରି । ଲଙ୍ଗଳ । ଯାଉଁଳି କବାଟ ମାନ ରାତି ଅନ୍ଧାରରେ ତାକୁ ଅଭେକା ଅନାଥ ଆଖିରେ ଚାହିଁଲେ । ମସୃଣ ଶାଗୁଆନ୍ କାଠ ଉପରେ ବଢ଼େଇର ଦାଡୁଆ ଛୁରୀର କଟା ଦାଗ ପରି ତା' ଭିତରେ ଭଙ୍ଗା ଶବ୍ଦର ଦାଗ ବସିଗଲା । ଅନ୍ଧାର ଭିତରେ ମେଲା ଆଖିରେ ଆଖି ବୁଜି କୋଠି ଅଗଣାକୁ ଧାଇଁଲା । ଧାଉଁ ଧାଉଁ ଦିହରୁ ପିନ୍ଧାଲୁଗା ଖସିଲା । ବାଳ ଫିଟିଲା । ଶିରାଳ ପାଦରେ ରକ୍ତର ଅଳତା... ଚାରିଆଡ଼େ କଳା ଛାଇ... କଳା ରାତି... ତାଠୁ ବଳି ତା'ର ଦିହ ରଙ୍ଗ... ତା' ବେଳର ନାଲି ପୋହଳା ମନ୍ଦାର ମାଳପରି ଦିଶୁଥିଲା ରାତିରେ...କାଚ଼ର ମଶାଣିରେ ପାଦ ଥାପି ଥାପି ସେ ଆଗକୁ ବଢ଼ିଲା... ତା' ଆଖିର ଅନ୍ଧାରୀ ନିଆଁ ଧାସରେ ଚିରୁଗୁଣୀ ନିଆଁ ଆପେ ଲିଭିଗଲା... ଭୂତ ପିଶାଚ଼ ସ୍ତବ୍ଧ ହେଲେ... ଦୁଇହାତରେ ଭଙ୍ଗାକାଚ଼ ଗୋଟାଇ ଧରିଲା ରୋଶ୍‌ନାରା । ସତୁରୀ ବର୍ଷର ଯେତେ ବଳକା ବଳକୁ ସାଉଁଟି ସେଇ ଦମ୍‌ରେ ଅନ୍ଧାରରେ ବାହାରକୁ କାଚ଼ଖଣ୍ଡ ଫିଙ୍ଗିଲା ରୋଶ୍‌ନାରା- ବଣଜନ୍ତୁ କିଲିବିଲି ହେଇ ଧାଇଁଲେ...

ଦୁଇଦିନପରେ ସେ ଜେଲ୍ କୋଠିରେ- ଆର ହପ୍ତା ପହିଲାଦିନ ତା'ର ସମନ ତାରିଖ ।

ଆଖି ରଗଡ଼ି କୋଠିର ଭିତରକୁ ଅନାଇଲା ରୋଶ୍‌ନାରା । ପୁଣି ବାହାରକୁ । ଦୂରକୁ । ପାଖକୁ । ଚାରିଆଡ଼କୁ ଅନେଇଲା । ସବୁଠି ସେଇ ଦୃଶ୍ୟ, ତା'ର ଚାରିପଟେ ଖାଲି ଭଙ୍ଗା କାଚ଼ର ପାହାଡ଼ । ସେ ଦେଖୁଛି- ବନ୍ଧ ଭାଙ୍ଗିଲା, ବାଡ଼ ଭାଙ୍ଗିଲା, ପରିବାର ଭାଙ୍ଗିଲା, ସଂପର୍କ ଭାଙ୍ଗିଲା, ମନ୍ଦିର ଭାଙ୍ଗିଲା, ମସ୍‌ଜିଦ୍ ଭାଙ୍ଗିଲା, ମନ ଭାଙ୍ଗିଲା, ଦିହ ଭାଙ୍ଗିଲା, ପେଟ ଭାଙ୍ଗିଲା... ଖାଲି ଭଙ୍ଗା କାଚ଼ର ଟୁକୁରା । ଯୁଆଡ଼େ ଦେଖ ଏଇ ନିଷ୍କର୍ମାଙ୍କ ଭଙ୍ଗା ଉଜୁଡ଼ା ପ୍ରଳୟ- ଏମିତି ଅସଂଖ୍ୟ ରୋଶ୍‌ନାରା ସଜାଡୁଥିବେ... ଗଢୁଥିବେ... ପ୍ରତିଦିନ ପୁଆତି ହେଉଥିବେ... ପାଳୁଥିବେ... ପୁଣି ଭଙ୍ଗା କାଚ଼ରେ ପାଦ ଥାପି ଥାପି

ଲହୁଲୁହାଣ ହେଉଥିବେ... ଲୁହ ପୋଛୁଥିବେ... ପୁଣି ସଂସାର ରଚିବେ... ପୁନଶ୍ଚ ପ୍ରଳୟ... ପୁନଶ୍ଚ...

ଏ କାଳଚକ୍ର ରୋକିବାକୁ ହେବ ।

- "ଅବ୍ ଔର୍ ନେହିଁ !"

ରୋଶ୍‌ନାରାର ଅପ୍ରତ୍ୟାଶିତ ଶବ୍ଦର ଆଘାତରେ ସେଣ୍ଟ୍ରି ଦୁଇଜଣ ଚମକି ପଡ଼ିଲେ ।

କୋର୍ଟରେ କ'ଣ କହିବାକୁ ହେବ ସେ ଜାଣେ- ରୋଶ୍‌ନାରା ମନସ୍ଥିର କଲା । କୋଠି ପଛପଟ ବଉଳଗଛର ଡ଼ାଳ ସନ୍ଧିରୁ ସକାଳର ପହିଲି ଆଲୁଅ ଛାଣି ହେଇ ରୋଶ୍‌ନାରାର ଶେତା ଆଖିରେ ଉଜ୍ଜଳ ରଙ୍ଗ ଚଢ଼ାଉଥିଲା ।

ଏନ୍‌କାଉଣ୍ଟର

- ଦେଖିବେ, ମୋର ଅନୁମାନ ସତ ହେବ। ଇଏ ହିଁ ସେଇ ଦଳର 'କୁଇନ୍‌ପିନ୍'।

- ହେଇପାରେ। ହେଲେ ଏଇ ଅବସ୍ଥାରେ...

- ଯେ଼ ଗୁଡ଼ାଙ୍କର ଅବତାର କଥା କହନ୍ତୁ ନାହିଁ। ଆପଣ ତ ଅଧିକାଂଶ ସମୟ୍ ଅଫିସ୍‌ରେ ରହିଲେ। ଫିଲଡ୍‌ରେ ସିନା ଏଇ ନବରଙ୍ଗୀ ଭେରାଇଟି ସାଙ୍ଗରେ ଭେଟ ପଡ଼ିବେ।

- ଦୁଇବର୍ଷ ତଳେ ରେଢ଼ାଖୋଲ ଜଙ୍ଗଲରେ ମାଓବାଦୀ ଅପରେସନ୍ ଡ୍ୟୁଟିରେ ମୁଁ କେଂପ କମାଣ୍ଡର ଥିଲି। ଏମିତି ଜଣେ ପ୍ରେଗନାଣ୍ଟ୍ ଲେଡ଼ି ସେଠି ଲାଇନ୍ ପାର ହେବାପାଇଁ ମୋ ପାଖରେ ବହୁତ କାକୁତି ମିନତି ହେଲା। କାଖରେ ବୋଝେ ଜାଳେଣି କାଠ। ଏତେ ବଡ଼ ପେଟ। ଚାଲି ପାରୁ ନ ଥାଏ। ଏମିତି କୁଛେଇ ହେଲା ଯେ ମତେ ଲାଗିଲା ସେଇଠି ଯେମିତି ସେ ଛୁଆ ଜନ୍ମ କରିଦେବ। ତଥାପି ଜଂଘଯାଏଁ ଲୁଗା ଟେକିବାକୁ କହିଲି। ସେମିତି କିଛି ଅବାଗିଆ ଜଣାପଡ଼ିଲାନି। ତା' ଘରକୁ ଯାଇ ଶାଳୀ କ'ଣ ଜନ୍ମକଲା ଜାଣନ୍ତି ?

- କ'ଣ ?

- ସିଙ୍ଗଲ ସଟ୍, ସିକସର୍, ମାଉଜର, ଏକ୍ସପ୍ଲୋସିଭ୍ ପାଉଡ଼ର, ଲାଲ୍ ଲିଫ୍‌ଲେଟ୍ ଆଉ ଯେତେକ ବେଆଇନ୍ କାଗଜପତ୍ର।

- ହ୍ୱାଟ୍ !

- ଏତ ଦୁଇବର୍ଷ ତଳର କଥା। କାଲିର ଖବରକାଗଜ ପଢ଼ିଛନ୍ତି ଟି ? କଟକର ଛୋଟୁ ଗ୍ୟାଙ୍ଗର ଚୋରା ବନ୍ଧୁକ କାରବାରରେ କୁଇନ୍‌ପିନ୍‌ର ଭୂମିକାରେ ଖୋଦ୍ ତା' ମା'। ଅପରାଧ ଦୁନିଆଁରେ ତା'ର ନାଁ କାଳୀ। ଦୁଇ ପୁଅ ଶେଖ୍ ଫୀରୁ

ଆଉ ଶେଖ୍ ଛୋଟୁକୁ ଚୋରୀ, ରାହାଜାନୀ ଆଉ ଯାବତୀୟ ଅସ୍ତ୍ର ବିଦ୍ୟାରେ ଏମିତି ପଟୁ କରେଇ ଦେଇଛି ଯେ କୋଷ୍ଟାଲ୍ ବେଲ୍ଟ ପୂରା ଥରହର। 'ଗଡ୍‌ମଦର' ଫିଲ୍ମର ରିହରସାଲ୍ ପରି, ବୁଝିଲେ।

- ଏମାନେ ସବୁ ଷ୍ଟ୍ରିଟ୍ ସ୍ମାର୍ଟ ଲେଡ଼ିସ୍, ୟାଙ୍କୁ ଜବତ କରିବା ସହଜ କାମ ନୁହେଁ।

- ଯୋଉ ଦି'ଜଣ ମିଶନାରୀ ସିଷ୍ଟର ୟାକୁ ଏଠି ଏଡ୍‌ମିଟ୍ କରିଥିଲେ ସେମାନଙ୍କୁ ଠାବ କରି ପାରିଲେ ବି ଗୁଡ଼ାଏ ଖବର ମିଳିଯିବ।

- ହେଲେ ସେ ଦି'ଜଣ ସତରେ ମିଶନାରୀ ନା ସେଇ ବେଶରେ ଆସିଥିଲେ, ସେଟା ବି ଦେଖିବାର ଅଛି।

- ହଁ, ସେଇଟା ବି ଗୋଟେ କଥା।

- ୟାର ଡ଼େଲିଭରୀଟା ହେଇଯାଉ। ଆଉ ବେଶୀ ଛାନ୍‌ଭିନ୍ କରିବାକୁ ପଡ଼ିବ ନାହିଁ। ସବୁ ୟାରି ପାଟିରୁ ବାହାରିବ।

ସଦର ହସ୍‌ପିଟାଲ୍ କ୍ୟାଂପସ୍ ଭିତରେ ସାଦା ପୋଷାକରେ ଟହଲ ମାରୁଥିବା ପୋଲିସ୍ ଅଧିକାରୀ କେତେଜଣ ଜଣେ ଆସନ୍ନ ପ୍ରସବା ସମ୍ଭାବ୍ୟ ମାଓବାଦୀ ଉପରେ ଧୀମା ସ୍ୱରରେ ନିଜ ନିଜ ଭିତରେ ଟୀକା ଟିପ୍ପଣୀ ଦଉଥିଲେ। ଗାଇନିକ୍ ଓ୍ୱାର୍ଡରୁ ସମଲେଶ୍ୱରୀ ମେଡ଼ିକାଲ୍ ହଲ୍ ଆଡ଼କୁ ଆସୁଥିବା ବେହେରାକୁ ତାଙ୍କ ଭିତରୁ ଜଣେ ପଚାରିଲେ,

- ଅବସ୍ଥା କେମିତି ?

- ଭାରି କ୍ରିଟିକାଲ।

- ମାନେ, ଡ଼ାକ୍ତର କ'ଣ କହୁଛନ୍ତି ?

- ଭିତରେ ଫ୍ଲୁଇଡ୍ ନାହିଁ। ବହୁତ ଏକ୍‌ଜରସନ ଯୋଗୁଁ ପାଣିତକ ବାହାରି ଯାଇଛି। ସି.ଏସ୍. କରିବାକୁ ହେବ।

- ସି.ଏସ୍. ତ ଆଜିକାଲି ସାଧାରଣ କଥା।

- ହେଲେ ୟା' କେଶ୍ ଟିକେ ଅଲଗା। ଆଗ୍ଲା ଛୁଆ ପେଟ ଭିତରେ ନଷ୍ଟ ହେବା ଉପରେ। ଏଣେ ବାଁ ଗୋଡ଼ରେ ଗୁଳି ବାଜି ସେପ୍‌ଟିକ୍ ହେଇ ଯାଇଛି ଯେ ପାଖରେ ରହି ହଉନି। ଗନ୍ଧରେ ନାକ ଫାଟି ଯାଉଛି।

- ଛୁଆଟା ଗଲେ ଯାଉ। ସେ ବଞ୍ଚିଯାଉ।

- ଡ଼ରଟା ତ ଆଗ୍ଲା ସେଇଠି।

ବେହେରା ଜଣକ ଭଦ୍ର ଭାବରେ ରୋଗୀ ବିଷୟରେ ଜଣାଇ ପୁଣି ଓ୍ୱାର୍ଡ

ଭିତରକୁ ଚାଲିଗଲା । ତା' ସାଙ୍ଗରେ କଥା ହେଉଥିବା ଯୁବ ଅଧିକାରୀ ଜଣକ ଆହୁରି ଚିନ୍ତିତ ଜଣାପଡ଼ିଲେ ।

- ଏଇ ଅବସ୍ଥାରେ, ସେଥିରେ ପୁଣି ଗୋଟେ ଗୋଡ଼ରେ ଗୁଳି ବାଜିଛି, କୋଉ ବଣ ଜଙ୍ଗଲ ପାହାଡ଼ ଚଢ଼ି... ଏମିତିରେ ଏକ୍‌ଜରସନ୍ କ'ଣ ଏବର୍‌ସନ୍ ହେଇଯିବା କଥା ।

- ମେରେଡ୍ ତ ନୁହେଁ । ହେଲେ ପରିବାର...

- କି ପରିବାର ଆଉ କି ମେରେଜ୍ ? ଏଗୁଡ଼ା ସବୁ ପାର୍ଟିର ଗୋଟେ ଲେଖାଏଁ କମନ୍ କେପ୍‌ଟ । ୟୁଜ୍‌ଡ ଆଣ୍ଡ୍ ଆବ୍ୟୁଜଡ୍ ।

ଗାଇନିକ୍ ଓ୍ୱାର୍ଡ ବାରଣ୍ଡାରେ କ୍ରମଶଃ ହୋ ହଲ୍ଲା ଧାଁ ଧଉଡ଼ ବଢ଼ିବାର ଦେଖାଗଲା । ସହକର୍ମୀମାନଙ୍କ ଆଲୋଚନା ଆଡ଼କୁ ଆଦୌ ଧ୍ୟାନ ନ ଦେଇ ଯୁବ ଅଧିକାରୀ ଜଣକ ଓ୍ୱାର୍ଡ ଆଡ଼କୁ କ୍ଷୀପ୍ର ପାଦରେ ମୁହାଁଇଲେ । ଓ.ଟି. ଭିତରେ ଡ଼ାକ୍ତରଠୁ ଆରମ୍ଭ କରି ନର୍ସ ବେହେରା ସମସ୍ତେ ତତ୍ପର । ଶଙ୍କାଗ୍ରସ୍ତ ତତ୍ପରତା । ଡ଼ି.ଆଇ.ଜି. ଅଫିସ୍‌ରୁ ଫୋନ୍ ଆସିଛି । ପେସେଣ୍ଟକୁ ବଞ୍ଚାଇବାଟା ଗୋଟେ ପ୍ରଶାସନିକ ନେସେସିଟି । ଡ଼ାକ୍ତରମାନେ ପ୍ରାଣମୂର୍ଚ୍ଛା ଉଦ୍ୟମ ଜାରି ରଖିଥିଲେ ।

ଯୁବ ଅଧିକାରୀ ଜଣକ ବାରଣ୍ଡାରେ ମନେ ମନେ ଯେପରି ମୂହୁର୍ତ୍ତ ଗଣୁଥିଲେ । ମାସ ମାସ ଧରି ଘର ପରିବାର ସ୍ତ୍ରୀ ଛୁଆ ଛାଡ଼ି ଯାହାରି ପିଛା କରିଥିଲେ । ଅଥଚ ସାଧାରଣ ସରଳ ବେଶଭୂଷାରେ କି ଦୁର୍ଦ୍ଦାନ୍ତ ମାଇକିନାଟା । ପ୍ରତିଥର ତାଙ୍କ ଆଖିରେ ଧୂଳି ଦେଇ ଫେରାର୍ ହେଇଯାଉଥିଲା । ସିନିୟର ଅଫିସର ଆଉ ସହକର୍ମୀମାନଙ୍କ ପାଖରୁ ଗୁଡ଼ାଏ ଅପମାନ, ତିରସ୍କାର ସହିବାକୁ ପଡ଼ିଥିଲା । ଚାକିରିର ପ୍ରଥମ ପର୍ଯ୍ୟାୟରେ ହିଁ ତାଙ୍କର ପାରିବାପଣିଆ ଉପରେ ଯାହାରି ଫେରାର୍ କେଶ୍‌ଟା ଗୋଟେ ପ୍ରଶ୍ନବାଚୀ ଲଗାଇ ଦେଇଥିଲା । ଅଥଚ ସମୟର କି ବିଡ଼ମ୍ବନା ଦେଖ, ଖୋଦ୍ ଶିକାର ଆସି ଶିକାରୀ ଜାଲରେ ନିଜକୁ ଧରା ଦେଇଛି । ଓ.ଟି.ର କବାଟ ଖୋଲିବା ଶବ୍ଦରେ ଯୁବ ଅଧିକାରୀ ଜଣକ ଚମକି ଚାହିଁଲେ । ଶୁଖିଲା ମୁଖ ମୁଦ୍ରାରେ ବାହାରି ଆସୁ ଆସୁ ଡ଼ାକ୍ତର ଜଣକ ତାଙ୍କର ଅଭ୍ୟସ୍ତ ଚିରାଚରିତ ଢ଼ଙ୍ଗରେ କହିଲେ- "ସରି, ଆଇ କୁଡ୍ ନଟ୍ ସେଭ୍ ହର୍ ।"

- "ମାଇଁ ଗଡ୍ !" ଯୁବ ଅଧିକାରୀ ଜଣକ ମୁଣ୍ଡରେ ହାତ ମାରି କହିଲେ । ମୁହଁର ରଙ୍ଗ ଆପଣା ଛାଏଁ ଉଡ଼ିଗଲା । ଯାହାକୁ ହିଁ କହନ୍ତି ଦୈବୀ ଅସହଯୋଗ । ଜୀବନକୁ ପାଣି ଛଡ଼େଇ ଧରିଥିବା ଆତଙ୍କବାଦୀକୁ ରାଜନୈତିକ ଚାପରେ ବାଧ୍ୟ ହେଇ ଛାଡ଼ିଦେବାବେଳେ ସଂପୃକ୍ତ ପୁଲିସ୍ ଅଫିସରଙ୍କ ଭିତରେ କୁହୁଳି ଉଠଉଥିବା

ଅସହାୟତାର ବିଦ୍ରୋହ ପରି ଯୁବ ଅଧିକାରୀ ଜଣକ ନିଜ ଉପରେ ନିଜେ ହାତରୁ ଖସି ଯାଇଥିବା ଶିକାରର ଦାଉ ସାଧୁଥିଲେ।

ସନ୍ଦିଗ୍ଧ ମାଓବାଦୀ ବାସନ୍ତୀ ବିଶାଲ୍‌ର ଚିହ୍ନଟ ପାଇଁ ସଦର ହସ୍‌ପିଟାଲ ଭିତରେ ବାହାରେ ବେଶ୍ ହୋ ହଲ୍ଲା। ଆଞ୍ଚଳିକ ଖବରକାଗଜର ପ୍ରତିନିଧିମାନେ ଚାଞ୍ଚଲ୍ୟକର ସମ୍ବାଦ ପରିବେଷଣର ପ୍ରସ୍ତୁତିରେ ବ୍ୟସ୍ତ।

- "ଝିଅଟାକୁ ମାନିବାକୁ ପଡ଼ିବ। ବଞ୍ଚିଥିଲା ବେଳେ ପୋଲିସ୍ ଆଉ ପ୍ରଶାସନକୁ ଯେମିତି ନାକେଦମ୍ କରି ପକାଉଥିଲା, ମଲାପରେ ବି ସେମିତି ହୁଲସ୍ଥୁଲ କରି ପକାଇଲା।" 'ଗଣ ଚେତନା' ସମ୍ବାଦପତ୍ରର ପ୍ରତିନିଧି କହିଲେ।

- "ଟିକେ ରୁହନ୍ତୁ। ଶବ ଚିହ୍ନଟ ହେଇ ନାହିଁ। ନହେଲେ ବିନ୍ ଲାଡ଼େନ୍‌ର ମିଷ୍ଟି ନିଉଜ୍ ପରି ହେବ। ଦେଖୁ ନାହାନ୍ତି, ଗୋଟେ ପଟ ଲାଡ଼େନର ପଚାଶ ବର୍ଷ ପୂର୍ତ୍ତିରେ ହେପି ବାର୍ଥ ଡ଼େ ପାଳନ କଲାବେଳକୁ ଆରପଟ ମୃତ୍ୟୁ ବାର୍ଷିକୀ ଘୋଷଣା କରୁଛନ୍ତି।" ଆଉଜଣେ ସାମ୍ବାଦିକ ହାଲୁକା ମନ୍ତବ୍ୟ ଦେଲାପରି କହିଲେ।

ଘଡ଼ିକ ପାଇଁ ସ୍ଫୂର୍ତ୍ତିରେ ମାନ୍ଦା ପଡ଼ିଯାଇଥିବା ପୋଲିସ୍ ଅଧିକାରୀ ଓ କର୍ମଚାରୀଙ୍କ ଭିତରେ ପୁଣି ତତ୍ପରତାର ବେଗ ବଢ଼ିଲା।

x x x x

ଗାଁ ମଝିରେ ଧୂର୍ଣ୍ଣି ବାଜାର ଟମକ। 'କଲାସି କୁଠି'ର ଯାତ୍ରା। ଘଣ୍ଟ ହୁଳହୁଳି ଶବ୍ଦରେ ଗାଁର ମାଟି ଆକାଶ ଭରି ପୁରି ଉଛୁଳୁଥିଲେ।

- "କୁଠି ପୂଜାକୁ ଯିବୁ ନାଇଁକି ଦୁଃଖୀ ?" ପଡ଼ିଶାଘର ଶୁକ୍ରୀ ପଚାରିଲା।

- ହଁ ଯିବି ଯେ।

- ମୋର ଏତେ ଲେଞ୍ଜେରା ପସରା ଭିତରେ ମୁଁ ଜଲ୍‌ଦି ତିଆର। ଆଉ ତୁଇ ଯେ। ଏକ୍‌ଲା ଦୁକ୍‌ଲା ରାଣ୍ଡି ମାଇକିନା। ସେଥିରେ ଫେର୍ ଏତେ ହେଲ୍‌ସିଆ ହେବାକୁ।

ତରତର ହେଇ ଦୁଃଖୀ ପୂଜା ଚାଙ୍ଗୁଡ଼ି ଆଣିଲା। ଖଇ ଗୁଡ଼ର ଯୁଗାର, ଗୁଆ, ସିନ୍ଦୁର, ଗୁଗୁଳ, ଦହନା ପତ୍ର, ଫୁଲ ଫଳ ସବୁ ଚାଙ୍ଗୁଡ଼ିରେ ସଜାଡ଼ିଲା। ଝିଅ ତା'ର କେଡ଼େ ବାଗରେ ପୂଜା ସଜାଡୁଥିଲା। କୋଉ କାମକୁ ତାଙ୍କୁ ଖୁଣିବାକୁ ନାଇଁ। ବାପ ଛେଉଣ୍ଡ ହେଇ ବଢ଼ିଲେ କ'ଣ ହେଲା, କୋଉ କଥାରେ ମନ ଉଣା କରେ ନାଇଁ। ଦମ୍ଭିଲା ମନ। କାମିକା ହାତ। ଘର କାମରେ ମାଇକିନାର ସଣ୍ଢଣା ହାତ। ସେମିତି କ୍ଷେତ କାମକୁ ମରଦର ଟାଣୁଆ ହାତ। ନାଁକୁ ଖାଲି ଝିଅଟିଏ ସିନା। ହେଲେ ତାରି ମୁଣ୍ଡ ଉପରେ ସ୍ୱାମୀର ଛାଇ ପରି, ବୁଢ଼ୀଦିନେ ପୁଅର ସାହସ

ପରି। ସାଇ ପଡ଼ିଶା ଗାଁ ଲୋକ, ବନ୍ଧୁ ବାନ୍ଧବ ସଭିଙ୍କର ଦୃଷ୍ଟି ପଡ଼ିଗଲା ନା କ'ଣ ଏତେ ବଡ଼ ବଢ଼ିଲା ଝିଅ ତା'ର ବେଖବର। ଆଠ ମାସ ଉପରକୁ ହେଇ ଗଲାଣି। ଖୋଜ ଖବର କିଛି ନାଇଁ। ପୂଜା ଚାଙ୍ଗୁଡ଼ି ଉପରେ ଦୁଃଖୀର ଅଜାଣତରେ ଦି'ଟୋପା ଲୁହ ଖସିପଡ଼ିଲା।

- "ଦୁଃଖୀ ନାନୀ, ଜଲ୍‌ଦି ଆ'।" ଶୁକ୍ରୀର ଝିଅ ଡ଼ାକିଦେଇ ଡ଼ିଆଁ ମାରି ମାରି ପୁଣି ଚାଲିଗଲା। ଏମିତି ବଡ଼ ବଡ଼ ପାହୁଣ୍ଡରେ ଡ଼ିଆଁ ମାରିଲା ପରି କେତେ ବଡ଼ ହେବାଯାଏଁ ଚାଲୁଥିଲା ବାସ। ସାଇ ପଡ଼ିଶା ଛିଗୁଲେଇ ଡ଼ାକନ୍ତି ଅଣ୍ଟିରା ଚଣ୍ଡୀ। କାହା କଥାକୁ ଧରେ ନାଇଁ। ହସି ଉଡ଼େଇ ଦିଏ। ହେଲେ ରୋଡ୍ କାମକୁ ଗଲାପରେ ଦିନ କେଇଟାରେ ଆକାଶ ପାତାଳ ଫରକରେ ବଦଳିଗଲା ଝିଅଟା। ଖାଲି ସିଆଣା କଥା ଗପିଲା। ଆମର ଏଇୟା ହେଲାନି, ସେଇୟା ହେଲାନି। ଏମିତି କେତେ କଥା। ଦୁଃଖୀ ଭାବିଲା, ବୁଢ଼ିଆ ଝିଅଟା। ଦି' ପଇସା କମାଣି କରୁଛି। ମୁହଁ ତୋଡ଼ରେ ଦି'ପଦ କେତେବେଳେ କ'ଣ କହି ଦଉଛି। ଘର ବସିଗଲେ ଏମିତି ପବନା କଥା ଆଉ କ'ଣ ବାହାରିବ।

- "ହେଇ, ନଈ ଖଣ୍ଡିରେ ବାଲି ବେଦୀ କରି ଆସି କେତେବେଳୁ ବରୁଆ ଦେହେରୀ ସବୁ କୁଠିରେ ବସିଲେଣି। ତୁ ଯାଇ ମାନସିକ କରିବୁ ନା ସେଇ କଣଟାରେ ବସି ସୁଁ ସୁଁ ହଉଥିବୁ।" ବାଟ ମୁହଁରେ ପୂଜା ଥାଳି ଧରି ସୁନାଫୁଲ ବଡ଼ ପାଟିରେ କହିଲା।

ଦୁଃଖୀ ଆଖି ପୋଛି ପୋଛି ଆସିଲା।

- ଆଉ କାନ୍ଦିଲେ କଣଟା ହେବ ଯେ। କେତେଥର କହିଲି ତତେ ଝିଅକୁ ବାହାରକୁ ଛାଡ଼ ନାଇଁ। କେତେବେଳେ କୋଉ କଥା। କହ, କହିଛି କି ନାହିଁ ? ତୁ ତ ଝିଅ ତୋର ଚାକିରି ପାଇଛି କହି ନାଚ଼ିଲୁ। କଞ୍ଚା ପଇସା ହାତରେ ଲାଗିଲାରୁ କେମିତି ଚୁଆ ଖୋଲିବୁ, ଦୁନିଆଁ ଦରବ କିଣିବୁ ହେଇ ମାତିଲୁ... "

- "ମୁଁ କି ଆଉ ଭିତର କଥା ଜାଣିଥିଲି ଯେ। ରୋଡ୍ କାମରେ ଠିକା ଚାକିରି ପାଇଛି କହିଲା।" ପିନ୍ଧାକାନିରେ ଦୁଃଖୀ ନାକ ରଗଡ଼ି କହିଲା।

- "ସବୁ ଜାଣି ଏମିତି ଅଜାନ୍‌ଶୁକି ହଅ ନାଇଁ ତ। ତୋ ଝିଅ କଣ ପାଠଟା ପଢ଼ି ପକାଇଥିଲା ଯେ ସରକାର ବାହାଦୂର ଚାକିରି ଖଣ୍ଡେ ଆଣି ଏକାଥରକେ ତା ହାତରେ ଗୁଞ୍ଜିଦେଲା। ସବୁ ଗୁମର ଜାଣି..." ଶୁକ୍ରୀ ଗୋଟେ ରକମ୍ ଚିହିଁକି ହେଲାପରି କହିଲା।

- "ରାଣ୍ଡ ମାଇକିନା, ଆଗରେ ପଛରେ କେହି ନାଇଁ। କ'ଣ କରିବ

ବିଚାରୀ... ଏଥର ଗୁହାରି କରି ନଡ଼ିଆ ବସା। ତୋ ଝିଅର ମୁହଁ ଦେଖିଲେ ଆସନ୍ତା ଥରକୁ ଗାଁ ଦେବୀ ପାଖରେ ବଳି ଚଢ଼ାଇବୁ।" ସୁନାଫୁଲ ବୋଧ ଦେଇ କହିଲା।

ଦୁଃଖୀ ମୁଣ୍ଡ ଟୁଙ୍ଗାରୀ ହଁ କଲା। ଘୂର୍ଣ୍ଣି ବାଜା କାନ ପାଖରେ ବାଜିଲା। ଗୁହାରିଆ, ଉପାସୀ ଆଉ ଥୋକେ ଦେଖଣାହାରୀ ମାଇକିନାଙ୍କ ସାଙ୍ଗରେ ଯାଇ ଦୁଃଖୀ 'କଲାସୀ କୁଠି' ବାଟ ମୁହଁରେ ପୂଜା ଚାଙ୍ଗୁଡ଼ିଟାକୁ ରଖିଦେଲା।

ଘରଟା ଲିପାପୋଛା। କୁଠି ଭିତରେ ଗାଁ କାରୀଗର ନାନା ରଙ୍ଗରେ ବାଉତି, ଶିବ, ଗଣେଶ, ଅମ୍ବିକା ଛତ୍ରି ଆଉ ସବୁ କେତେ ଦେବଦେବୀ ଆଙ୍କିଛି। ଏକରଙ୍ଗୀ ଶୁକ୍ଳ ଧାନର ମଣ୍ଡଳ ଉପରେ ଗାଁ କୁମ୍ଭାରର ଭାଟିରୁ ଅଣା ନୁଆ କଳସ ଥାପନା ହେଇଛି। ତାରି ପାଖରେ ବେଦୀ ଉପରେ ଦେବ ଦେବୀଙ୍କର ଅସ୍ତ୍ରଶସ୍ତ୍ର, ଖଣ୍ଡା, ତ୍ରିଶୂଳ, ଧଣ୍ଡା ଛତ୍ର ଥାପନା ହେଇଛି। ପ୍ରଥମ ଥର ନୂଆକରି ଦେଖିଲା ପରି ଦୁଃଖୀ ପୂଜା ବେଦୀକୁ ଆବାକାବା ହେଇ ଦେଖୁଥାଏ।

ଏଥର ଦେହେରୀ ଉଠିଲା। ଶୁଖିଲା ଅରୁଆ ଚାଉଳ ଧରି ସାରା ଜଗତର ଅଷ୍ଟକୋଟି ଦେବତାଙ୍କୁ ଡ଼ାକିଲା। ଦେବଦେବୀ ନାଁରେ ପାଣିଧାର ଢ଼ାଳି କୁଠି ଶୀତଳ କଲା। କ୍ଷୀର ଆଉ ହଳଦୀଗୁଣ୍ଡ ଦେଇ ତାଙ୍କୁ ଆବାହନ କଲା। ଗୁହାରିଆ ଉପାସୀଙ୍କ ଭୋଗ ଚଢ଼ାଇଲା। ବରୁଆଙ୍କ ମୁହଁରେ ଧୂପ ଦେଲା। ମଥାରେ ସିନ୍ଦୂର ଦେଲା, ମୁଣ୍ଡରେ କଳସର ଫୁଲ ଆଉ ଦହନା ପତ୍ର ଥୋଇଲା। ବରୁଆ ଝୁଲିବା ଆରମ୍ଭ କଲେ। କାହା ଦେହରେ ଗ୍ରାମଦେବୀ ତ ଆଉ କାହା ଦେହରେ ବୁଢ଼ୀ ମଙ୍ଗଳା ଆବିଷ୍ଟ ହେଲେ। ବରୁଆ ଦିହରେ ସିଂହ ପରି ବଳ ଆଉ ତେଜ ଫିଟିଲା। ଦେଖଣାହାରୀ ଉତ୍ସୁକ ହେଇ ଚାହିଁଥାନ୍ତି। କୋଉ ବରୁଆ ଦିହରେ ବୁଢ଼ା ଦେବତା ପ୍ରସନ୍ନ ହେବ ସେଇଟାକୁ ସମସ୍ତଙ୍କ ନଜର। ସବୁ ଦେବଦେବୀଙ୍କ ଭିତରେ ବୁଢ଼ା ଦେବତା ମହାଦେବ ବେଶୀ ଶକ୍ତିଶାଳୀ। ତା'ର ବରଫଳ ସେଇ ଲାଗେ ଧରେ।

ଗୁଗୁଳ ଧୂପର ଧୂଆଁ କୁଠି ଭିତରେ ଜମାଟବନ୍ଧା ମେଘପରି ଦିଶୁଛି। ଘୂର୍ଣ୍ଣି-ବାଜାର ଟମକରେ ବରୁଆ ଦିହରେ ବିଜୁଳିର ଚମକ ଛାଟୁଛି। କୋଉ ଅଜଣା ଦେବୀ ମାୟାରେ ଆବିଷ୍ଟ ହେଲାପରି ଦୁଃଖୀ ଦେଖୁ ଦେଖୁ କେତେବେଳୁ ଟିକ ଖଡ଼ିଆ ଆସି ତାରି କଡ଼କୁ ବସିଥାଏ। ତା'ର ଖିଆଲ ନାଇଁ। କୋଉଠି ଥିଲା କେଜାଣି ଝାଳ ନାଳ ହେଇ ଫୁର୍‌କୁଟିଆ ବାଳ ପୁଣି ଅସନା ମସନା ଲୁଗାପଟାରେ ଭୂଷକିନା କୁଠି ଭିତରକୁ ପଶି ଆସିଛି। ଦିନରାତି ବାବନା ଭୂତ ପରି ଏଠି ସେଠି ଗାଁ ବାହାରେ ବୁଲୁଥାଏ। ଗାଁର ଯାନି ଯାତରାରେ ତୁଚ୍ଛା କଥାରେ ପାଟି ଗୋଳ କରେ। ହେଲେ

ଗାଁରେ କାହା ଘରେ ଦେହ ପା' ଅସଜ ହେଲେ ଆଗତୁରା ମାଡ଼ିବସେ । କାନ୍ଧରେ ବୋହି ବେମାରୀ ଲୋକକୁ ସିଧା ଡ଼ାକ୍ତରଖାନାରେ ପହଞ୍ଚାଇ ଦିଏ । ଦରକାର ପଡ଼ିଲେ ପାଞ୍ଚ ଲୋକଙ୍କୁ ତେରି ମେରି ବତାଇ ମାଗଣାରେ ଚିକିତ୍ସା କରାଇଦିଏ । ଏଇ ଏକା ତାରି ଝିଅକୁ ରୋଡ୍ କାମରେ ଲଗେଇ ଦେଇଥିଲା । ଝିଅ କଥା ପଚ଼ାରିବ ବୋଲି ତାକୁ କେତେ ନ ଖୋଜିଛି । ହେଲେ ବୁଲା ବାତରା କୋଉଠିକାର, ଧରାଛୁଆଁ ଦେଲେ ସିନା । ତାରି ଗୁହାରି ଶୁଣୁଶୁଣୁ ଦେବୀ ଯେମିତି ଯାଈଁ'କୁ ଠାବ କରି ପଠେଇଛନ୍ତି । ଦୁଃଖୀ ଟିକ ଆଡ଼କୁ ବୁଲି ଅନେଇଲା । ଦେଖିଲା, ଏତେ ଭିଡ଼ ଭିତରେ ଟିକ ତାକୁଇ ଗାରଡ଼େଇ ଅନେଇଛି । ଆଖି ଦୁଇଟା ମନ୍ଦାର ଫୁଲ ପରି ଲାଲ୍ । ଦୁଃଖୀକୁ ଅବାଗିଆ ଲାଗିଲା । ଦେଖୁ ଦେଖୁ ଟିକ କଳସୀ ସାମ୍ନାରେ ଆଣ୍ଠୁମାଡ଼ି ବସିପଡ଼ିଲା । ଘୂର୍ଣ୍ଣି-ବାଜା ଟମକରେ ଧୀରେ ଧୀରେ ଝୁଲିବାକୁ ଲାଗିଲା । ଦେହେରୀ ଚାଉଳ ମୁଠି ମାରିଲା । ବିଜୁଳି ବେଗରେ ସିଂହ ପରି ବରୁଆ ନାଚ଼ିଲା, କୁଦିଲା, ବିକଟାଳ ରଡ଼ି ଛାଡ଼ିଲା । ବରୁଆ ଦିହରେ ବୁଢ଼ା ଦେବତା ଭରିଛି । ଲୋକେ ତାଟକା ହେଇ ଚାହିଁ ରହିଲେ । ବୁଢ଼ା ଦେବତା ପରି ମହିମାଧାରୀ ଦେବତା ଯାଈଁରି ଦିହରେ ଭଲା ପ୍ରସନ୍ନ ହେଲେ କେମିତି ! ନିଜ ଆଖିକୁ ବିଶ୍ୱାସ କରି ନ ପାରିଲା ଭଳି ଲୋକେ ଯାଈଁ ତା' ମୁହଁକୁ ଚାହାଁ ଚାହିଁ ହେଲେ ।

ଗୁରୁଣ୍ଡି ହାମୁଡ଼ି ବୁଢ଼ା ଦେବତା ଚାରିଆଡ଼େ ଘୂରିଲା । ଉପାସୀ ଗୁହାରିଆମାନେ ମୁଣ୍ଡିଆ ମାରି ଦୁଃଖ ଜଣାଇଲେ । ଝାଳ ସରସର ହାଉଳିଆ ମୁହଁକୁ ଶଙ୍କିଲା ଆଖିଲେ ଚାହିଁ ଦୁଃଖୀ କହିଲା- "ରାଣ୍ଡି ମାଇକିନା ମୁଇଁ । ମୋର ଗୋଟେ ବୋଲି ଝିଅ କାହିଁଗଲା ଯେ..."

- "ତୋର ଝିଅ ଉଦୁଲିଆ ଗଲା..." ହିଃ ହିଃ କରି ଦାନ୍ତ ନେଫେଡ଼ି ବୁଢ଼ା ଦେବତା କହିଲା । ଭିଡ଼ ଭିତରର ମୁହଁଟିମାନ ଚମକିଲା ପରି କାନ ଡ଼େରିଲେ । ଦୁଃଖୀ ମୁହଁରୁ ଆଉ କିଛି ବାହାରିବା ଆଗରୁ ବୁଢ଼ା ଦେବତା ତାରି ଆଡ଼କୁ ଝୁଲି ଝୁଲି ମାଡ଼ିଯାଇ କହିଲା- ଟିକେ ଥୟ ଧର, ମା' ଝିଅର ଭେଟ୍‌ଘାଟ୍‌ର ଯୋଗ ଫିଟୁଛି । ଟିକେ ଟାକି ଥା..." ସେମିତି ଝୁଲି ଝୁଲି ଦୁଃଖୀର କାନ ପାଖରେ ମନ୍ତ୍ର ପଢ଼ିଲା । ବରୁଆର ଅଘଷା ଅଧୁଆ ପାଟିରୁ କୁସୁନା ଗନ୍ଧରେ ଦୁଃଖୀର ନାକ ଫାଟି ପଡୁଥାଏ । ଘୂର୍ଣ୍ଣି ବାଜାର ଟମକରେ ବରୁଆର ମନ୍ତ୍ର କିଛି ଶୁଣାଯାଉ ନ ଥିଲା । ଧୂପ କୁହୁଳାରେ ଆଖି ନାକ ରୁନ୍ଧି ହେଲାପରି ଲାଗୁଥିଲା ।

କୁଠି ଭିତରୁ ବରୁଆ ଦେହେରୀ, ବାଜାବାଲା ସଭିଏଁ ଗାଁ ଦାଣ୍ଡକୁ ଉଠିଲେ । ବରୁଆ ପଛରେ ଛତ୍ର, ଚାମର, ଖଣ୍ଡା ଧରି ଭକ୍ତମାନେ ଚାଲିଥାନ୍ତି । ଗାଁର ଝିଅ

ବୋହୂ ଦାଣ୍ଡ ଦୁଆର ଲିପାପୋଛା କରି ଜାଗର ଜାଳି ଧୂପ ଦୀପ ନୈବେଦ୍ୟ ନେଇ ବରୁଆଙ୍କୁ ବନ୍ଦେଇବାକୁ ଟାକି ରହିଥାନ୍ତି । ଯାତ୍ରା ଆଗକୁ ଆଗକୁ ଯାଉଥାଏ । ଭିଡ଼ ଭିତରେ କୋଉଠି ଥିଲା କେଜାଣି ଶୁକ୍ରୀର ଝିଅ ତା'ର ପଣତ କାନି ଟାଣିଲା । ଦୁଃଖୀ ପଛକୁ ଅନାଇଲା ।

- ଦୁଃଖୀ ନାନୀ, ତୋ ଘରକୁ ସର୍କାରୀ ଗାଡ଼ି ଆସିଛି...

ଦୁଃଖୀ ଚମକି ପଡ଼ିଲା ପରି ହେଲା । ଝିଅ ଆସିଲା କି ଆଉ । ସରକାରୀ କାମ କଥା ତ କହୁଥିଲା । ଅସହଣୀ ସାଇ ପଡ଼ିଶା ତା' କଥାକୁ ଉଡ଼େଇ ଦଉଥିଲେ । ଯାହା ହେଲେ ବୁଢ଼ା ଦେବତାର ବର । ହେଲେ ବି ଛାତି ଭିତରଟା ତା'ର ଧଡ଼ପଡ଼ ହେଲା । ଦୁଃଖୀ ତରତର ହେଇ ଭିଡ଼ କାଟି ଘରମୁହାଁ ହେଲା । ଘର ବାଟ ମୁହଁରେ ଗାଡ଼ି ।

- ତୋ ନାଁ ?

- ଦୁଃଖୀ ।

- ଦୁଃଖୀ ବିଶାଲ୍ ?

- ହଁ ।

- ସ୍ୱାମୀ ?

- ନାହିଁ, ମୁଁ ତ ରାଣ୍ଡ ଲୋକ ଆଜ୍ଞା ।

- ପିଲାଛୁଆ ?

- ଗୋଟେ ଝିଅ ଖାଲି...

- ତା' ନାଁ ?

- ବାସନ୍ତୀ ।

- ବାସନ୍ତୀ ବିଶାଲ୍

- ହଁ ।

- ତାକୁ ଟିକେ ଡ଼ାକ୍ ।

- ସେ ନାଇଁ ଆଜ୍ଞା ।

- କୁଆଡ଼େ ଗଲା ?

- ଉଦୁଲିଆ...

- କା' ସାଙ୍ଗରେ ?

- ଜାଣି ନାଇଁ...

- କେତେ ଦିନ ହେଲାଣି ?

- ଆଠମାସ ଉପରେ...

- ଝିଅର ଖବର କରିନୁ ?

- ଘରେ ତ ମରଦ୍ ପିଲା ନାଇଁ, କିଏ ଆଉ...

- ଝିଅକୁ ଭେଟିବାକୁ ଯିବୁ ତ ?

- "ଏଟା କି କଥାର କଥା ଆଜ୍ଞା... ତା' ଲାଗି ଆଖି ଫୁଟି ଯାଉଛି।" ଦୁଃଖୀ ସୁଁ ସୁଁ ହେଇ କହିଲା। ଟିକିଏ ତୁନି ରହି ପଚାରିଲା- ମୋ ଝିଅ ଖବର କରିଛି ଆଜ୍ଞା ?

- ହଁ।

- କିଛି ବିପଦ ଆପଦ ପଡ଼ିନାଇଁ ତ...?

- "ନାଇଁ, କିଛି ନାଇଁ ଯେ। ଚାଲ, ଗାଡ଼ିରେ ବସ।" ଅଧିକାରୀ ଜଣକ ପାରୁପର୍ଯ୍ୟନ୍ତ ସ୍ୱାଭାବିକ ଗଳାରେ କହିଲେ।

ଦୁଃଖୀ ଗାଡ଼ିରେ ବସିଲା। ଥତମତ ହେଇ ବାହାରକୁ ଚାହିଁଲା। ତା' ବାଟ ମୁହଁରେ ସରକାରୀ ଗାଡ଼ିକୁ ଲାଗି ଜମା ଲୋକ ଭିଡ଼ର ପାଟିଗୋଳ କି ଘୂର୍ଣ୍ଣି-ବାଜାର ଟମକ ତା' କାନକୁ କିଛି ଶୁଣାଯାଉ ନ ଥିଲା।

x x x x

ସଦର ହସ୍‌ପିଟାଲ୍‌ରେ ଗଣମାଧ୍ୟମ ପ୍ରତିନିଧିମାନଙ୍କ ଭିଡ଼ ସାଙ୍ଗକୁ ଗଲା ଆସିଲା ସାଧାରଣ ଲୋକ ବି ଦଣ୍ଡେ ଛିଡ଼ା ହେଇ ଯାଉଥା'ନ୍ତି। ଚୋରା ବନ୍ଧୁକ କାରବାରଠୁ ନେଇ ପୋଲିସ୍ କେଂପ୍‌ରେ ବୋମାମାଡ଼ ଆଦି ଅନେକ ସଙ୍ଗୀନ ଅପରାଧରେ ଜଡ଼ିତ ଦୁର୍ଦ୍ଧାନ୍ତ ମାଓବାଦୀ କମାଣ୍ଡର ବାସନ୍ତୀର ସନ୍ଦିଗ୍ଧ ଶବ ଦେଖିବାକୁ ସମସ୍ତେ ଉତ୍ସୁକ।

- ଇଏ ତୋ ଝିଅ ? ଶବ ଉପରୁ ଧଳା ଚାଦର ହଟାଇ ଦୁଃଖୀ ବିଶାଲ୍‌କୁ ଅଧିକାରୀ ଜଣକ ପଚାରିଲେ।

କଣଟାଏ ଭିତରେ ଭିତରେ ଛିଣ୍ଡାଇ ଓଟାରି ଦୁଃଖୀର କାକୁସ୍ଥ ଦିହଟାକୁ ଫୋପାଡ଼ି ଦେଲା ଯେମିତି । ମେଲା ପାଟି, ଫୁଲା ଦିହର ବିଭତ୍ସ ଶବଟାକୁ ଶୂନ୍ୟ ଦୃଷ୍ଟିରେ ଚାହିଁ ରହିଲା। ନାକପୁଡ଼ାରୁ ବୋହି ପଡ଼ିଥିବା ଦି'ଧାର ଶୁଖିଲା ରକ୍ତକୁ ପୋଛିଦେବା ପାଇଁ ପିନ୍ଧାଲୁଗା ଭିତରୁ ଅଭ୍ୟସ୍ତ ହାତଟା ବାହାରି ଆସୁଥିଲା ନା କ'ଣ ଦୁଃଖୀ ହାତ ମୁଠାଇଲା। ହାତ ଆଉ ପାଟିର ଜାବକୁ ପାରୁପର୍ଯ୍ୟନ୍ତ ଚିପି ଦୁଃଖୀ ବିଶାଲ୍ ମୁଣ୍ଡ ହଲାଇଲା।

- ଭଲ କରି ଦେଖ, ଇଏ ତୋ ଝିଅ ?

ଦୁଃଖୀ ଦେଖିଲା ।

- ଇଏ ତୋ ଝିଅ ?

- ଇଏ ତୋ ଝିଅ ??

- ଇଏ ତୋ ଝିଅ ???

ଘୂର୍ଣ୍ଣି-ବାଜାର ଟମକରେ କାଲିସୀ ଲାଗିଲା ପରି ଶବ୍ଦର ଟମକରେ ଆବିଷ୍ଟ ଦୁଃଖୀ ବିଶାଲ୍ ମୁଣ୍ଡ ହଲାଇ ନାହିଁ କରୁ କରୁ ଗଛ କାଟିଲା ପରି ତଳେ ଦୁଲ୍‌କିନା କଚାଡ଼ି ହେଲା ।

■

BLACK EAGLE BOOKS

www.blackeaglebooks.org
info@blackeaglebooks.org

Black Eagle Books, an independent publisher, was founded as a nonprofit organization in April, 2019. It is our mission to connect and engage the Indian diaspora and the world at large with the best of works of world literature published on a collaborative platform, with special emphasis on foregrounding Contemporary Classics and New Writing.